T0018073

LA SEÑORA DALLOWAY

Austral Singular

VIRGINIA WOOLF
LA SEÑORA DALLOWAY

Traducción

Miguel Temprano García

Obra editada en colaboración con Editorial Planeta – España

Título original: *Mrs Dalloway*

Virginia Woolf

© 2021, Traducción: Miguel Temprano García

© 2021, Editorial Planeta, S. A. – Barcelona, España

Derechos reservados

© 2021, Editorial Planeta Mexicana, S.A. de C.V.
Bajo el sello editorial AUSTRAL M.R.
Avenida Presidente Masarik núm. 111,
Piso 2, Polanco V Sección, Miguel Hidalgo
C.P. 11560, Ciudad de México
www.planetadelibros.com.mx

Diseño de la colección: Austral / Área Editorial Grupo Planeta
Ilustración de la portada: Shutterstock

Primera edición impresa en España en Austral: octubre de 2021
ISBN: 978-84-08-24752-4

Primera edición impresa en México en Austral: noviembre de 2021
Primera reimpresión en México en Austral: marzo de 2023
ISBN: 978-607-07-8192-6

Impreso en los talleres de Impregráfica Digital, S.A. de C.V.
Av. Coyoacán 100-D, Valle Norte, Benito Juárez
Ciudad De Mexico, C.P. 03103
Impreso en México –*Printed in Mexico*

Biografía

Virginia Woolf (Londres, 1882 – Lewes, Sussex, 1941), hija del conocido hombre de letras sir Leslie Stephen, nace en Londres el 25 de enero de 1882 y vive desde su infancia en un ambiente densamente literario. Al morir su padre, Virginia y su hermana Vanessa dejan el elegante barrio de Kensington y se trasladan al de Bloomsbury, más modesto y algo bohemio, que ha dado nombre al brillante grupo formado alrededor de las hermanas Stephen. En 1912 se casa con Leonard Woolf y juntos dirigen la editorial Hogarth Press. El 28 de marzo de 1941, la genial novelista sucumbe a la grave dolencia mental que la aqueja desde muchos años atrás y se suicida ahogándose en el río Ouse. Además de *Las olas* (1931), Virginia Woolf fue autora de novelas tan importantes como *El cuarto de Jacob* (1922), *La señora Dalloway* (1925), *Al faro* (1927), *Orlando* (1928), *Los años* (1937) y *Entre actos* (1941).

La señora Dalloway dijo que ella compraría las flores.

Lucy tenía ya demasiadas cosas que hacer. Los de Rumpelmayer's[1] iban a ir a desmontar las puertas. Y además, pensó Clarissa Dalloway, menuda mañana... fresca como pensada para unos niños en la playa.

¡Qué alegría! ¡Qué zambullida! Siempre le había producido esa impresión cuando, con el leve chirrido de las bisagras, que podía oír aún ahora, abría las cristaleras en Bourton y se sumergía en el aire del campo. Qué fresco, qué sosegado, mucho más tranquilo que este, claro, era allí el aire a primera hora de la mañana; como el batir de una ola; el beso de una ola; frío y cortante y al mismo tiempo (para una chica de dieciocho años como era ella entonces) solemne, pues intuía, delante de la ventana abierta, que estaba a punto de suceder algo espantoso; mientras miraba las flores, los árboles y el humo que se alzaba formando volutas entre ellos y los grajos que levantaban el vuelo y se posaban; estaba mirando allí de pie hasta que Peter Walsh dijo: «¿Meditando entre las hortalizas?» —¿fue eso?—. «Prefiero los hombres a las co-

1. Una empresa de reformas de Saint James Street. (Todas las notas son del traductor.)

liflores» —¿fue eso?—. Debió de decirlo en el desayuno una mañana en que ella había salido a la terraza... Peter Walsh. Volvería de la India uno de estos días, en junio o en julio, lo había olvidado, pues sus cartas eran aburridísimas; solo recordabas lo que decía; sus ojos, su cortaplumas, su sonrisa, su malhumor y, cuando millones de cosas habían desaparecido por completo —¡qué raro!—, unas cuantas frases suyas como esa de las coles.

Se plantó envarada en el bordillo para dejar pasar una camioneta de Durtnall's. Scrope Purvis (que la conocía como conoce una a sus vecinos en Westminster) pensaba que era una mujer encantadora; con un no sé qué de pájaro, de arrendajo, azul verdoso, liviana, vivaz, y eso que tenía más de cincuenta años, y el pelo se le había vuelto blanco después de su enfermedad. Se quedó allí, sin verlo, esperando para cruzar, muy erguida.

Cuando llevas viviendo en Westminster —¿cuántos años ya?, más de veinte— se siente, incluso en mitad del tráfico, o al despertarse por la noche, Clarissa no tenía la menor duda, un silencio o una solemnidad singulares; una pausa indescriptible; una emoción (aunque eso podía ser su corazón, afectado, decían, por la gripe) antes de que el Big Ben dé las campanadas. ¡Ahora! Ya sonaban. Primero el carillón, musical, luego la hora, irrevocable. Los plúmbeos círculos se disolvieron en el aire. Qué tontos somos, pensó, mientras cruzaba Victoria Street. Sabe Dios por qué nos gustará tanto, por qué la esperamos, la construimos, la edificamos a nuestro alrededor, la echamos abajo y volvemos a crearla de nuevo; pero los mayores adefesios, los más miserables, sentados en las escaleras (bebiendo su propia ruina) hacen lo mismo; no se los podía regular, estaba segura, con leyes parlamentarias por esa misma razón: aman la vida. En los ojos de la gente, en sus idas y venidas, en sus pasos elásticos o lentos; en el estrépito y el ruido; en los carruajes, los automóviles, los ómnibus, las camionetas, en los hombres anuncio que iban por ahí arrastrando los pies, en las bandas de música; en los organillos; en la alegría y el tintineo y en el extraño y agudo zumbido de un aeroplano en el cielo estaba lo que ella amaba: la vida; Londres; este momento de junio.

Y es que estaban a mediados de junio. La guerra había terminado; excepto para algunos como la señora Foxcroft, a quien había visto en la embajada la noche anterior y que se reconcomía porque aquel joven tan encantador había muerto y ahora la vieja casa solariega la heredaría uno de sus primos; o lady Bexborough, que inauguró un mercadillo benéfico, según decían, con el telegrama en la mano, John, su favorito, muerto; pero había terminado; gracias a Dios... terminado. Estaban en junio. El rey y la reina estaban en palacio. Y en todas partes, a pesar de lo temprano que era, se oía el latido, la trápala de los caballos al galope, los golpes de los bates de críquet; Lord's, Ascot, Ranelagh y demás;[2] envueltos en la blanda malla del aire matutino azul grisáceo, que a medida que avanzara el día, dejaría, para que ocupasen su sitio en la hierba y en los campos, a los ágiles caballos cuyas patas delanteras apenas tocaban el suelo y ya volvían a levantarse, a los jóvenes que daban vueltas sobre su eje y a las muchachas risueñas con sus muselinas transparentes, que, a pesar de haberse pasado bailando

---

2. Lord's era un famoso campo de críquet; Ascot, el pueblo de Berkshire donde se celebran las famosas carreras de caballos, y Ranelagh son unos jardines al suroeste de Londres donde estaba el Hurlingham Club, donde se disputaban partidos de polo.

toda la noche, sacaban a sus absurdos perros de lanas a dar un paseo; e incluso ahora, tan temprano, viudas ancianas y discretas pasaban en sus automóviles en misiones misteriosas y los tenderos colocaban en los escaparates los diamantes y las joyas falsas y los preciosos broches antiguos de color verde agua con engarces dieciochescos para tentar a los norteamericanos (pero había que ahorrar, nada de comprarle cosas a Elizabeth a la ligera), y ella también adoraba, con una pasión absurda y leal, formar parte de todo eso, pues su familia habían sido cortesanos con los Jorges, ella también iba a brillar y resplandecer en su fiesta. Pero qué raro el silencio, al entrar en el parque; la neblina, el zumbido, los patos que nadaban despacio tan contentos, los pelícanos que anadeaban; y ¿a quién vio llegar con los edificios gubernamentales a su espalda, como debía ser, con un maletín con el sello del escudo real lleno de despachos, sino a Hugh Whitbread?; su antiguo amigo Hugh... ¡el admirable Hugh!

—¡Muy buenos días, Clarissa! —dijo Hugh, de forma un tanto exagerada, pues se conocían desde niños—. ¿Adónde vas?

—Me encanta pasear por Londres —respondió la señora Dalloway—. La verdad es que es mejor que pasear por el campo.

Habían ido —por desgracia— a ver a los médicos. Otras personas iban al cine, a la ópera o a presentar a sus hijas; los Whitbread iban «a ver a los médicos». Clarissa había visitado en innumerables ocasiones a Evelyn Whitbread en la clínica. ¿Estaba enferma otra vez Evelyn? Evelyn estaba bastante indispuesta, dijo Hugh, dando a entender con una especie de mohín o de encogimiento de su cuerpo robusto, varonil, extremadamente apuesto y muy bien vestido (siempre casi un poco mejor vestido de la cuenta, aunque era de presumir que fuese necesario, con el modesto cargo que tenía en la corte) que su mujer padecía una afección interna, nada grave, que, al ser una antigua amiga, Clarissa Dalloway entendería sin tenerla que especificar. Ah, sí, claro; menuda lata; y Clarissa se sintió muy fraternal y al mismo tiempo extrañamente consciente de su sombrero. No era el sombrero adecuado para primera hora de la mañana, ¿no? Hugh siempre hacía que se sintiera así, mientras se acercaba ajetreado quitándose el sombrero con cierta extravagancia y le aseguraba que parecía una chica de dieciocho años, y que por supuesto que iría a su fiesta por la noche, Evelyn había insistido mucho, aunque tal vez llegara un poco tarde después de la fiesta en palacio, donde tenía que llevar a uno de los chicos de Jim, siempre se sentía poca cosa con Hugh; como una colegiala; pero le tenía afecto, en parte porque lo conocía de toda la vida, pero también porque le parecía un buen hombre a su manera, aunque a Richard lo sacaba de quicio, y en cuanto a Peter Walsh, aún no le había perdonado que le tuviese afecto.

Podía recordar cada escena en Bourton: Peter furioso; Hugh, claro, no estaba a su altura en ningún sentido, aunque no era un auténtico imbécil como decía Peter, ni un simple cabeza hueca. Cuando su anciana madre le pedía que no fuese a cazar o que la llevara a Bath, él la complacía sin rechistar; no era nada egoísta, y en cuanto a lo que decía Peter de que no tenía ni corazón ni cerebro, solo los modales y la educación de un caballero inglés, eso no era más que el bueno de Peter demostrando su peor faceta; y sabía cómo ser insoportable; sabía ser imposible; aunque era adorable pasear con él una mañana como esta.

(Junio había hecho brotar todas las hojas de los árboles. Las madres de Pimlico amamantaban a sus hijos. Se enviaban mensajes de la Flota al Almirantazgo. Arlington Street y Piccadilly parecían caldear el aire mismo del parque y levantar sus hojas con apasionamiento, con brillantez, en oleadas de esa vitalidad divina que tanto adoraba Clarissa. Bailar, montar a caballo, cómo había adorado todo eso.)

Peter y ella podían pasar cien años sin verse; ella nunca le escribía cartas y las de él no podían ser más secas; pero de pronto pensaba: si estuviese aquí ¿qué diría? Había días e imágenes que hacían que lo recordara con calma, sin la antigua amargura; tal vez fuese la recompensa de haber querido a otras personas: que acudían a tu memoria en mitad del parque de Saint James una bonita mañana, vaya que sí. Pero Peter —por espléndidos que fuesen el día, y la hierba y los árboles, y la niñita de rosa— nunca veía nada de todo eso. Se ponía las gafas si ella se lo pedía y miraba. Era el estado del mundo lo que le interesaba: Wagner, la poesía de Pope, el eterno carácter de la gente, y los defectos del alma de ella. ¡Cómo la regañaba! ¡Cómo discutían! Se casaría con un primer ministro y recibiría a sus invitados desde lo alto de las escaleras; la perfecta anfitriona la llamó (cómo había llorado en su cuarto por ese comentario), le dijo que tenía lo necesario para ser la perfecta anfitriona.

Y ella volvía a imaginarse discutiendo en el parque de Saint James, convenciéndose una vez más de que había hecho bien —y así era— al no casarse con él. Pues en el matrimonio tiene que haber cierto margen, un poco de independencia entre dos personas que viven juntas un día tras otro en la misma casa, y Richard se la daba y ella a él. (¿Dónde estaba esta mañana, por ejemplo? En algún comité, ella nunca le preguntaba.) Pero con Peter había que compartirlo todo, todo había que examinarlo a fondo. Y eso era insoportable, y, cuando ocurrió aquella escena en el jardincito al lado de la fuente, tuvo que romper con él o ambos se habrían perdido, se habrían destruido, estaba convencida; aunque había soportado durante años, como una flecha clavada en su corazón, el dolor, la angustia; ¡y luego el horror del momento en que alguien le dijo en un concierto que se había casado con una mujer a la que había conocido en un barco rumbo a la India! Nunca podría olvidar nada de eso. Fría, insensible, mojigata, la llamó. Nunca podría entender cuánto la quería. Pero esas mujeres indias[3] —simples, guapas, débiles y bobas— por lo visto sí lo entendían. Pues era muy feliz, le había dicho; totalmente feliz, aunque nunca había hecho nada de lo que habían hablado; su vida entera había sido un fracaso. Todavía la irritaba.

Había llegado a las puertas del parque. Se detuvo un momento y contempló los ómnibus de Piccadilly.

Ahora nunca se le ocurriría decir de nadie que si era esto o aquello. Se sentía muy joven; y al mismo tiempo indeciblemente vieja. Pasaba como un cuchillo a través de todo y al mismo tiempo estaba fuera, mirando. Tenía la eterna sensación, mientras veía pasar los taxis, de estar fuera, muy lejos, mar adentro y sola; siempre había tenido la sensación de que vivir, aunque fuese un solo día, era muy muy peligroso. No era que se conside-

---

3. Es decir, mujeres británicas en la India.

15

rase muy inteligente, ni nada fuera de lo común. Cómo se las había arreglado en la vida con las cuatro briznas de conocimiento que les había dado Fräulein Daniels era algo que no acertaba a comprender. No sabía nada: ni lengua, ni historia; casi nunca leía libros, solo memorias en la cama; y, sin embargo, todo esto le parecía absolutamente absorbente; los taxis que pasaban; y no diría de Peter, ni de ella, soy esto o aquello.

Su único don era conocer a la gente casi por instinto, pensó, siguiendo su camino. Si la dejabas en una habitación con alguien, se le erizaba la espalda como a un gato, o ronroneaba. Devonshire House, Bath House, la casa con la cacatúa de porcelana,[4] todas las había visto iluminadas; y recordaba a Sylvia, a Fred, a Sally Seton... y a mucha gente más; bailando toda la noche; y las carretas que pasaban lentas al mercado y la vuelta a casa en coche por el parque. Recordaba que una vez lanzó un chelín al lago de Hyde Park. Pero todo el mundo tenía recuerdos; lo que ella amaba era esto, aquí, ahora, lo que tenía delante: la señora gorda del taxi. ¿De verdad importaba —se preguntó, mientras andaba hacia Bond Street—, de verdad importaba que inevitablemente ella tuviera que desaparecer; que todo esto fuese a seguir sin ella?; ¿lo lamentaba, o era un consuelo creer que la muerte ponía fin a todo?, pero de algún modo, en las calles de Londres, en el flujo y el reflujo de las cosas, aquí, allí, ella sobrevivía, Peter sobrevivía, vivían

4. Todas son mansiones londinenses donde se celebraban fiestas suntuosas, la casa de la cacatúa de porcelana era la mansión, hoy demolida, de la baronesa Burdett-Coutts, una de las mujeres más ricas de Inglaterra, conocida por una cacatúa de porcelana que colgaba en un mirador y servía para indicar que su dueña estaba en casa.

el uno en el otro, ella formaba parte, estaba segura, de los árboles de su casa; del viejo y feo edificio que se caía a pedazos; formaba parte de gente a la que no había visto nunca, sostenida como una neblina entre las personas a quienes mejor conocía, que la sostenían entre sus ramas igual que había visto a los árboles sostener una neblina, aunque, su vida, ella misma, se extendía muy lejos. Pero ¿con qué fantaseaba mientras contemplaba el escaparate de la librería Hatchard's? ¿Qué estaba intentando recuperar? Qué imagen de un amanecer blanquecino en el campo, mientras leía en el libro abierto:

No temas ya el calor del sol
ni la rabia furiosa del invierno.[5]

Esta última época de la experiencia del mundo había engendrado en todos ellos, hombres y mujeres, un pozo de lágrimas. Lágrimas y pesares; valentía y entereza; un comportamiento totalmente íntegro y estoico. Mira, por ejemplo, a la mujer que más admiraba, lady Bexborough, cuando inauguró el mercadillo benéfico. Estaba *Excursiones y alegrías* de Jorrocks, estaba *Soapy Sponge* y las *Memorias* de la señora Asquith y *Caza mayor en Nigeria*,[6] todos abiertos por la mitad. Había tantísimos libros, pero ninguno parecía el apropiado para llevárselo a

5. Los dos primeros versos de la «canción» que cantan Arviragus y Guiderius en *Cimbelino*, de William Shakespeare, un lema como los que ponían en el escaparate de Hatchard's, la librería más antigua de Londres, en Piccadilly.
6. El señor Jorrocks y el señor Soapy Sponge (Esponja Jabonosa) eran dos personajes cómicos creados por Robert Smith Surtees (1805-1864); las memorias de Margot Asquith se publicaron a

Evelyn a la clínica. Nada que sirviera para divertirla e hiciera que aquella mujer menuda e indescriptiblemente enjuta pareciera cordial, al ver entrar a Clarissa, aunque fuese por un instante, antes de que iniciaran la acostumbrada conversación interminable sobre los achaques femeninos. Cuánto deseaba que la gente se alegrara al verla entrar, pensó Clarissa, y dio media vuelta y retrocedió hacia Bond Street, molesta, porque era tonto tener otras razones para hacer las cosas. Habría preferido ser una de esas personas como Richard que hacían las cosas porque había que hacerlas, mientras que ella, pensó mientras esperaba para cruzar, la mitad de las veces hacía las cosas de forma complicada y no porque hubiese que hacerlas; sino para que la gente pensara esto o aquello; una auténtica estupidez, lo sabía muy bien (y ahora el policía levantó el brazo), pues nadie se dejaba engañar ni por un segundo. ¡Ay, si pudiera volver a empezar de nuevo!, pensó, al poner el pie en la acera, ¡hasta su aspecto podría haber sido diferente!

Habría sido, para empezar, morena como lady Bexborough, con la piel de cuero arrugado y unos ojos preciosos. Habría sido, como lady Bexborough, lenta y majestuosa; más bien corpulenta; interesada por la política como un hombre; dueña de una casa de campo; muy digna, muy sincera. En cambio, era delgada como un espárrago y tenía una carita ridícula, picuda como la de un pájaro. Era cierto que se conservaba bien; y que tenía las manos y los pies bonitos; y vestía bien, teniendo en cuenta lo poco que gastaba. Pero a menudo este cuerpo (se detuvo para contemplar una pintura holan-

---

principios de los años veinte y *Caza mayor en Nigeria* es un título inventado.

desa), este cuerpo, con todas sus facultades, no parecía valer nada, nada en absoluto. Tenía la extraña sensación de ser invisible, de pasar inadvertida, de que nadie la conocía, de que, sin más matrimonios ni hijos por delante, solo le quedaba este avance más bien solemne y sorprendente con los demás, Bond Street arriba, y ser la señora Dalloway, ni siquiera Clarissa: la señora de Richard Dalloway.

Bond Street la fascinaba; Bond Street a primera hora de la mañana en plena temporada, con las banderas al viento, sus tiendas, sin ostentación, sin brillo; una pieza de *tweed* en la tienda donde su padre se había comprado los trajes durante cincuenta años; unas pocas perlas; salmón sobre un bloque de hielo.

«Eso es todo», se dijo contemplando la pescadería. «Eso es todo», repitió, deteniéndose un instante ante el escaparate de una tienda de guantes donde, antes de la guerra, se podían comprar unos guantes casi perfectos. Y su viejo tío William siempre decía que a una señora se la reconoce por los zapatos y por los guantes. Una mañana se había dado la vuelta en la cama en plena guerra y había dicho: «Ya estoy harto». Guantes y zapatos; a ella le encantaban los guantes; pero a su hija, a su Elizabeth, ambas cosas le importaban un comino.

Un comino, pensó, subiendo por Bond Street hasta una tienda donde encargaba las flores siempre que daba una fiesta. En realidad, lo que más le gustaba a su hija era su perro. Esta mañana toda la casa olía a alquitrán. ¡Aun así, mejor el pobre Grizzle que la señorita Kilman; mejor el moquillo y el alquitrán y demás que quedarse encerrada en una habitación mal ventilada con un devocionario! Mejor cualquier cosa, se sintió inclinada a decir. Aunque a lo mejor era solo una fase, como decía Richard, de las que pasan todas las niñas. Tal vez se estuviese enamorando. Pero ¿por qué de la señorita Kilman?, a quien la vida había tratado mal, por supuesto, eso era innegable, y Richard decía que era muy capaz, que se le daba bien la historia. En cualquier caso, eran inseparables, y Elizabeth, su propia hija, iba a comulgar; y cómo vestía y cómo trataba a la gente que iba a comer con ellos le traía sin cuidado, su experiencia le decía que los éxtasis religiosos volvían insensible a la gente (igual que cualquier causa), embotaban sus sentimientos, porque la señorita Kilman sería capaz de hacer cualquier cosa por los rusos, y de pasar hambre por los austriacos, pero en privado era una auténtica tortura, con esa insensibilidad suya y su impermeable verde. Llevaba ese impermeable un año tras otro, sudaba, nunca estaba contigo cinco minutos sin hacerte notar su superioridad, tu inferioridad; lo pobre que ella era, lo rica que eras tú; que vivía en un arrabal sin un cojín, ni una cama, ni una alfombra ni lo que fuese, con el alma corroída por ese rencor que llevaba clavado dentro, porque la habían echado de la escuela durante la guerra, ¡pobre criatura desdichada y amargada! Y es que no era a ella a quien una odiaba, sino a la idea de ella, que a buen seguro había acumulado muchas cosas que no eran la señorita Kilman; se había convertido en uno de esos espectros con los que una se debate en mitad de la noche; uno de esos espectros que se plantan encima de nosotros con las piernas abiertas y nos chupan la sangre, dominadores y tiranos; pues sin duda en otra tirada de los dados, si hubiese salido el negro y no el blanco, habría apreciado a la señorita Kilman. Pero en este mundo no. No.

No obstante, ¡le rechinaba tener revoloteando en su interior a este monstruo tan brutal!, oír las ramas que se quebraban y notar las pezuñas que hollaban las profundidades de ese bosque cubierto de hojas que era su alma; y saber que nunca podría sentirse complacida, ni segura, pues en cualquier momento podía agitarse ese animal, ese odio que, sobre todo desde su enferme-dad, podía hacer que se sintiera rasguñada, herida en la espina dorsal; que le producía un dolor físico, y hacía que todo el placer de la belleza, de la amistad, de sen-tirse bien, de que la quisieran y de convertir su hogar en un sitio agradable, se cimbreara, temblara y se combara como si de verdad hubiese un monstruo hurgando en las raíces, como si todo lo que contenía no fuese más que puro egoísmo. ¡Ese odio!

«¡Tonterías, tonterías!», exclamó para sus aden-tros, pasando por la puerta batiente de la floristería Mulberry's.

Avanzó, ligera, alta, muy erguida y enseguida salió a saludarla la señorita Pym con esa cara redonda y las manos siempre muy rojas, como si las hubiese tenido metidas en agua fría con las flores.

Había flores: espuelas de caballero, guisante de olor, ramos de lilas, y claveles, montones de claveles. Había rosas; había lirios. ¡Ah, sí...!, así que aspiró el olor dulce a tierra de jardín mientras hablaba con la señorita Pym, que le estaba agradecida, y pensaba que era muy buena, pues hace unos años lo había sido; mucho, pero este año parecía mayor, moviendo la cabeza de un lado al otro entre los lirios y las rosas y los racimos de lilas, con los ojos entornados, aspirando, después del bullicio de la calle, el delicioso aroma, la exquisita frialdad. Y luego, al abrir los ojos, qué frescas, como ropa de cama recién llegada de la lavandería en cestas de mimbre, parecían las rosas; y qué oscuros y recatados los claveles, con la cabeza bien alta; y los guisantes de olor en sus cuencos, teñidos de violeta, blancos como la nieve, pálidos, como si cayera la tarde y unas niñas con vestidos de muselina salieran a recoger rosas y guisantes de olor después de que el magnífico día de verano, con su cielo azul casi negro, sus espuelas de caballero, sus claveles, sus calas, hubiese terminado; y fuese el momento entre las seis y las siete cuando todas las flores —las rosas, los claveles, los lirios, las lilas— resplandecen; blancas, violetas, rojas, naranjas intensas; todas las flores parecen encenderse con luz propia, suaves y puras en sus arriates neblinosos; ¡y cuánto le gustaban las polillas blancas y grisáceas que daban vueltas de aquí para allá por encima de los heliotropos y sobre las onagras!

Y, mientras iba de un jarrón a otro con la señorita Pym, escogiendo, tonterías, tonterías, se decía, cada vez con más dulzura, como si esta belleza, este olor, este color, y el modo en que agradaba y la confianza que le demostraba la señorita Pym, fueran una ola que ella dejó que le pasara por encima y superara ese odio, ese monstruo, que lo superara todo; y la alzara más y más alto cuando... ¡oh, un disparo de pistola en la calle!

—Dios mío, estos automóviles —dijo la señorita Pym, y fue a asomarse a la ventana y volvió con las manos llenas de guisantes de olor y una sonrisa a modo de disculpa, como si esos automóviles, esos neumáticos de los automóviles, fuesen culpa suya.

La violenta explosión que había hecho dar un respingo a la señora Dalloway y a la señorita Pym ir al escaparate y disculparse procedía de un automóvil que se había detenido junto a la acera justo enfrente del escaparate de Mulberry's. Los viandantes, que, por supuesto, se detuvieron a mirar, tuvieron el tiempo justo de ver el rostro de alguien muy importante contra la tapicería de color gris oscuro, antes de que una mano de hombre bajara la cortinilla y solo pudiera verse un cuadrado de color gris oscuro.

Pero los rumores ya habían empezado a circular desde Bond Street hasta Oxford Street por un lado, hasta la perfumería Atkinson's por el otro, invisibles, inaudibles, como una nube que pasa igual que un velo liviano sobre las montañas, y se posaron de hecho con algo de la súbita sobriedad y la calma de una nube sobre rostros que un segundo antes habían sido totalmente turbulentos. Pero ahora el misterio los había rozado con sus alas; habían oído la voz de la autoridad; el espíritu de la religión andaba suelto con los ojos vendados y los labios muy abiertos. Pero nadie sabía de quién era el rostro que habían visto. ¿Era el del príncipe de Gales, el de la reina, el del primer ministro? ¿De quién era ese rostro? Nadie lo sabía.

Edgar J. Watkiss, con su rollo de tuberías de plomo alrededor del brazo, dijo audiblemente, en tono humorístico, claro:

—El carruaje del primer ministro.

Septimus Warren Smith, que no podía pasar, lo oyó.

Septimus Warren Smith, de unos treinta años, pálido, de nariz aguileña, zapatos marrones y un abrigo raído, de ojos castaños con ese aire aprensivo que también vuelve aprensivos a los desconocidos. El mundo ha alzado su látigo; ¿dónde caerá?

Todo se había quedado en suspenso. El latido de los motores sonaba como un pulso que recorre irregularmente todo el cuerpo. El sol calentaba con una fuerza extraordinaria porque el automóvil se había parado delante del escaparate de Mulberry's; las ancianas que iban en la imperial de los ómnibus desplegaron sus sombrillas negras; una sombrilla verde aquí, una roja allá, se abrieron con un ruido seco. La señora Dalloway se acercó al escaparate con las manos llenas de guisantes de olor y se asomó con la cara menuda y sonrosada fruncida por la curiosidad. Todo el mundo miraba el automóvil. Septimus miraba. Los chicos se apeaban de las bicicletas. El tráfico se acumulaba. Y ahí seguía el automóvil con las cortinillas echadas, y un curioso dibujo sobre ellas en forma de árbol, pensó Septimus, y esta gradual concentración de todo en un único centro que ocurrió delante de sus ojos, como si algún horror hubiese llegado casi a la superficie y estuviese a punto de estallar, lo aterrorizó. El mundo tembló y se estremeció y amenazó con estallar. Soy yo quien estoy bloqueando el paso, pensó. ¿Acaso no estaban mirándolo y señalándolo con el dedo; no era él quien estaba allí clavado a la acera por algún motivo? Pero ¿cuál?

—Sigamos, Septimus —dijo su mujer, una mujer menuda, de ojos grandes y con el rostro fino y cetrino; una joven italiana.

Pero la propia Lucrezia no podía evitar mirar el automóvil y el dibujo del árbol. ¿Estaría la reina ahí dentro... la reina que había salido de compras?

El chófer, después de abrir algo, girar algo, cerrar algo, volvió a ponerse al volante.

—Vamos —repitió Lucrezia.

Pero su marido, porque llevaban casados ya cuatro o cinco años, dio un respingo, sobresaltado y respondió:

—¡Está bien! —enfadado, como si lo hubiera interrumpido.

La gente se tiene que dar cuenta; lo tiene que notar. La gente, pensó, contemplando la muchedumbre que miraba el automóvil; los ingleses, con sus niños y sus caballos y su ropa, a quienes ella admiraba en cierto modo; pero ahora eran «gente», porque Septimus había dicho «Me mataré», una cosa terrible. ¿Y si lo habían oído? Miró a la multitud. ¡Ayuda, ayuda!, quiso gritarles a las mujeres y a los mozos de las carnicerías. ¡Ayuda! ¡El otoño pasado Septimus y ella habían estado en el Embankment envueltos en ese mismo abrigo y Septimus se había puesto a leer el periódico en vez de hablar, y ella se lo había quitado y se había reído de la cara de un viejo que los estaba mirando! Pero el fracaso se oculta. Tenía que llevárselo a algún parque.

—Vamos a cruzar.

Tenía derecho a cogerlo del brazo, aunque fuera insensible. Lo que le ofrecía a ella, que era tan sencilla, tan impulsiva, que solo tenía veinticuatro años, que no tenía amigos en Inglaterra, y que había dejado Italia por él, era solo un hueso.

El automóvil con las cortinillas echadas y un aire de inescrutable reserva continuó su camino hacia Piccadilly, todavía siendo el centro de todas las miradas, todavía turbando el gesto de las caras a ambos lados de la calle con el mismo aliento sombrío de veneración, aunque nadie supiera si por la reina, el príncipe o el primer ministro. El rostro mismo solo lo habían visto tres personas unos pocos segundos. Incluso el sexo estaba ahora en disputa. Pero no podía haber duda de que en su interior viajaba la grandeza; la grandeza pasaba, oculta, por Bond Street, apartada solo por un hálito de la gente normal que podía ahora, por primera y última vez, estar al alcance de la voz de la majestad de Inglaterra, del símbolo duradero del Estado que reconocerán los arqueólogos curiosos, al tamizar las ruinas del tiempo, cuando Londres sea un camino cubierto de maleza y todos los que se apresuran por la acera esta mañana de miércoles no sean más que huesos con unos cuantos anillos de boda mezclados con el polvo y los empastes de oro de innumerables dientes cariados. El rostro del automóvil seguirá siendo reconocible.

Es probable que sea la reina, pensó la señora Dalloway al salir de Mulberry's con las flores: la reina. Y por un segundo adoptó un aire de extremada dignidad de pie al lado de la floristería a la luz del sol mientras el coche pasaba muy despacio, con las cortinillas echadas. La reina camino de algún hospital; la reina que va a inaugurar un mercadillo benéfico, pensó Clarissa.

El tráfico era espantoso para ser esa hora del día. Lord's, Ascot, Hurlingham, ¿por qué sería?, habría querido saber, pues la calle estaba atascada. Las clases medias inglesas sentadas en la imperial de los ómnibus con paquetes y sombrillas, sí, incluso con abrigos de piel en un día como este, eran, pensó, más ridículas, más distintas que cualquier cosa que nadie pudiera imaginar; y la reina misma tuvo que detenerse; la reina misma no podía pasar. Clarissa estaba a un lado de Brook Street; sir John Buckhurst, el anciano magistrado, en el otro, con el coche en medio (sir John había impartido justicia muchos años y le gustaba ver a una mujer bien vestida), cuando el chófer, inclinándose apenas, le dijo o le enseñó algo al policía, que le saludó y levantó el brazo e hizo un gesto con la cabeza y obligó al ómnibus a apartarse a un lado y el coche pudo pasar. Despacio y muy silenciosamente siguió su camino.

Clarissa lo adivinó; Clarissa lo sabía, claro: había

visto algo blanco, mágico, circular en la mano del lacayo, un disco inscrito con un nombre —¿el de la reina,
el del príncipe de Gales, el del primer ministro?— que,
por la fuerza de su propio lustre, se abrió paso a fuego (Clarissa vio como el coche disminuía de tamaño y
desaparecía), para brillar entre los candelabros, las
estrellas relucientes, las pecheras con hojas de roble,
entre Hugh Whitbread y todos sus colegas, los caballeros de Inglaterra, esa noche en el palacio de Buckingham. Y Clarissa también iba a dar una fiesta. Se puso
un poco rígida: o sea, que recibiría desde lo alto de las
escaleras.

El coche se había ido, pero dejó a su paso una leve
onda que recorrió las guanterías y las sombrererías y las
sastrerías a ambos lados de Bond Street. Durante treinta segundos todas las cabezas se inclinaron hacia el
mismo sitio: el escaparate. Escoger un par de guantes...
—¿debían llegar hasta el codo o por encima, amarillos
o gris pálido?— las señoras se interrumpieron; cuando
concluyó la frase algo había sucedido. Algo tan trivial
en cada caso particular que ningún instrumento mate-
mático, aunque fuese capaz de alertar de un temblor en
China, habría podido registrar la vibración; aunque su
efecto general fuese formidable y emotivo por su común atractivo; pues en todas las sombrererías y sastrerías los desconocidos se miraron y pensaron en los
muertos, en la bandera, en el Imperio. En una taberna
en un callejón un tipo de las colonias insultó a la casa de
Windsor y eso llevó a los insultos, a los vasos de cerveza
rotos y a una reyerta general, que resonó extrañamente
al otro lado de la calle en los oídos de las jóvenes que
compraban ropa interior blanca orlada con cinta de un
blanco puro para su boda. Pues la agitación de la su-

perficie causada por el coche cuando se hundió rozó algo muy profundo.

Deslizándose por Piccadilly, el coche giró por Saint James Street. Hombres altos, hombres de físico robusto, hombres bien vestidos con chaqué y pechera blanca y el pelo peinado hacia atrás, que, por motivos difíciles de elucidar, estaban de pie ante el mirador de White's[7] con las manos detrás de los faldones de la chaqueta, mirando hacia la calle, repararon por instinto en que estaba pasando la grandeza, y la pálida luz de la presencia inmortal cayó sobre ellos igual que había caído sobre Clarissa Dalloway. En el acto, se pusieron aún más erguidos, en posición de firmes, como dispuestos a servir a su soberana al pie del cañón, si hacía falta, igual que habían hecho sus antepasados. Los bustos blancos y las mesitas del fondo cubiertas de ejemplares del *Tatler* y botellas de agua de soda parecieron expresar su aprobación, fue como si evocaran el trigo ondulante y las casas solariegas de Inglaterra, y devolver el frágil zumbido de las ruedas del motor igual que las paredes de la galería de los susurros devuelven una voz ampliada y resonante gracias al poder de toda una catedral. Moll Pratt envuelta en su chal y con las flores en la acera le deseó lo mejor a aquel muchacho querido (sin duda era el príncipe de Gales) y habría lanzado lo que costaba una jarra de cerveza —un ramo de rosas— a Saint James Street por pura alegría y desprecio a la pobreza si no hubiese reparado en la mirada que le echó el policía y que desanimó la lealtad de una anciana irlandesa. Los guardias de Saint James saludaron; el policía de la reina Alejandra dio su aprobación.

7. Uno de los clubs más antiguos de Londres.

Entretanto, una pequeña muchedumbre se había congregado a las puertas del palacio de Buckingham. Apáticos, pero confiados, pobres todos ellos, esperaban; contemplaban el palacio mismo con la bandera al viento; a Victoria, subida en su pedestal; admiraron las cascadas, los geranios; señalaban emocionados a los automóviles que pasaban por el Mall, primero a este luego a aquel, equivocados, porque era gente normal que había salido a dar una vuelta, luego recordaban que no debían malgastar su tributo mientras pasaba este o aquel coche; y todo ese tiempo dejaban que el rumor se acumulara en sus venas y que los nervios de sus muslos vibraran al pensar que la realeza podía mirarlos, la reina inclinaría la cabeza, el príncipe saludaría; al pensar en la vida celestial concedida divinamente a los reyes; en los caballerizos y en las reverencias; en la vieja casa de muñecas de la reina; en la princesa María casada con un inglés;[8] y en el príncipe, ¡ay, el príncipe!, decían que se parecía mucho al anciano rey Eduardo, pero que era mucho más esbelto. El príncipe vivía en Saint James; pero a lo mejor iba a visitar a su madre por la mañana.

Eso dijo Sarah Bletchey con su bebé en brazos, poniéndose de puntillas como si estuviese ante su propia reja en Pimlico, pero sin apartar los ojos del Mall, mientras Emily Coates escrutaba las ventanas de palacio y pensaba en las doncellas, las innumerables doncellas, en los dormitorios, los innumerables dormitorios. El grupo aumentó cuando llegó un anciano con un terrier de Aberdeen y varios hombres desocupados. El peque-

8. La princesa María (1897-1965) se había casado con el vizconde Lascelles en 1922.

ño señor Bowley, que se alojaba en el Albany[9] y tenía cegadas con cera las fuentes más profundas de la vida, aunque podían destaparse de pronto, inapropiada y sentimentalmente, con esta clase de cosas —unas mujeres pobres que esperaban a ver pasar a la reina—: mujeres pobres, niñitos agradables, huérfanos, viudas, la guerra qué desastre, tenía los ojos llenos de lágrimas. Una brisa cálida flotó por el Mall entre los árboles, más allá de los héroes de bronce, hizo ondear una bandera en el británico pecho del señor Bowley, que se quitó el sombrero cuando el coche se desvió hacia el Mall y lo mantuvo en alto cuando se acercó y dejó que las pobres madres de Pimlico se apretaran contra él y se quedó muy inmóvil. El coche se acercaba.

De pronto la señora Coates miró hacia el cielo. El ruido de un aeroplano perforó ominoso los oídos de la multitud. Ahí llegaba asomando por encima de los árboles, dejando tras él una estela de humo blanco, que se rizaba y ensortijaba, ¡escribiendo alguna cosa, trazando letras en el cielo! Todos alzaron la vista.

Cayendo en picado, el aeroplano volvió a coger altura, hizo un rizo, avanzó, cayó, subió e hiciera lo que hiciera, dondequiera que fuese, fue dejando una espesa estela de humo blanco que se rizaba y formaba letras en el cielo. Pero ¿qué letras? Una C, ¿no?, ¿una E y luego una L? Solo por un instante se quedaron quietas; luego empezaron a moverse y disgregarse y se borraron del cielo, y el aeroplano siguió adelante y una vez más, en una nueva

9. El Albany es una mansión al norte de Piccadilly que se reconvirtió en alojamientos para solteros. El personaje del señor Bowley, que ya apareció en la novela de Woolf *La habitación de Jacob*, es uno de los invitados a la fiesta de Clarissa.

parcela del cielo, empezó a escribir una K, y una E, y una F, ¿tal vez?

—Glaxo[10] —dijo la señora Coates con la voz tensa y asustada, mirando hacia arriba, y su bebé, muy rígido y blanco entre sus brazos, miró hacia arriba.

—Kreemo[11] —murmuró la señora Bletchey, como una sonámbula. Con el sombrero sujeto inmóvil en la mano, el señor Bowley miró hacia arriba. En todo el Mall la gente seguía de pie y mirando al cielo. Mientras miraban, el mundo entero se quedó en silencio y una bandada de gaviotas cruzó el cielo, primero una gaviota, luego otra, y en esta paz y este silencio extraordinarios, en esta palidez, en esta pureza, las campanas doblaron once veces, el tañido se perdió entre las gaviotas.

El aeroplano giró, avanzó y descendió en picado justo donde quería, veloz, libre, como un patinador...

—Es una E —dijo la señora Bletchey.

... o una bailarina...

—Es tofe —murmuró el señor Bowley.

... (y el coche pasó por la puerta y nadie lo vio), y dejó de echar humo y se alejó más y más, y el humo se difuminó y se juntó con la forma blanca y ancha de las nubes.

Había desaparecido; estaba detrás de las nubes. No se oía nada. Las nubes a las que se habían unido las letras E, G o L se movieron libremente, como destinadas a cruzar de oeste a este en una misión de la mayor importancia que nunca se revelaría, pero que lo era: una misión de la mayor importancia. Luego de pronto, igual que un tren saliendo de un túnel, el aeroplano volvió a

10. La marca de una popular fórmula para lactantes.
11. Una marca de tofe.

surgir de las nubes, el ruido perforó los oídos de todo el mundo en el Mall, en Green Park, en Piccadilly, en Regent Street y en Regent's Park, y la estela se curvó tras él y cayó, y se alzó y escribió una letra tras otra... pero ¿qué palabra era?

Lucrezia Warren Smith, sentada al lado de su marido en un banco de la avenida principal de Regent's Park, miró hacia arriba.

—¡Mira, mira, Septimus! —exclamó. El doctor Holmes le había dicho que procurase que su marido (a quien no le ocurría nada grave y solo estaba un poco irritable) se interesara por algo que no fuera él mismo.

Así que —pensó Septimus, alzando la vista— me están señalando a mí. No con palabras de verdad; aún no sabía interpretar el lenguaje, pero estaba muy claro, esta belleza, esta belleza exquisita, y los ojos se le llenaron de lágrimas al contemplar las palabras de humo que languidecían y se deshacían en el cielo y le ofrecían, en su infinita caridad y su bondad burlona una forma tras otra de una belleza inconcebible y señalaban su intención de suministrarle, a cambio de nada, para siempre, solo con mirar, belleza, ¡más belleza! Las lágrimas le corrieron por las mejillas.

Era tofe; era un anuncio de tofe, le dijo una niñera a Rezia. Juntas empezaron a deletrear t... o... f...

—K... R... —dijo la niñera, y Septimus le oyó decir «Ka, Erre» al lado de su oído, suave y profundamente, como un órgano melodioso, pero con una aspereza en la voz como la de un saltamontes, que le raspó deliciosamente la columna vertebral y envió hasta su cerebro ondas de sonido que rompieron al chocar. ¡Qué descubrimiento tan maravilloso que la voz humana en determinadas condiciones atmosféricas (pues había que ser científicos, ante todo científicos) pudiera hacer que los árboles cobrasen vida! Por suerte, Rezia le puso encima de la rodilla una mano muy pesada que lo ancló, transfigurado, o la emoción de los olmos al alzarse y caer, alzarse y caer con todas sus hojas en llamas y el color al difuminarse e intensificarse desde el azul hasta el verde del hueco de una ola, igual que las plumas del penacho de un caballo, las plumas de los sombreros de las señoras, alzándose y cayendo, de un modo soberbio, lo habrían vuelto loco. Pero no enloquecería. Cerraría los ojos: no vería más.

Pero le hacían señas; las hojas estaban vivas; los árboles estaban vivos. Y como las hojas estaban conectadas por millones de fibras con su propio cuerpo, allí en el banco, subía y bajaba; cuando la rama se inclinaba, él también lo hacía. Los gorriones revolotearon, alzaron el vuelo y se posaron en fuentes irregulares que formaban parte de la escena: el blanco y el azul, tachado con ramas negras. Los ruidos creaban armonías con premeditación; los espacios entre ellos eran tan significativos como los ruidos. Un crío lloró. A lo lejos sonó un claxon. Tomado en conjunto equivalía al nacimiento de una nueva religión...

—¡Septimus! —dijo Rezia. Él dio un violento respingo. La gente tenía que darse cuenta—. Voy andando hasta la fuente y ahora vuelvo.

Porque ya no lo soportaba más. El doctor Holmes podía decir que no le pasaba nada. ¡Ella preferiría que estuviera muerto! No podía sentarse a su lado cuando miraba así y no la veía y todo lo convertía en algo espantoso: el cielo y los árboles, los niños que jugaban tiraban de carretillas, tocaban silbatos, se caían al suelo: todo era espantoso. Y él no se mataría; y ella no podría contárselo a nadie. «Septimus ha estado trabajando demasiado» era lo único que podía contarle a su propia madre. Querer a alguien te vuelve solitaria, pensó. No podía contárselo a nadie, ahora ni siquiera a Septimus, y al mirar atrás lo vio sentado solo en el banco con su abrigo raído, encorvado, con la mirada fija. Y era una cobardía por parte de un hombre decir que se mataría, pero Septimus había combatido, era valiente, ahora no era Septimus. Ella se había puesto el cuello de encaje. Se había puesto su sombrero nuevo y él no se había dado cuenta; y era feliz sin ella. ¡Nada podría hacer que ella fuese feliz sin él! ¡Nada! Era un egoísta. Como todos los hombres. No estaba enfermo. El doctor Holmes había dicho que no le pasaba nada. Ella extendió la mano. ¡Mira! Había adelgazado tanto que se le caía el anillo. Era ella quien sufría... pero no tenía a quién contárselo.

Lejos quedaban Italia y las casas blancas y la habitación donde sus hermanas se sentaban a fabricar sombreros, y las calles abarrotadas cada tarde de gente paseando, riéndose en voz alta, ¡no medio muertos como aquí, acurrucados en tumbonas, contemplando unas cuantas flores feas metidas en macetas!

—¡Tendrías que ver los jardines de Milán! —dijo en voz alta. Pero ¿a quién?

No había nadie. Sus palabras se desvanecieron. Igual que se desvanece un cohete. Sus chispas, abriéndose paso hacia la noche, se rinden a ella, la oscuridad desciende, se derrama sobre los perfiles de las casas y las torres; las colinas desoladas se suavizan y se desploman. Pero, aunque han desaparecido, la noche está llena de ellas; despojada de color, vacía de ventanas, existen más pesadamente, muestran lo que la franca luz del día no consigue transmitir: la confusión y la tensión de las cosas amontonadas en la oscuridad; apelotonadas en la oscuridad; despojadas del alivio que aporta el amanecer cuando, al pintar las paredes de blanco y gris, al revelar cada ventana, levanta la niebla de los campos, muestra las pardas vacas pastando en paz, todo vuelve a mostrarse a la vista; existe de nuevo. Estoy sola, ¡estoy sola!, gritó, al lado de la fuente en Regent's Park (contemplando al indio y su cruz),[12] igual tal vez que a medianoche cuando todos los límites desaparecen, el campo vuelve a su forma antigua, como lo veían los romanos, extendiéndose nuboso, al desembarcar, cuando las colinas no tenían nombre y los ríos fluían no se sabía adónde: así era su oscuridad; cuando de pronto, como si se hundiera un saliente sobre el que ella estaba, dijo que ella era su mujer, casada hace años en Milán, su mujer, ¡y nunca, nunca diría que estaba loco! El saliente giró y cayó: más y más bajo. Pues se había ido, pensó ella, se había ido, como había amenazado, para suicidarse: ¡para arrojarse debajo de un carro! Pero no; ahí estaba; sentado solo en el banco, con su abrigo raído, las piernas cruzadas, con la mirada fija y hablando en voz alta.

No se deben talar los árboles. Hay un Dios. (Anotaba esas revelaciones en el dorso de los sobres.) Cambia el mundo. Nadie mata por odio. Dalo a conocer (lo anotó). Esperó. Escuchó. Un gorrión encaramado en la reja de enfrente gorjeó «Septimus, Septimus», cuatro o cinco veces y siguió alargando las notas para cantar en

12. La fuente Readymoney ubicada al norte del Broad Walk en Regent's Park, y parecida a los cruceros de los mercados, fue un donativo de un acaudalado caballero parsi de Bombay.

griego y en tono fresco y agudo que no existe el delito y, en compañía de otro gorrión, cantó en griego con notas agudas y prolongadas desde los árboles del prado de la vida más allá de un río donde los muertos andan y la muerte no existe.

Ahí estaba su mano; ahí los muertos. Unas cosas blancas se estaban amontonando detrás de la reja que tenía enfrente. Pero no osó mirarlas. ¡Evans estaba detrás de la reja!

—¿Qué dices? —dijo Rezia de repente, sentándose a su lado.

¡Otra interrupción! Siempre estaba interrumpiéndole.

Lejos de la gente... tenían que alejarse de la gente, dijo él (levantándose de un respingo), allí, donde había unas sillas debajo de un árbol y la larga pendiente del parque bajaba como una franja de tela verde con un techo de lienzo azul y humo rosa en lo alto, y había una muralla de casas irregulares a lo lejos, desdibujadas por el humo, el tráfico zumbaba en círculos, y a la derecha varios animales parduzcos asomaban el largo cuello sobre la valla del zoo, ladrando y aullando. Se sentaron allí debajo de un árbol.

—Mira —le imploró ella, señalando a un grupito de niños con bates de críquet, uno de ellos arrastraba los pies, giraba sobre sus talones y arrastraba los pies, igual que un payaso en un teatro de variedades—. Mira —le imploró, pues el doctor Holmes le había dicho que lo obligara a fijarse en cosas reales, a ir al teatro de variedades, a jugar al críquet; ese era el deporte ideal, había dicho el doctor Holmes, un deporte al aire libre, el mejor deporte para su marido.

—Mira —repitió.

Mira, le decía lo oculto, la voz que se comunicaba ahora con él, que era Septimus, el más importante de los seres humanos, arrastrado hacía poco de la vida a la muerte, el Señor que había vuelto para renovar su pacto, que extendía como un cobertor un manto de nieve solo golpeado por el sol, eternamente impoluto, eternamente sufriente, el chivo expiatorio, la víctima eterna, pero él no quería, se quejó, apartando con un ademán ese sufrimiento eterno, esa soledad eterna.

—Mira —repitió ella, pues no debía dejar que su marido hablase solo en voz alta fuera de casa—. ¡Oh, mira! —le imploró. Pero ¿qué había que mirar? Unas cuantas ovejas. Nada más.

Maisie Johnson quería saber por dónde se iba a la estación de metro de Regent's Park —¿podían decirle por dónde se iba a la estación de metro de Regent's Park?—. Hacía solo dos días que había llegado de Edimburgo.

—Por aquí no... ¡por allí! —exclamó Rezia, apartándola con un gesto, para que no viese a Septimus.

Vaya pareja tan rara, pensó Masie Johnson. Todo parecía muy raro. Era la primera vez que estaba en Londres, había ido para trabajar en el negocio de su tío en Leadenhall Street, y ahora al pasar por Regent's Park por la mañana, esta pareja de las sillas la había asustado: la joven parecía extranjera, el hombre tenía una pinta muy rara, y cuando fuese muy vieja aún recordaría y resonaría en su memoria que una bonita mañana de verano hacía cincuenta años había pasado por Regent's Park. Pues tenía solo diecinueve años y por fin se había decidido a venir a Londres; y qué raro era todo, esta pareja a la que le había preguntado el camino, y la joven que había dado un respingo y había hecho un gesto con la mano, y el hombre... parecía muy raro; tal vez hubiesen discutido; o tal vez fuesen a separarse para siempre; algo pasaba, seguro; y ahora toda esta gente (pues había vuelto a la avenida principal), los estanques de piedra, las flores bien cuidadas, hombres y mujeres viejos, enfermos en silla de ruedas la mayor parte, todo parecía, después de Edimburgo, tan raro. Y Maisie Johnson, cuando volvió con aquella gente que andaba despacio, con la mirada perdida y acariciada por la brisa, con las ardillas que se asomaban encaramadas a los árboles, los gorriones que aleteaban en busca de migajas, los perros que olisqueaban las rejas, que se olisqueaban unos a otros, mientras el aire suave y cálido los bañaba y prestaba a la mirada fija y estólida con que recibían la vida un no sé qué de tranquilo y misterioso, sintió con claridad que debía gritar ¡Oh! (pues aquel joven de la silla le había dado un buen susto. Sabía que algo pasaba).

¡Horror, horror!, quería gritar. (Había dejado a su familia; le habían advertido de que ocurriría.)

¿Por qué no se habría quedado en casa?, lloró al hacer girar el pomo de la verja de hierro.

Esa joven, pensó la señora Dempster (que guardaba cortezas de pan para las ardillas y a menudo almorzaba en Regent's Park), aún no sabe nada; y la verdad es que le parecía mejor ser un poco rolliza, un poco perezosa y un poco moderada en sus expectativas. Percy bebía. Bueno, era mejor tener un hijo, pensó la señora Dempster. Lo había pasado mal y no podía evitar sonreír a una joven como esa. Te casarás, porque eres bastante guapa, pensó la señora Dempster. Cásate, pensó, y luego ya verás. ¡Oh!, los cocineros y demás. Cada hombre tiene sus manías. Pero no sé si habría escogido al mismo de haberlo sabido, pensó la señora Dempster, y no pudo evitar desear susurrarle una cosa a Maise Johnson; sentir en la bolsa arrugada de su rostro viejo y gastado un beso de compasión. Ha sido una vida dura, pensó la señora Dempster. ¿Qué no le había dado a la vida? Rosas, imagínate; y sus pies. (Ocultó los pies nudosos debajo de la falda.)

Rosas, pensó sardónica. Tonterías, hija mía. La verdad, entre comer, beber y aparearse, los días buenos y los malos, la vida no había sido un camino de rosas, y lo que es más, ¡deja que te diga que Carrie Dempster no cambiaría su destino por el de ninguna mujer de Kentish Town! Pero imploraba compasión. Compasión por la pérdida de las rosas. Era compasión lo que le pedía a Maisie Johnson, de pie al lado de un lecho de jacintos.

¡Ah, pero ese aeroplano! ¿No había querido siempre la señora Dempster viajar al extranjero? Tenía un sobrino, un misionero. Ascendía y bajaba. Ella siempre salía a navegar en Margate, sin perder de vista tierra firme, pero no tenía paciencia con esas mujeres que tienen miedo al agua. Cogía altura y caía. Tenía un nudo en el estómago. Otra vez arriba. Seguro que iba un joven guapo a bordo, la señora Dempster lo saludó con la mano, y se fue lejos, lejos, deprisa y hasta perderse de vista, el aeroplano se alejó cada vez más, se alzó sobre Greenwich y los mástiles; sobre la islita de las iglesias grises, Saint Paul y las demás, hasta que, a ambos lados de Londres, se extendían campos y bosques pardos y oscuros donde los valientes zorzales daban aguerridos saltitos, miraban con rapidez, cogían un caracol y lo golpeaban contra una piedra, una, dos, tres.

El aeroplano voló lejos y cada vez más lejos, hasta

que quedó reducido a una chispa brillante, una aspiración, un símbolo (eso le pareció al señor Bentley, que estaba enrollando vigorosamente una tira de césped en Greenwich) del alma del hombre, de su determinación, pensó el señor Bentley, rodeando el árbol, por salir de su cuerpo, fuera de su hogar, mediante el pensamiento, Einstein, la especulación, las matemáticas, la teoría mendeliana... el aeroplano se alejó.

Luego, mientras un hombre de aspecto desastrado y anodino con una bolsa de cuero se detenía en las escaleras de la catedral de Saint Paul, y dudaba, pues dentro esperaba aquel bálsamo, aquella bienvenida, innumerables tumbas con pendones, recuerdos de victorias no sobre ejércitos sino, pensó, sobre ese latoso espíritu de búsqueda de la verdad que me deja sin una posición, y más aún porque la catedral ofrece compañía, pensó, te invita a formar parte de una sociedad, a la que pertenecen grandes hombres; por la que han muerto mártires; por qué no entrar, pensó, dejar esta bolsa de cuero llena de panfletos delante de un altar, una cruz, el símbolo de algo que se ha alzado más allá de la búsqueda y de las palabras y se ha convertido en espíritu, incorpóreo, fantasmal... ¿por qué no entrar?, pensó, y mientras dudaba, el aeroplano sobrevoló Ludgate Circus.

Era raro; era silencioso. No se oía un ruido por encima del tráfico. Parecía no estar pilotado; acelerar por voluntad propia. Y ahora cobraba más y más altura, recto, como ascendiendo en éxtasis, por puro placer, y vertió humo blanco por detrás en un bucle y escribió una T, y una O, una F.

—¿Qué están mirando? —preguntó Clarissa Dalloway a la criada que le abrió la puerta.

El vestíbulo de la casa estaba frío como una bodega. La señora Dalloway se llevó la mano a los ojos, y, cuando la doncella cerró la puerta, y oyó el frufrú de la falda de Lucy, se sintió como una monja que ha abandonado el mundo y siente arremolinarse en torno a ella los velos familiares y la respuesta a antiguas devociones. La cocinera silbaba en la cocina. Oyó el teclear de una máquina de escribir. Era su vida, e, inclinando la cabeza sobre la mesa del salón, se plegó a su influencia, se sintió bendecida y purificada, se dijo, mientras cogía el bloc con el recado telefónico, que momentos así son brotes del árbol de la vida, flores de oscuridad, pensó (como si una preciosa rosa hubiese florecido solo para ella); ni por un momento había creído en Dios; pero razón de más, pensó, cogiendo el bloc, para devolver algo en la vida cotidiana a los criados, sí, a los perros y a los canarios, y por encima de todo a su marido Richard, que era el fundamento de todo —de los ruidos alegres, de las luces verdes, incluso de los silbidos de la cocinera, pues la señora Walker era irlandesa y silbaba todo el día— para devolver por esa acumulación secreta de momentos exquisitos, pensó, levantando el bloc, mientras Lucy seguía a su lado intentando explicar cómo...

—El señor Dalloway, señora...

Clarissa leyó en el bloc: «Lady Bruton desea saber si el señor Dalloway puede comer con ella hoy».

—El señor Dalloway, señora, me ha pedido que le dijera que comería fuera.

—¡Vaya! —dijo Clarissa, y Lucy compartió con ella su decepción (pero no la punzada); sintió la sintonía entre ambas; entendió la indirecta; pensó en cómo amaban los ricos; embelleció su propio futuro con calma; y, cogiendo la sombrilla de la señora Dalloway, la manejó como si fuese un arma secreta de la que se despoja una diosa, después de defenderse en el campo de batalla, y la dejó en el paragüero.

—No temas ya —dijo Clarissa. No temas ya el calor del sol; pues la sorpresa de que lady Bruton hubiese invitado a Richard a comer sin ella la había hecho temblar, igual que una planta a la orilla del río nota el golpe de un remo que pasa y se estremece: así se agitó, así se estremeció.

Millicent Bruton, cuyos almuerzos se decía que eran extraordinariamente divertidos, no la había invitado. Ningunos celos vulgares podían distanciarla de Richard. Pero sí temía al tiempo mismo, y leyó en el rostro de lady Bruton, como si fuese una esfera tallada en la roca impasible, la disminución de la vida: como año tras año, su parte se iba reduciendo, lo poco que podía estirarse ya el margen que le quedaba, y absorber, como en los años de juventud, los colores, los sabores, los tonos de la existencia, cómo llenaba una sala al entrar en ella, y a menudo sentía, mientras esperaba un instante en el umbral de su salón, una exquisita incertidumbre, como la que debía de sentir un buceador antes de zambullirse mientras el mar se oscurece e ilumina a sus pies, y las olas que amenazan con romper, pero solo dividen su superficie, giran y ocultan e incrustan al girar sobre las algas con perlas.

Dejó el bloc en la mesa del vestíbulo. Empezó a subir despacio las escaleras, con la mano en la barandilla, como si hubiese abandonado una fiesta, donde este o aquel amigo habían recordado su rostro, su voz; había cerrado la puerta, se había ido y se había quedado sola, una figura solitaria ante la noche espantosa, o más bien, para ser exactos, ante la mirada fija de esta prosaica mañana de junio, suavizada para algunos con el rubor de los pétalos de rosa, lo sabía, y lo sentía, al detenerse al lado de la ventana abierta de la escalera que dejaba pasar el ruido de los postigos que golpeaban, los ladridos de los perros; que dejaba pasar, pensó, sintiéndose de pronto marchita, envejecida, sin pechos, el estrépito, el hálito y la eclosión del día fuera, fuera de la ventana, fuera de su cuerpo y de su cerebro que ahora declinaban porque lady Bruton, cuyos almuerzos se decía que eran extraordinariamente divertidos, no la había invitado.

Como una monja que se retira del mundo, o un niño que explora una torre, subió, al piso de arriba, se detuvo en la ventana, entró en el cuarto de baño. Ahí estaban el linóleo verde y un grifo que goteaba. Había un vacío en el corazón de la vida; una buhardilla. Las mujeres deben quitarse sus adornos. A mediodía deben desvestirse. Clavó la aguja en el acerico y dejó el sombrero amarillo con plumas sobre la cama. Las sábanas estaban limpias, tensas, en una ancha cinta blanca de lado a lado. Su cama se volvería cada vez más estrecha. La vela se había consumido a medias y ella había avanzado mucho en la lectura de las *Memorias* del barón Marbot. Había leído de noche hasta tarde sobre la retirada de Moscú. Pues las sesiones en el Parlamento duraban tanto que, después de su enfermedad, Richard insistió en que debía dormir sin que nadie la molestara. Y en realidad prefería leer sobre la retirada de Moscú. Él lo sabía. Así que el cuarto era una buhardilla; la cama estrecha; y tumbada allí leyendo, pues dormía mal, no lograba disipar una virginidad conservada aún después del parto y que se le pegaba al cuerpo como una sábana. Encantadora en la niñez, de pronto hubo un momento —por ejemplo, en el río al pie del bosque en Clieveden— cuando, por alguna convulsión de esa frialdad, ella le había fallado. Y después en Constantinopla, y una y otra vez. Ella veía lo que le faltaba. No era belleza; no era inteligencia. Era algo crucial que lo empapaba todo; algo cálido que asomaba a la superficie y agitaba el frío contacto entre hombres y mujeres, o entre mujeres. Pues eso solo podía percibirlo vagamente. Lo lamentaba, tenía unos escrúpulos adquiridos Dios sabía dónde o, como intuía ella, enviados por la Naturaleza (que siempre es sabia); pero a veces no podía resistir ceder al encanto de una mujer, no una niña, sino una mujer que le confesara, como le ocurría a menudo, algún aprieto, alguna locura. Y ya fuese por lástima o por su belleza, o porque ella era mayor, o por algo casual como un leve olor, o un violín en la casa de al lado (así de extraño es el poder de los sonidos en determinados momentos), sentía sin dudarlo lo que sentían los hombres. Solo por un momento, pero con eso bastaba. Era una revelación súbita, un matiz como un rubor que intentabas contener y luego, cuando se extendía, dejabas que se extendiera, y corrías lo más lejos posible y sentías temblorosa cómo el mundo se acercaba, preñado de un sorprendente significado, de una presión extática, que rajaba su fina piel y brotaba y se derramaba con un alivio extraordinario por las grietas y las heridas. Luego, en ese momento, había visto una luz; una cerilla ardiendo en una flor de azafrán; un significado íntimo casi expresado. Pero la cercanía se apartaba; lo duro se ablandaba. El momento había pasado. Con esos momentos (también con las mujeres) contrastaban (al quitarse el sombrero) la cama y el barón Marbot y la vela consumida a medias. Tumbada despierta en la cama, el suelo crujía; la casa iluminada se oscurecía de pronto, y si levantaba la cabeza podía oír el chasquido del picaporte cuando, con todo el cuidado posible, Richard se deslizaba escaleras arriba en calcetines y luego, casi siempre, se le caía la bolsa de agua caliente y maldecía. ¡Cómo se reía ella!

Pero esta cuestión del amor (pensó, quitándose el abrigo), esto de enamorarse de otras mujeres. Mira a Sally Seton; su antigua relación con Sally Seton. ¿No había sido, al fin y al cabo, amor?

Estaba sentada en el suelo —ese era su primer recuerdo de Sally—, sentada en el suelo con los brazos en torno a las rodillas, fumando un cigarrillo. ¿Dónde habría sido? ¿En casa de los Manning? ¿En la de los Kinloch-Jones? En alguna fiesta (no estaba segura dónde), pues tenía el recuerdo claro de haber preguntado al hombre con quien estaba, «¿Quién es esa?». Y él le había respondido y le había dicho que los padres de Sally no se llevaban bien (cómo la sorprendió eso: ¡que los padres de alguien se peleasen!). Pero en toda esa tarde no pudo apartar los ojos de Sally. Era una belleza extraordinaria de las que más admiraba, morena, de ojos grandes, con esa cualidad que, puesto que ella no la tenía, siempre había envidiado, una especie de abandono, como si pudiese decir cualquier cosa, hacer cualquier cosa; una cualidad mucho más común en los extranjeros que en las inglesas. Sally siempre decía que tenía sangre francesa en las venas, una antepasada suya había estado con Maria Antonieta, le habían cortado la cabeza, había dejado un anillo de rubíes. Tal vez ese verano fue cuando se quedó en Bourton, se presentó sin avisar, sin un penique en el bolsillo, una noche después de cenar, y le dio tal disgusto a la pobre tía Helena que nunca se lo perdonó. Habían tenido una terrible discusión en casa. Literalmente no tenía un penique la noche que se presentó en su casa: había empeñado un broche para pagarse el viaje. Se había ido en un arrebato. Se quedaron despiertas hasta altas horas de la noche hablando. Fue Sally quien le hizo sentir, por primera vez, lo protegida que era su vida en Bourton. No sabía nada sobre el sexo... nada sobre los problemas sociales. Una vez había visto un anciano que se había desplomado muerto en un campo... había visto vacas justo después de dar a luz a sus terneros. Pero a la tía Helena no le gustaba hablar de esas cosas (cuando Sally le regaló un libro de William Morris, tuvo que dárselo envuelto en papel de estraza). Estuvieron allí sentadas, hora tras hora, hablando en su dormitorio en el piso de arriba, hablando de la vida y de cómo iban a cambiar el mundo. Querían fundar una sociedad para abolir la propiedad privada y llegaron a redactar una carta, aunque no la enviaron. Las ideas eran de Sally, claro, pero muy pronto ella estuvo igual de emocionada por ellas: leía a Platón en la cama antes del desayuno, leía a Morris, leía a Shelley a todas horas.

El poder de Sally era increíble, su talento, su personalidad. Lo que hacía con las flores, por ejemplo. En Bourton siempre habían tenido aburridos jarroncitos a lo largo de la mesa. Sally salía a buscar malvas, dalias —toda suerte de flores que nunca se habían visto juntas—, cortaba los capullos y los colocaba flotando en cuencos llenos de agua. El efecto era extraordinario al ir a cenar al atardecer. (Por supuesto a la tía Helena le parecía una crueldad tratar así a las flores.) Luego olvidaba su esponja, y corría desnuda por el pasillo. Aquella criada vieja y lúgubre, Ellen Atkins, iba por ahí refunfuñando. «¿Y si se hubiese encontrado con uno de los caballeros?» Desde luego escandalizaba a la gente. Era desaliñada, decía su padre.

Lo raro, al volver la vista atrás, era la pureza, la integridad, de sus sentimientos por Sally. No era como lo que una sentía por un hombre. Era totalmente desinteresado, y además tenía una cualidad que solo podía existir entre mujeres, entre mujeres que acababan de llegar a la edad adulta. Era protector, por su parte; surgía de una sensación de estar compinchadas, de un presentimiento de algo que terminaría separándolas (siempre hablaban del matrimonio como una catástrofe), que conducía a esa caballerosidad, esa sensación protectora mucho más por su parte que por la de Sally. Pues en esos días era totalmente temeraria; hacía las cosas más estúpidas por pura bravuconería: iba en bicicleta por la balaustrada de la terraza, fumaba cigarros. Era absurda, muy absurda. Pero su encanto era irresistible, al menos para ella, recordaba estar de pie en su cuarto en lo alto de la casa con la bolsa de agua caliente en la mano y diciendo en voz alta: «¡Está bajo este mismo techo... está bajo este mismo techo!».

No, las palabras ahora no significaban nada para ella. Ni siquiera podía oír un eco de su antigua emoción. Aunque recordaba quedarse helada de emoción y peinarse con una especie de éxtasis (empezó a notar la vieja sensación, mientras se quitaba las horquillas del pelo, las dejaba en la mesita del tocador y se peinaba), con los cuervos volando arriba y abajo en la luz sonrosada del atardecer, y vestirse y bajar las escaleras y notar al cruzar el vestíbulo que «si fuese ahora el tiempo de morir, sería el colmo de la dicha».[13] Esa era su sensa-

13. Clarissa cita la escena primera del acto II de *Otelo*, cuando Otelo desembarca en Chipre y vuelve con Desdémona.

ción, la de Otelo, y la sentía, estaba convencida de ello, con tanta fuerza como Shakespeare quiso que lo sintiera Otelo, ¡y todo porque estaba bajando a cenar con un vestido blanco e iba a ver a Sally Seton!

Ella llevaba un vestido de gasa rosa, ¿sería posible? En cualquier caso, parecía toda luz, brillo, como un pájaro o un globo que se le ha escapado a un niño y se ha enganchado en una zarza. Pero nada resulta tan raro cuando estás enamorada (¿y qué era eso sino estar enamorada?) como la total indiferencia de los demás. La tía Helena salió a pasear después de la cena, su padre se puso a leer el periódico. Puede que también estuviese Peter Walsh, y la vieja señorita Cummings; Joseph Breitkopf seguro que estaba, porque iba cada verano, pobre viejo, semanas y semanas, y fingía leer en alemán con ella, aunque en realidad tocaba el piano y cantaba a Brahms sin voz alguna.

Todo esto era solo un telón de fondo para Sally. Se quedaba al lado de la chimenea hablando con esa preciosa voz que hacía que todo lo que decía sonara como una caricia, con su padre, que había empezado a sentirse atraído contra su voluntad (nunca le perdonó haberle prestado uno de sus libros y encontrarlo empapado en la terraza), cuando de pronto dijo: «¡Qué lástima estar encerrados en casa!», y todos salieron a la terraza y estuvieron paseando arriba y abajo. Peter Walsh y Joseph Breitkopf siguieron hablando de Wagner. Sally y ella se quedaron un poco más atrás. Luego llegó el momento más exquisito de toda su vida al pasar al lado de un macetero de piedra lleno de flores. Sally se detuvo, arrancó una flor y la besó en los labios. ¡El mundo entero podría haberse dado la vuelta! Los demás desaparecieron; ella se quedó a solas con Sally. Ella sintió que le habían dado un regalo, muy bien envuelto, y le habían dicho que lo guardara, que no lo mirase —un diamante, algo infinitamente precioso, muy bien envuelto, que, mientras andaban (arriba y abajo, arriba y abajo), ella descubrió, la quemó su resplandor, la revelación, el sentimiento religioso—, cuando el viejo Joseph y Peter se volvieron hacia ellas:

—¿Contemplando las estrellas?

¡Fue como estrellarse contra una pared de granito en la oscuridad! Fue sorprendente; ¡fue horrible!

No para ella. Solo notó cómo estaban vapuleando ya a Sally, maltratándola; notó la hostilidad de él, sus celos, su determinación de inmiscuirse en su amistad. Todo eso vio como quien ve un paisaje bajo el destello de un relámpago y Sally (¡nunca la había admirado tanto!) siguió invicta su camino. Se rio. Hizo que el viejo Joseph le dijera el nombre de las estrellas, cosa que a él le gustaba hacer con gesto muy serio. Ella se plantó allí, escuchó. Oyó el nombre de las estrellas.

«¡Qué horror!», se dijo, como si hubiese sabido todo el tiempo que algo interrumpiría, que algo amargaría su momento de felicidad.

Y, sin embargo, cuántas cosas debería después a Peter Walsh. Siempre que pensaba en él, pensaba por alguna razón en sus discusiones, tal vez por lo mucho que quería que tuviese buena opinión de ella. Le debía palabras: *sentimental*, *civilizado*; surgían cada día de su vida, como si la vigilara. Un libro era sentimental, una actitud ante la vida, sentimental. Tal vez ella fuese sentimental por pensar en el pasado. ¿Qué pensaría él —le habría gustado saber— cuando volviese?

¿Que ella había envejecido? ¿Se lo diría, o lo sorprendería pensándolo cuando volviera? Era cierto.

Desde su enfermedad el pelo se le había vuelto casi blanco.

Al dejar el broche en la mesa, sintió un escalofrío, como si, mientras pensaba, las gélidas garras hubiesen encontrado la ocasión de clavarse en ella. Aún no era vieja. Acababa de empezar su quincuagésimo segundo año. Aunque quedaban meses y meses intactos. ¡Junio, julio, agosto! Todos estaban casi enteros, y, como para apurar la última gota, Clarissa (yendo a la mesita del tocador) se zambulló en el corazón mismo del momento, transfigurada, allí: el momento de esta mañana de junio en la que estaba la presión de todas las otras mañanas, mirando el espejo, la mesita del tocador, y de nuevo los frascos, concentrando todo su ser en un solo punto (mientras se miraba en el espejo), viendo el delicado rostro sonrosado de la mujer que esa misma noche iba a dar una fiesta; de Clarissa Dalloway; de sí misma.

¡Cuántos millones de veces había visto esa cara, y siempre con la misma contracción imperceptible! Fruncía los labios al mirarse en el espejo. Lo hacía para afilar su rostro. Esa era ella: afilada, como un dardo, definitiva. Esa era ella cuando algún esfuerzo, algo que le pedía ser ella misma, la hacía juntar las partes, solo ella sabía lo distintas, lo incompatibles que eran compuestas así para el mundo en un único centro, un diamante, una mujer sentada en su salón convertida en punto de encuentro, una radiación sin duda para alguna vida aburrida, tal vez un refugio al que podían acudir los solitarios; había ayudado a algunos jóvenes, que le estaban agradecidos; había intentado ser siempre la misma, no revelar nunca ningún indicio de sus otras facetas, de sus defectos, celos, vanidades, sospechas, como la que le inspiraba lady Bruton por no haberla invitado a almorzar, lo cual pensó (peinándose por fin el pelo) es una bajeza. Bueno, ¿dónde estaba su vestido?

Sus vestidos de fiesta colgaban en el armario. Clarissa, hundiendo la mano en su suavidad, sacó con cuidado el vestido verde y lo llevó a la ventana. Estaba rasgado. Alguien le había pisado la falda. Había notado cómo se descosía en la fiesta de la embajada en lo alto entre los pliegues. Con luz artificial el verde brillaba, pero a la luz del sol perdía su color. Lo zurciría. Las criadas tenían demasiadas cosas que hacer. Se lo pondría esa noche. Llevaría los carretes de hilo de seda, las tijeras, su... ¿cómo se llamaba?, el dedal, claro, al salón, pues también tenía que escribir, y comprobar que todo estaba más o menos en orden.

¡Era raro, pensó, deteniéndose en el descansillo, y recomponiendo aquella forma de rombo, esa única persona, era raro como la dueña de la casa conoce en cada momento el estado de su casa! Unos leves ruidos subían formando espirales por el hueco de la escalera; el roce de una mopa, golpes, martillazos; un estrépito cuando se abrió la puerta principal; una voz que repetía un recado abajo; el entrechocar de los cubiertos de plata en una bandeja; la plata limpia para la fiesta. Todo era para la fiesta.

(Y Lucy, al entrar al salón con la bandeja, dejó los enormes candelabros en la repisa de la chimenea, con el cofre de plata en el medio, giró el delfín de cristal hacia el reloj. Vendrían; estarían allí de pie; damas y caballeros conversarían en ese tono afectado que ella sabía imitar. De todos ellos la más encantadora era la anfitriona: la dueña de la plata, de los manteles de lino, de la porcelana, pues el sol, la plata, las puertas sacadas de las jambas, los operarios de Rumpelmayer, le produjeron la sensación, mientras dejaba el abrecartas en la mesa taraceada, de haber conseguido un logro. ¡Mirad, mirad!, dijo delante del espejo a sus antiguas amigas en la panadería de Caterham donde había trabajado por primera vez. Cuando entró la señora Dalloway, se sintió como lady Angela, acompañando a la princesa María.)

—Oh, Lucy —exclamó—, ¡qué bonita está la plata! Bueno —dijo, volviendo a poner recto el delfín de cristal—, ¿qué te pareció la obra de anoche?

—¡Oh, tuvimos que marcharnos antes de que terminara! —respondió Lucy—. ¡Teníamos que estar de vuelta a las diez!

—Así que no sabéis lo que pasó —dijo—. Qué mala pata —dijo (pues los criados podían volver más tarde, si se lo pedían)—. Es una pena —añadió cogiendo el cojín gastado que había en el sofá y poniéndoselo a Lucy entre los brazos, le dio un empujoncito y exclamó:

—¡Llévatelo! ¡Dáselo a la señora Walker con mis saludos! ¡Llévatelo! —exclamó.

Y Lucy se detuvo ante la puerta del salón, con el cojín, y dijo, con timidez, ruborizándose un poco, si no quería que la ayudase a zurcir el vestido.

Pero la señora Dalloway respondió que ella ya tenía demasiadas cosas entre manos, demasiadas para tener que ocuparse también de eso.

—Pero, gracias, Lucy, oh, gracias —dijo la señora Dalloway

Y gracias, gracias siguió diciendo (sentada en el sofá con el vestido sobre las rodillas, las tijeras y los hilos de seda), gracias, gracias, siguió diciendo agradecida en general a sus criados por ayudarla a ser así, a ser lo que quería, amable y generosa. Sus criados la apreciaban.

Y luego este vestido suyo... ¿dónde estaba el desgarrón? Y ahora había que enhebrar la aguja. Este era uno de sus vestidos favoritos, uno de Sally Parker, casi el último que había hecho, ay, pues Sally se había jubilado y vivía en Ealing, y si alguna vez tengo un momento, pensó Clarissa (aunque nunca volvería a tenerlo) iré a visitarla a Ealing. Era un personaje, pensó Clarissa, una auténtica artista. Le gustaban cosas un poco excéntricas, pero sus vestidos nunca eran raros. Podías llevarlos en Hatfield, en el palacio de Buckingham. Ella los había llevado en Hatfield; en el palacio de Buckingham.

Descendió sobre ella un silencio, una calma, una satisfacción, mientras su aguja, tirando despacio de la seda, juntaba los pliegues verdes y los unía, levemente, al cinturón. Así se formaban las olas un día de verano, se desploman y caen; se forman y caen; y el mundo entero parece estar diciendo «ya está» con voz más y más tonante, hasta que incluso el corazón del cuerpo tumbado al sol en la playa lo dice también, «ya está». Ya no has de temer, dice el corazón. Ya no has de temer, dice el corazón, entregando su carga a algún mar, que suspira colectivamente por todos los pesares y se renueva, empieza, se forma, se deja caer. Y el cuerpo solo escucha a la abeja que pasa; la ola que rompe, el perro que ladra, a lo lejos ladra y ladra.

—¡Cielos, la campanilla de la puerta! —exclamó Clarissa, deteniendo la aguja. Inquieta, escuchó.

—La señora Dalloway me recibirá —dijo el hombre entrado en años del recibidor—. ¡Oh, sí, me recibirá! —repitió, apartando a Lucy con mucha benevolencia y subiendo a toda prisa las escaleras—. Sí, sí, sí —murmuró mientras se apresuraba escaleras arriba—. Me recibirá. Después de cinco años en la India, Clarissa me recibirá.

—¿Quién puede... qué puede...? —preguntó la señora Dalloway (pensando que era indignante que la interrumpieran a las once de la mañana del día que estaba dando una fiesta) al oír pasos en las escaleras. Oyó una mano en el pomo de la puerta. Ocultó el vestido, como una virgen protegiendo su castidad, respetando la intimidad. El pomo de latón giró. La puerta se abrió, y entró... ¡por un único segundo no recordó su nombre!, ¡tan sorprendida estaba de verlo, tan contenta, tan tímida, tan atónita de que Peter Walsh fuese a verla sin avisar por la mañana! (No había leído su carta.)

—¿Y cómo estás? —dijo Peter Walsh, literalmente temblando; cogiéndole las manos, besándole las manos. Ha envejecido, pensó, al tomar asiento. No le diré nada, pensó, porque ha envejecido. Me está mirando, pensó, y lo embargó un súbito azoramiento, aunque le había besado las manos. Se metió la mano en el bolsillo, sacó un cortaplumas de gran tamaño y abrió un poco la hoja.

Está exactamente igual, pensó por su parte Clarissa; el mismo aire un poco extraño, el mismo traje de cuadros, la cara un poco angulosa, tal vez un poco más delgada, más seca, tal vez, pero tiene un aspecto espléndido.

—¡Qué alegría volver a verte! —exclamó ella. Había sacado su cortaplumas. Qué típico de él, pensó.

Apenas había llegado la noche anterior —le explicó él; tenía que ir al campo cuanto antes; y ¿qué tal iba todo y qué tal todo el mundo... Richard, Elizabeth?

—¿Y qué es todo esto? —dijo, señalando con el cortaplumas hacia el vestido verde.

Va muy bien vestido, pensó Clarissa, pero siempre me critica.

Está aquí zurciéndose el vestido; zurciéndose el vestido como siempre, pensó; ha estado sentada aquí todo el tiempo que yo he pasado en la India, zurciéndose el vestido, asistiendo a fiestas, yendo y viniendo de la Cámara de los Comunes y demás, pensó, cada vez más irritado, cada vez más agitado, no hay nada peor en el mundo para algunas mujeres que el matrimonio, pensó, y la política, y tener un marido conservador, como el admirable Richard. Así es, así es, pensó, cerrando el cortaplumas con un chasquido.

—Richard está muy bien. Richard está en un comité —dijo Clarissa.

Y abrió las tijeras, y le preguntó si le importaba que terminase lo que estaba haciendo, pues iban a dar una fiesta esa noche.

—A la que no te invitaré —añadió—. ¡Mi querido Peter! —dijo.

Pero era delicioso oírle decir eso: ¡mi querido Peter! La verdad es que todo era delicioso: la cubertería de plata, las sillas. ¡Todo era delicioso!

¿Por qué no iba a querer invitarle a la fiesta?, quiso saber él.

Desde luego, pensó Clarissa, es encantador. ¡Totalmente encantador! Recuerdo que me resultaba imposible decidir ¿y por qué lo decidí, no casarme con él —pensó— aquel verano tan espantoso?

—Pero ¡es tan extraordinario que hayas venido esta mañana! —exclamó, poniendo las manos, una encima de la otra, sobre el vestido—. ¿Recuerdas —preguntó— cómo golpeaban los postigos en Bourton?

—Desde luego —respondió él; y recordó haber desayunado a solas, muy cohibido, con su padre, que había muerto después, y él no había escrito a Clarissa. Pero él nunca se había llevado bien con el viejo Parry, aquel anciano quejoso de rodillas débiles, el padre de Clarissa, Justin Parry.

—A menudo pienso que ojalá me hubiese llevado mejor con tu padre —dijo.

—Pero a él no le gustaba nadie que... nuestros amigos —dijo Clarissa; y se habría mordido la lengua por recordarle así a Peter que había querido casarse con ella.

Pues claro que sí, pensó Peter; y casi me parte el corazón, pensó; y lo embargó su propio pesar, que se alzó como una luna contemplada desde una terraza, bella y fantasmal con la luz del día que declina. Fui más desdichado de lo que lo he sido nunca después, pensó. Y, como si de verdad estuviese sentado en la terraza, se acercó un poco a Clarissa; alargó la mano, la levantó, la dejó caer. Se quedó sobre ellos, esa luna. Ella también pareció estar sentada en la terraza a la luz del claro de luna.

—Se lo ha quedado Herbert —dijo ella—. Ya nunca voy.

Luego, igual que ocurre en una terraza bajo la luna, cuando alguien empieza a sentirse avergonzado de estar aburrido ya y, como los otros siguen en silencio, muy callados, mirando tristemente la luna, no se atreve a hablar, mueve el pie, carraspea, repara en una voluta de hierro de la pata de la mesa, mueve una hoja, pero no dice nada... eso hizo Peter Walsh. Pues ¿para qué volver así al pasado?, pensó. ¿Por qué hacerle pensar en eso otra vez? ¿Por qué hacerlo sufrir, cuando ella lo había torturado de aquel modo? ¿Por qué?

—¿Te acuerdas del lago? —dijo ella, con voz brusca, bajo la presión de una emoción que le encogió el corazón, le tensó los músculos del cuello y le contrajo los labios en un espasmo cuando dijo «lago». Pues era una niña echándoles pan a los patos, al lado de sus padres, y al mismo tiempo una mujer adulta que iba a ver a sus padres que estaban al lado del lago, llevando su vida entre los brazos que, al acercarse a ellos, crecía y crecía, hasta convertirse en una vida entera, una vida completa que dejaba a su lado diciendo: «¡Esto es lo que he hecho de ella! ¡Esto!». ¿Y qué había hecho de ella? Sí, ¿qué?, sentada allí, zurciendo esta mañana con Peter.

Miró a Peter Walsh; su mirada, pasando por todo ese tiempo y esas emociones, llegó dubitativa hasta él; se posó lacrimosa en él; y se alzó y se alejó volando, igual que un pájaro que roza una rama y alza el vuelo. Con mucha naturalidad se secó los ojos.

—Sí —dijo Peter—. Sí, sí, sí —dijo, como si ella sacara algo a la superficie que le dolía al asomarse.

¡Para, para!, habría querido gritar. Porque no era viejo; su vida no había acabado; ni mucho menos. Acababa de cumplir cincuenta años. ¿Se lo digo —pensó— o no? Querría confesárselo todo. Pero es demasiado fría, pensó; zurciendo, con sus tijeras; Daisy parecería vulgar al lado de Clarissa. Y me tomaría por un fracasado, y lo soy desde su punto de vista, pensó; desde el punto de vista de los Dalloway. Oh, sí, no le cabía la menor duda; era un fracasado, comparado con todo esto: la mesa taraceada, el abrecartas, el delfín y los candelabros, las fundas de las sillas y los grabados ingleses antiguos: ¡era un fracasado! Detesto la petulancia de todo esto, pensó; es cosa de Richard, no de Clarissa; aunque se casó con él. (En ese momento Lucy entró en la salita con los cubiertos de plata, más cubiertos de plata, aunque tenía un aspecto encantador, esbelta y graciosa, pensó él, cuando se agachó a dejar la bandeja.) ¡Y esto ha estado sucediendo todo el tiempo!, pensó; semana tras semana; la vida de Clarissa; mientras yo... pensó; y de pronto todo pareció emanar de él: ¡viajes, excursiones a caballo, discusiones, aventuras, partidas de bridge, amoríos, trabajo, trabajo, trabajo! y sacó el cortaplumas sin disimulo: su viejo cortaplumas de cachas de cuerno que Clarissa podría jurar que había tenido esos treinta años y apretó el puño sobre él.

Qué costumbre tan extraordinaria, pensó Clarissa; siempre jugando con el cuchillo. Siempre haciendo que una se sienta también frívola, sin ideas, una parlanchina cabeza hueca, como antes. Aunque yo también, pensó, y, cogiendo la aguja, llamó, como una reina cuyos guardias se han quedado dormidos y la han dejado desprotegida (le había sorprendido bastante esta visita... la había alterado) de modo que cualquiera puede entrar y verla donde yace con las zarzas curvándose sobre ella, llamó en su ayuda a las cosas que hacía; a las cosas que le gustaban; a su marido; a Elizabeth; a sí misma, en suma, a quien Peter apenas conocía, para que acudiesen y vencieran al enemigo.

—Bueno, ¿y qué ha sido de ti? —dijo. De ese modo, antes de que empiece una batalla, los caballos patean el suelo; mueven la cabeza; la luz se refleja en sus costados; sus cuellos se curvan. Así se desafiaron Peter Walsh y Clarissa, sentados uno al lado del otro en el sofá azul. Los poderes de él se impacientaban y agitaban en su interior. Juntó toda clase de cosas de distintos sitios: alabanzas; su carrera en Oxford; su matrimonio, del que ella nada sabía; cómo había amado y en conjunto hecho su trabajo.

—¡Millones de cosas! —exclamó, y, animado por

esos poderes que estaban embistiendo aquí y allá y dándole la sensación al mismo tiempo aterradora y extremadamente estimulante de estar volando por el aire a hombros de personas a las que ya no podía ver, se llevó las manos a la frente.

Clarissa se sentó muy erguida; contuvo el aliento.

—Estoy enamorado —dijo, pero no a ella, sino a alguien que se había alzado en la oscuridad, de modo que no se la podía tocar, sino solo dejar la guirnalda sobre la hierba en la oscuridad—. Enamorado —repitió, hablándole ahora con sequedad a Clarissa Dalloway—; enamorado de una joven en la India. —Había depositado su guirnalda. Clarisa podía hacer lo que creyera conveniente.

—¡Enamorado! —dijo ella.

¡Que él, a su edad y con su minúscula pajarita, esté absorbido por ese monstruo! Y tiene el cuello descarnado, las manos están enrojecidas; ¡y es seis meses mayor que yo!, vio el reflejo de su mirada, pero en el fondo del corazón, pensó, pese a todo, está enamorado. Eso lo tiene, pensó: está enamorado.

Pero el indomeñable egotismo que siempre vence a las huestes que se le oponen, el río que dice adelante, adelante, adelante, aunque admita que no tenemos dónde ir, y sigue adelante, adelante; ese egotismo indomeñable tiñó sus mejillas de rubor; la hizo parecer muy joven; muy sonrosada; con los ojos luminosos allí sentada con el vestido sobre la rodilla, y su aguja tiró hasta el final del hilo de seda verde, un poco temblorosa. ¡Estaba enamorado! No de ella. De alguna mujer más joven, claro.

—¿Y quién es ella? —preguntó.

Ahora debían bajar esa estatua de sus alturas y colocarla entre los dos.

—Una mujer casada, por desgracia —dijo—, la mujer de un comandante del ejército en la India.

Y, con una dulzura irónica y curiosa, sonrió al colocarla de esa forma tan ridícula ante Clarissa.

(Da igual, está enamorado, pensó Clarissa.)

—Tiene —continuó, muy razonable— dos niños pequeños; un niño y una niña; y he venido a ver a mis abogados por el divorcio.

¡Ahí los tienes!, pensó él. ¡Haz lo que te parezca con ellos, Clarissa! ¡Ahí los tienes! Y, segundo a segundo, le pareció que la mujer del comandante del ejército en la India (su Daisy) y sus dos niños se volvían más y más encantadores mientras Clarissa los miraba; como si hubiese encendido una bolita gris en un plato y un precioso árbol se hubiese alzado en el aire marino fresco y salado de su intimidad (pues en algunos aspectos nadie lo entendía ni empatizaba con él como Clarissa), su exquisita intimidad.

Esa mujer lo halagaba; lo manipulaba, pensó Clarissa, dando forma a la esposa del comandante del ejército en la India con tres cortes de cuchillo. ¡Qué desperdicio! ¡Qué locura! Toda su vida Peter se había dejado engañar así; primero cuando lo enviaron a Oxford, luego cuando se casó con la joven del barco rumbo a la India, ahora la mujer de un comandante... ¡gracias a Dios ella se había negado a casarse con él! Pero aun así estaba enamorado; su antiguo amigo, su querido Peter, estaba enamorado.

—Pero ¿qué vas a hacer? —le preguntó.

¡Oh, los abogados y los procuradores!, el bufete de Hooper y Grateley de Lincoln's Inn se iba a encargar de todo, dijo. Y se cortó literalmente las uñas con su cortaplumas.

¡Por el amor de Dios, deja de una vez ese cuchillo!, gritó ella para sus adentros con una irritación incontenible; lo que siempre le había irritado era su tonto desprecio por los convencionalismos, su debilidad; su falta de la más mínima comprensión de los sentimientos ajenos; y ahora, a esta edad, ¡qué tontería!

Lo sé, pensó Peter; sé a lo que me enfrento, pensó, pasando el dedo por la hoja de su cuchillo, Clarissa y Dalloway y los demás; pero le demostraré a Clarissa... y entonces para su absoluta sorpresa, lanzado de pronto por esas fuerzas incontrolables, lanzado por el aire, estalló en lágrimas; lloró; lloró sin la menor vergüenza, sentado en el sofá, con las lágrimas cayéndole por las mejillas.

Y Clarissa se había inclinado hacia delante, le había cogido la mano, lo había acercado hacia ella, lo había besado, de hecho notó su rostro contra el suyo antes de que tuviese ocasión de apartar las plumas plateadas de su pecho como la hierba de la pampa bajo una tormenta tropical, que, al amainar, la dejó cogiéndolo de la mano, dándole palmaditas en la rodilla y sintiéndose, cuando volvió a sentarse, extraordinariamente alegre y a gusto con él, de pronto lo comprendió: ¡Si me hubiese casado con él, habría disfrutado de esta alegría a todas horas!

Todo había terminado para ella. La sábana estaba tensa y la cama era estrecha. Había subido sola a la torre y los había dejado buscando moras al sol. La puerta se había cerrado, y allí entre el polvo de la escayola y la suciedad de los nidos de los pájaros qué distante le había parecido la vista, y los ruidos llegaban fríos y amortiguados (una vez en Leith Hill, recordó), ¡y Richard, Richard!, gritó, como alguien dormido que despierta de noche y alarga la mano en la oscuridad en busca de ayuda. Estaba almorzando con lady Bruton, recordó. Me ha dejado; estoy sola para siempre, pensó, entrelazando las manos sobre la rodilla.

Peter Walsh se había levantado, había ido hasta la ventana y se había quedado allí de pie de espaldas a ella, sacudió un pañuelo de un lado al otro. Tenía un aspecto magistral y austero y desolado, los delgados omóplatos le levantaban un poco la chaqueta; se sonó la nariz con fuerza. Llévame contigo, pensó Clarissa impulsivamente, como si él fuese a emprender enseguida un largo viaje; y luego, un momento después, fue como si los cinco actos de una obra de teatro muy emocionante y conmovedora hubiesen terminado y ella hubiese vivido una vida entera en ellos y hubiese escapado, hubiese vivido con Peter y ahora hubiese concluido.

Ahora había llegado el momento de moverse, y, como una mujer que recoge sus cosas, su abrigo, sus guantes, sus gemelos de teatro y se levanta para salir a la calle, se levantó del sofá y fue hacia Peter.

Y era muy raro, pensó, que él conservara aún el poder, mientras ella se acercaba tintineante y susurrante, que conservara el poder, mientras cruzaba la habitación, de hacer que la luna, que él detestaba, se alzara en Bourton en el cielo veraniego.

—Dime —dijo, cogiéndola por los hombres—. ¿Eres feliz, Clarissa? ¿Richard...?

La puerta se abrió.

—Aquí está mi Elizabeth —dijo Clarissa, emocional, histriónicamente, tal vez.

—¿Cómo está usted? —dijo Elizabeth, adelantándose.

El tañido del Big Ben al dar la media hora se coló

entre ellos con extraordinario vigor, como si un joven, fuerte, indiferente, desconsiderado moviera unas pesas de aquí para allá.

—¡Hola, Elizabeth! —exclamó Peter, metiéndose el pañuelo en el bolsillo, yendo hacia ella a toda prisa y diciendo «Adiós, Clarissa» sin mirarla, saliendo del salón a toda prisa, corriendo escaleras abajo y abriendo la puerta principal.

—¡Peter, Peter! —exclamó Clarissa, siguiéndolo hasta el rellano—. ¡Mi fiesta! ¡Recuerda mi fiesta de esta noche! —gritó, obligada a levantar la voz contra el estrépito al aire libre, sobrepasada por el tráfico y el ruido de todos los campanarios, su voz gritando «¡Recuerda mi fiesta de esta noche!» sonó frágil y débil y muy lejana cuando Peter Walsh cerró la puerta.

Recuerda mi fiesta, recuerda mi fiesta, dijo Peter Walsh al salir a la calle, hablando rítmicamente para sus adentros, a compás con el fluir del ruido, el estrépito del Big Ben al dar la media hora. (Los plúmbeos círculos se disolvieron en el aire.) Oh, esas fiestas, pensó; las fiestas de Clarissa. ¿Por qué da estas fiestas?, pensó. No era que la culpara a ella ni a esta efigie de un hombre con frac y un clavel en el ojal que iba hacia él. Solo una persona podía estar como él, enamorado. Y aquí estaba, este hombre afortunado, en persona, reflejado en el escaparate de un fabricante de automóviles de Victoria Street. Toda la India se extendía tras él; las llanuras; las montañas; las epidemias de cólera; un distrito dos veces más grande que Irlanda; decisiones a las que había llegado por sí solo: él, Peter Walsh; que ahora estaba enamorado de verdad por primera vez en su vida. Clarissa se había vuelto más dura, pensó; y también un poco sentimental, sospechó, contemplando los grandes automóviles capaces de recorrer ¿cuántos kilómetros con cuántos litros de gasolina? Pues se le daban bien las matemáticas; había inventado un arado en su distrito; había encargado carretillas de Inglaterra, pero los culis no querían utilizarlas, de todo lo cual, Clarissa no sabía nada de nada.

El modo en que había dicho: «¡Aquí está mi Elizabeth!», le había irritado. ¿Por qué no «aquí está Elizabeth» sin más? Sonaba falso. Y a Elizabeth tampoco le gustaba. (Los últimos temblores de la gran voz resonante estremecieron todavía el aire a su alrededor; la media hora; aún era pronto; solo las once y media.) Él entendía a los jóvenes; le gustaban. Siempre había habido algo frío en Clarissa, pensó. Siempre había tenido, incluso de niña, una especie de timidez, que en la mediana edad se convierte en convencionalismo, y luego todo se acaba, todo se acaba, pensó, contemplando con aire más bien triste las vidriosas profundidades, y dudando de si al presentarse tan pronto no la habría molestado; abrumado de pronto de vergüenza por haber sido tan tonto; había llorado; había sido emotivo; se lo había contado todo, como siempre, como siempre.

Igual que una nube que pasa por delante del sol, se abate el silencio sobre Londres; y se abate sobre la imaginación. El esfuerzo cesa. El tiempo aletea en el mástil. Aquí nos detenemos, aquí nos quedamos. Rígido, el esqueleto de la costumbre sostiene por sí solo el armazón humano. Donde no hay nada, se dijo Peter Walsh; sintiéndose hueco, totalmente vacío por dentro. Clarisa me rechazó, pensó. Se quedó allí pensando, Clarissa me rechazó.

¡Ah!, dijo Saint Margaret,[14] como una anfitriona que entra en su salón justo al dar la hora y encuentra ya allí a sus invitados. No llego tarde. No, son justo las once y media, dice. Pero, aunque tiene toda la razón, su voz, al ser la voz de la anfitriona, es reacia a infligir su individualidad. Cierta tristeza por el pasado la contiene; cierta preocupación por el presente. Son las once y media, dice, y el repique de Saint Margaret se cuela en los recovecos del corazón y se entierra a sí mismo en un anillo tras otro de sonido, como algo vivo que quiere confiar en sí mismo, dispersarse, estar, con un temblor de deleite, tranquilo, como la propia Clarissa, pensó Peter Walsh, bajando las escaleras vestido de blanco al dar la hora. Es Clarissa misma, pensó, con una profunda emoción, y un recuerdo de ella extraordinariamente claro, pero desconcertante como si esa campanada hubiese entrado en la habitación años atrás, donde estaban sentados en algún momento de gran intimidad, y hubiese ido de uno a otro y se hubiese ido, como una abeja con néctar, cargada con el momento. Pero ¿qué habitación? ¿Qué momento? ¿Y por qué se había sentido tan profundamente feliz cuando el reloj dio la hora? Luego, a medida que el tañido de Saint Margaret se apagaba, pensó: ha estado enferma, y el tañido expresaba languidez y sufrimiento. Era su corazón, recordó; y el repentino estrépito de la última hora sonó a muerte que sorprende en mitad de la vida, Clarissa cayó donde estaba en su salón. ¡No! ¡No!, exclamó. ¡No ha muerto! No soy viejo, gritó, y subió por Whitehall, como si por él se despeñara vigoroso e inagotable su futuro.

14. Es decir, las campanas de Saint Margaret, en Parliament Square.

No era viejo, ni estaba acabado, ni mucho menos agotado. Y lo que pudieran decir de él los Dalloway, los Whitbread y los demás le importaba un bledo, un bledo (aunque era cierto que, antes o después, tendría que ver si Richard podía ayudarle a conseguir trabajo). Andando a grandes zancadas, con la mirada fija, contempló furioso la estatua del duque de Cambridge. Lo habían expulsado de Oxford, cierto. Había sido socialista, en cierto sentido un fracaso, cierto. Pero el futuro de la civilización está, pensó, en manos de jóvenes así; de jóvenes como había sido él hacía treinta años; con su amor por los principios abstractos, haciendo que le enviaran libros desde Londres hasta un pico en el Himalaya, leyendo libros de ciencia, leyendo libros de filosofía. El futuro está en las manos de jóvenes así, pensó.

Un rumor como el de las hojas en un bosque le llegó por detrás, y con él unos golpes regulares, que al adelantarle resonaron al compás de sus pensamientos, marcando estrictamente el paso Whitehall arriba, sin que él interviniera. Jóvenes de uniforme, con fusiles, desfilaron con la vista al frente, desfilaron con los brazos rígidos y una expresión en el rostro como las letras de la inscripción en el pedestal de una estatua alabando el deber, la gratitud, la fidelidad y el amor de Inglaterra.

Es, pensó Peter Walsh, esforzándose en mantenerse a su altura, un buen entrenamiento. Pero no parecían muy fuertes. La mayoría estaban flacos, chicos de dieciséis años, que podían, mañana, estar detrás de cuencos de arroz o pastillas de jabón en un mostrador. Ahora exhibían sin mezclarla con placeres sensuales o con las preocupaciones diarias la solemnidad de la guirnalda que habían llevado desde Finsbury Pavement hasta la tumba vacía.[15] Habían hecho su promesa. El tráfico la respetó; las furgonetas se detuvieron.

No puedo seguirles el paso, pensó Peter Walsh, mientras desfilaban por Whitehall, y, en efecto, siguieron adelante, dejándolo atrás, a él y a todo el mundo, con su paso constante, como si una única voluntad moviera uniformemente las piernas y los brazos, y la vida con sus variedades y su falta de reticencias, se hubiese extendido bajo un pavimento de monumentos y guirnaldas e inyectado en un cadáver rígido de mirada fija mediante la disciplina. Había que respetarlo, podía darte risa, pero había que respetarlo, pensó. Ahí van, pensó Peter Walsh, deteniéndose al borde de la acera; y todas las estatuas exaltadas, Nelson, Gordon, Havelock,[16] las imágenes negras y espectaculares de grandes soldados se alzaban mirando hacia delante, como si ellos también hubiesen renunciado (Peter Walsh tuvo la sensación de que él también había hecho una gran renuncia), pisoteados por las mismas tentaciones, y hubiesen conseguido por fin una mirada marmórea. Pero, aunque pudiera respetarla en los demás, Peter Walsh no quería esa mirada fija. Podía respetarla en esos muchachos. Aún no conocen los problemas de la carne, pensó, mientras desfilaban y desaparecían en dirección

15. Los soldados han ido al cenotafio (del griego «tumba vacía») de Portland, en Whitehall, erigido en memoria de los caídos en la Primera Guerra Mundial, y vuelven a Finsbury Pavement, un elegante paseo en Moorfields.

16. La columna de Horatio, lord Nelson (1758-1805), que conmemora la victoria inglesa en la batalla de Trafalgar; la estatua del general sir Henry Havelock (1795-1857), que sirvió con distinción en la primera guerra afgana y la primera guerra Sij; y la estatua del general Charles George Gordon (1833-1885), muerto en el sitio de Jartum.

al Strand, todo lo que yo he pasado, pensó cruzando la calle y plantándose ante la estatua de Gordon, de Gordon a quien había adorado de niño; de Gordon que se alzaba solitario con una pierna levantada y los brazos cruzados: pobre Gordon, pensó.

Y, precisamente porque nadie sabía aún que estaba en Londres, excepto Clarissa, y la tierra, después del viaje, seguía pareciéndole una isla, le dominó la extrañeza de estar solo, vivo, ignorado, a las once y media de la mañana en Trafalgar Square. ¿Qué pasa? ¿Dónde estoy? ¿Y por qué, al fin y al cabo, lo hacemos?, pensó, el divorcio le pareció una pamplina. Y su imaginación quedó plana como una marisma, y lo embargaron tres grandes emociones: entendimiento, una vasta filantropía y, por fin, como si fuese el resultado de las otras dos, un exquisito e incontenible deleite; como si en el interior de su cerebro, una mano ajena manipulara los hilos, moviera los postigos, y él, sin tener nada que ver, siguiera al principio de inacabables avenidas por las que si quería podría deambular. No se había sentido tan joven desde hacía muchos años.

¡Había escapado! Era totalmente libre... como ocurre por la fuerza de la costumbre cuando la imaginación como una llama expuesta al viento, se dobla y se agacha y parece a punto de desprenderse de su mecha. ¡No me he sentido tan joven desde hace años!, pensó Peter, escapando (por supuesto, solo una hora o dos) de ser precisamente lo que era, y sintiéndose como un niño que sale corriendo de casa y ve, mientras corre, a su vieja niñera haciendo gestos desde la ventana equivocada. Pero es extraordinariamente atractiva, pensó, cuando, al cruzar Trafalgar Square en dirección a Haymarket, vio venir a una joven que, al pasar ante la estatua de

Gordon, pareció, pensó Peter Walsh (sensible como era), despojarse de un velo tras otro, hasta convertirse en la mujer en la que siempre había pensado: joven, pero elegante; alegre, pero discreta; morena, pero encantadora.

Irguiéndose y toqueteando con disimulo su cortaplumas empezó a seguir a esta mujer, esta emoción, que parecía incluso de espaldas verter sobre él una luz que los conectaba, que lo señalaba, como si el ruido aleatorio del tráfico hubiese susurrado su nombre entre las manos ahuecadas, no Peter, sino el nombre secreto con que se llamaba en sus pensamientos. «Tú», dijo, solo «tú», y lo dijo con los guantes blancos y los hombros de ella. Luego el abrigo largo y fino que el viento agitó cuando ella pasó por la tienda de Dent en Cockspur Street se hinchó con una amabilidad envolvente, una ternura quejosa, como la de unos brazos que se abriesen para rodear los cansados...

Pero no está casada; es joven; muy joven, pensó Peter, el clavel rojo que había visto que llevaba cuando llegó por Trafalgar Square volvió a quemarle y a teñir de rojo sus labios. Pero esperó en el bordillo. Tenía un aire digno. No era mundana, como Clarissa; ni rica, como Clarissa. ¿Sería respetable?, pensó cuando volvió a echar a andar. Ingeniosa, con una lengua rápida como la de un lagarto, pensó (uno tiene que inventar, tiene que permitirse una pequeña diversión), un ingenio frío y paciente, un ingenio hiriente; nada ruidoso.

Ella se movió; cruzó; él la siguió. Lo último que quería era avergonzarla. Pero si se paraba, le diría: «Venga a tomar un helado», claro que sí, y ella respondería, con total sencillez: «¡Oh, sí!».

Pero otras personas se metieron entre ellos por la calle, obstaculizándole, ocultándola. Él la siguió; ella cambió de acera. Había rubor en sus mejillas, burla en sus ojos; él era un aventurero, temerario, pensó Peter, veloz, de hecho (desembarcado, como había hecho la noche anterior de la India) era un bucanero novelesco, ajeno a todos esos puñeteros convencionalismos sociales, a los batines amarillos, a las pipas y a las cañas de pescar de los escaparates; y a la respetabilidad y a las fiestas de noche y a los pulcros ancianos con pechera blanca debajo del chaleco. Era un bucanero. Ella siguió andando, cruzó Piccadilly y subió por Regent Street, delante de él, su abrigo, sus guantes, sus hombros se combinaban con los flecos, los encajes y las boas de plumas de los escaparates para crear esa sensación de galas y fantasía que disminuía al salir de las tiendas a la acera, igual que la luz de una farola tiembla vacilante de noche sobre los setos en la oscuridad.

Riéndose divertida, había cruzado Oxford Street y Great Porland Street y se había desviado por una de las callejuelas, y ahora, y ahora, se acercaba el gran momento, pues ahora aminoró el paso, abrió el bolso y con una mirada en dirección a donde él estaba, aunque no a él, una mirada de despedida, resumió toda la situación y la descartó triunfante para siempre, metió la llave en la cerradura, abrió la puerta y ¡desapareció! La voz de Clarissa diciendo: «Recuerda mi fiesta, Recuerda mi fiesta», sonó en sus oídos. La casa era una de esas casas bajas de ladrillo rojo con macetas colgando y una vaga falta de decoro. Se acabó.

Bueno, me he divertido; sí, pensó, mirando las macetas de geranios desvaídos. Su diversión había quedado reducida a átomos, pues, como él sabía muy bien, esta fuga con la chica era en parte inventada; inventada, igual que inventamos la mayor parte de nuestra vida, pensó:

nos inventamos; la inventamos; creamos una diversión exquisita, y algo más. Pero era raro, y muy cierto; todo esto no se podría compartir: había quedado reducido a átomos.

Se volvió, subió calle arriba, pensando en encontrar un sitio donde sentarse, hasta que fuese la hora de ir a Lincoln's Inn, al bufete de Hooper y Grateley. ¿Dónde podía ir? Daba igual. Calle arriba, entonces, en dirección a Regent's Park. Sus botas en la acera subrayaron el «Da igual»; pues era pronto, aún era muy pronto.

Además, hacía una mañana espléndida. Como el pulso de un corazón perfecto, la vida latía por las calles. No había titubeos, ni dudas. Girando arrollador, preciso, puntual, sin ruido, allí, justo en el instante preciso, el automóvil se detuvo en la puerta. La joven, con medias de seda, cubierta de plumas, evanescente, pero no particularmente atractiva para él (pues ya había tenido su escarceo), se apeó. Admirables mayordomos, chow chows leonados, vestíbulos de suelo ajedrezado con cortinas blancas hinchadas por el viento, Peter lo vio por la puerta abierta y dio su aprobación. Después de todo, Londres era un logro espléndido a su manera; la temporada; la civilización. Viniendo, como venía, de una respetable familia angloindia que, durante al menos tres generaciones, había administrado los asuntos de un continente (es raro, pensó, este sentimiento, cuando no me gusta la India, ni el Imperio, ni el ejército) había momentos en los que la civilización, incluso de este tipo, le parecía tan valiosa para él como una posesión personal; momentos de orgullo en Inglaterra; por los mayordomos; los chow chows; las jóvenes protegidas. Es ridículo, eso es, pensó. Y los médicos y los hombres de negocios y las mujeres capaces todos dedicados a sus asuntos, puntuales, alerta,

71

robustos, le parecieron admirables, buenos tipos, a quienes se les podía confiar la propia vida, compañeros en el arte de vivir, que te brindarían su ayuda. Entre una cosa y otra, el espectáculo era ciertamente muy tolerable y él se sentaría a la sombra y fumaría.

Había llegado a Regent's Park. Sí. De niño había paseado por Regent's Park. Qué raro, pensó, cómo vuelvo una y otra vez a la idea de la infancia, tal vez sea el resultado de haber visto a Clarissa; las mujeres viven mucho más en el pasado que nosotros, pensó. Se atan a los sitios, y al padre: las mujeres siempre están orgullosas de su padre. Bourton era un sitio bonito, muy bonito, pero nunca me entendí con el viejo, pensó. Una noche se produjo una escena... una discusión, vete a saber por qué, no lo recordaba. La política, casi seguro.

Sí, recordaba Regent's Park; la larga avenida recta; la caseta donde compraba los globos a la izquierda; una estatua absurda con una inscripción en alguna parte. Buscó un banco vacío. No quería que le molestaran (se sentía un poco adormilado) pidiéndole la hora. Una niñera canosa y anciana, con un bebé dormido en el cochecito: era lo mejor que podía hacer; sentarse al otro extremo del banco con esa niñera.

Es una chica de aspecto extraño, pensó recordando de pronto a Elizabeth cuando entró en la salita y se quedó al lado de su madre. Ha crecido mucho; bastante madura, no exactamente guapa; más bien atractiva; y no tendrá más de dieciocho años. Probablemente no se llevará bien con Clarissa. «Aquí está mi Elizabeth» y cosas así, ¿por qué no «Ahí está Elizabeth» sin más?, intentando dar a entender, como hacen casi todas las madres, que las cosas son lo que no son. Confía mucho en su encanto, pensó. Exagera.

El denso y agradable humo del cigarro remolineó frío por su garganta; lo exhaló y se enfrentó valiente al aire por un instante: azul circular —intentaré charlar un poco a solas con Elizabeth esta noche—, luego empezó a temblar en forma de reloj de arena y a desvanecerse; qué formas más raras adoptan, pensó. Una gran escoba barrió suavemente su imaginación y se llevó las ramas agitadas, las voces de los niños, el roce de las pisadas y de la gente que pasaba y el murmullo del tráfico que aumentaba y disminuía. Se hundió y se hundió en las plumas del sueño, se hundió y todo se acalló.

La niñera canosa siguió haciendo punto cuando Peter Walsh, sentado en el banco a su lado, empezó a roncar. Con su vestido gris, moviendo infatigable pero sin ruido las manos, parecía la defensora de los derechos de los durmientes, una de esas presencias espectrales hechas de cielo y ramas que se alzan en el crepúsculo en los bosques. El viajero solitario que frecuenta los senderos, pisotea los helechos y devasta las grandes plantas de cicuta, alza la vista de pronto y ve la figura gigantesca al final del camino.

Ateo convencido tal vez, le sorprenden los momentos de exaltación extraordinaria. Nada existe fuera de nosotros excepto un estado mental, piensa; un deseo de solaz, de alivio, de algo fuera de estos pigmeos miserables, estos hombres y mujeres débiles, feos y cobardes. Pero si puede imaginarla, en cierto modo existe, piensa, y avanzando por el sendero con la vista en el cielo y las ramas enseguida los dota de feminidad; ve con sorpresa lo solemnes que se vuelven; la majestuosidad con que, cuando los agita la brisa, dispensan, con un aleteo de las hojas, caridad, comprensión, absolución y, por fin, elevándose de pronto, confunden la piedad de su aspecto con una juerga desenfrenada.

Tales son las visiones que ofrecen grandes cornucopias llenas de fruta al viajero solitario, o murmuran en su oído como sirenas que se alejan sobre las verdes ondas marinas, o se plantan en su rostro como ramos de rosas, o salen a la superficie como caras lívidas que los pescadores se esfuerzan en abrazar entre las olas.

Tales son las visiones que flotan incesantemente, que van de la mano y se ponen delante de la realidad; a menudo abruman al viajero solitario y le arrancan la intuición de la tierra, el deseo de volver, y le ofrecen a cambio una paz general, como si (eso piensa mientras avanza en su paseo por el bosque) toda esta fiebre de vivir fuese la simplicidad en sí misma; y miríadas de cosas se mezclaran en una sola; y esta figura, hecha de cielo y ramas, hubiese surgido del mar revuelto (es mayor, ya tiene más de cincuenta) como una forma arrancada de las olas para derramar de sus manos generosas compasión, comprensión, absolución. Bueno, piensa, ojalá no vuelva nunca a la luz del farol; a la sala de estar; no acabe mi libro; no vuelva a vaciar la pipa; no vuelva a llamar a la señora Turner para que quite la mesa; prefiero ir directo hacia esta enorme figura, que con un movimiento de la cabeza me subirá a su estela y me dejará hundirme en la nada como los demás.

Tales son las visiones. El viajero solitario pronto deja el bosque atrás; y allí asomándose a la puerta con la mirada ensombrecida, probablemente esperando su regreso, con las manos en alto, con el delantal blanco agitado por el viento, hay una anciana que parece (tan fuerte es esta enfermedad) buscar, en el desierto, a un hijo perdido; un jinete destruido; ser la figura de la madre cuyos hijos han muerto en las batallas del mundo. Así, mientras el viajero solitario avanza por la calle del pueblo, donde las mujeres hacen punto y los hombres escarban en el huerto, la tarde parece ominosa; las figuras calladas; como si un augusto destino, conocido por todos ellos, esperado sin temor, estuviese a punto de barrerlos hasta una aniquilación completa.

Dentro, entre las cosas normales, la alacena, la mesa, el alféizar de la ventana con sus geranios, de pronto el perfil de la casera se inclina para quitar el mantel, se suaviza con la luz, un símbolo adorable que solo el recuerdo de fríos contactos humanos nos impide abrazar. Se lleva la mermelada, la guarda en la alacena.

—¿No quiere nada más, señor?

Pero ¿a quién responde el viajero solitario?

Así la anciana niñera tejió al lado del bebé dormido en Regent's Park. Así roncó Peter Walsh. Despertó con extremada prontitud, diciéndose a sí mismo: «La muerte del alma».

—¡Señor, Señor! —se dijo en voz alta, desperezándose y abriendo los ojos—. La muerte del alma.

Las palabras se adhirieron a alguna escena, alguna sala, algún pasado con los que había soñado. Se volvieron más claros: la escena, la sala, el pasado con los que había soñado.

Fue en Bourton ese verano, a principios de la década de 1890, cuando estaba tan apasionadamente enamorado de Clarissa. Había muchísima gente, riendo, charlando, sentada alrededor de una mesa después del té, y la sala estaba bañada en luz amarilla y llena de humo de cigarrillo. Estaban hablando de un hombre que se había casado con su criada, uno de los terratenientes vecinos, había olvidado su nombre. Se había casado con su criada y la había llevado de visita a Bourton: había sido una visita espantosa. Se presentó demasiado bien vestida, «como una cacatúa», dijo Clarissa, imitándola, y no paró de hablar. Parloteaba y parloteaba sin parar. Clarissa la imitó. Luego alguien dijo —fue Sally Seton—: ¿de verdad suponía una diferencia para los propios sentimientos saber que antes de casarse ella había tenido un bebé? (en aquellos tiempos, en sociedad, era una pregunta muy valiente). Le pareció ver a Clarissa, ruborizándose; algo se contrajo, y dijo:

—¡Oh, nunca volveré a dirigirle la palabra! —Y todo el grupo que estaba sentado en torno a la mesa pareció estremecerse. Fue muy violento.

Él no la había culpado por decirlo, pues en aquellos días una joven educada como ella no sabía nada, pero lo que le irritó fueron sus modales: tímidos, duros, arrogantes, mojigatos. «La muerte del alma.» Lo había dicho de manera instintiva, etiquetando el momento como acostumbraba: la muerte de su alma.

Todo el mundo se estremeció; todo el mundo pareció inclinarse, mientras ella hablaba, y luego se levantaba distinta. Le parecía estar viendo a Sally Seton, como un niño que ha hecho una travesura, inclinada hacia delante, bastante ruborizada, deseando hablar, pero temerosa, y Clarissa asustaba a la gente. (Era la mejor amiga de Clarissa, siempre estaba por la casa, una criatura atractiva, apuesta, morena, con la reputación en aquellos tiempos de ser muy osada, y él le daba sus cigarros que ella fumaba en su dormitorio, y o bien había estado prometida con alguien o se había peleado con su familia, y al viejo Parry le disgustaban ambos por igual, lo cual era un gran vínculo.) Luego Clarissa, todavía con el aire de estar ofendida con todos, se levantó, dio alguna excusa y se marchó sola. Al abrir la puerta, entró aquel perro peludo que corría detrás de las ovejas. Ella lo abrazó, extasiada. Era como si le dijese a Peter —todo estaba dirigido a él, él lo sabía—: «Sé que te he parecido absurda respecto a esa mujer; pero ¡mira qué extraordinariamente compasiva soy; mira cuánto quiero a mi Rob!».

Siempre habían tenido esa extraña capacidad de comunicarse sin palabras. Ella sabía en el acto que la criticaba. Y entonces hacía algo para defenderse, como ese alboroto con el perro: pero a él no lo engañaba, tenía calada a Clarissa. No es que dijese nada, claro; se limitó a sentarse con aire sombrío. Así era como empezaban a menudo sus discusiones.

Ella cerró la puerta. En el acto él se sintió muy deprimido. Todo parecía inútil: seguir estando enamorado; seguir discutiendo; seguir reconciliándose, y deambuló solo por las dependencias, los establos, fue a ver a los caballos. (El sitio era bastante humilde; los Parry nunca fueron muy ricos; pero siempre había mozos de cuadra y peones por allí —a Clarissa le encantaba montar— y un viejo cochero, ¿cómo se llamaba?, y una vieja niñera, la vieja Moody, la vieja Goody, la llamaban con un nombre parecido, a quien te llevaban a visitar a un cuartito con muchas fotografías y muchas jaulas de pájaro.)

¡Fue una tarde espantosa! Se puso más y más sombrío; no solo por eso: por todo. Y no pudo verla; no pudo explicárselo, no pudo desahogarse. Siempre había gente por en medio y ella seguía como si no hubiese

pasado nada. Esa era su parte más diabólica: esta frialdad, esa impasibilidad, algo muy arraigado en ella, que
había vuelto a sentir esa mañana al hablarle; una impe-
netrabilidad. Pero Dios sabe que la quería. Tenía un
extraño poder de tocarle la fibra, de convertir sus nervios en cuerdas de violín, sí.

Él había ido a cenar bastante tarde, por la estúpida
idea de hacerse notar, y se había sentado al lado de la
vieja señorita Parry —la tía Helena—, la hermana del
señor Parry, que se suponía que presidía la mesa. Ahí
estaba con su chal de cachemira blanca, con la cabeza
apoyada en la ventana: una anciana imponente, pero
amable con él, pues le había encontrado una flor rara, y
ella era una gran botánica, que iba por ahí con botas
gruesas y una caja negra de recolección colgada entre
los hombros. Se sentó a su lado y fue incapaz de decir
nada. Le daba la impresión de que todo pasaba fugaz a
su lado; se quedó allí comiendo sin más. Y luego, a mitad de la cena, se obligó a mirar a Clarissa al otro lado
de la mesa por primera vez. Estaba charlando con un
joven que tenía a su derecha. Tuvo una revelación súbita. «Se casará con ese hombre», se dijo. Ni siquiera sabía su nombre.

Pues fue esa tarde, por supuesto, esa misma tarde,
cuando llegó Dalloway; y Clarissa lo llamó «Wickham»,
ese fue el inicio de todo. Alguien lo había invitado, y
Clarissa entendió mal su nombre. Se lo presentó a todo
el mundo como «Wickham». Por fin, él dijo: «¡Me llamo Dalloway!» —esa fue la primera que él vio a Richard—, un hombre rubio y joven, un poco torpe,
sentado en una tumbona que exclamaba: «¡Me llamo
Dalloway!». Sally lo oyó: a partir de entonces, siempre
lo llamó: «¡Me llamo Dalloway!».

En aquella época él tenía revelaciones. Esta —la de que se casaría con Dalloway— fue cegadora, abrumadora, en aquel momento. Había una especie de, ¿cómo llamarlo?, una especie de desenvoltura en su trato con él; algo maternal; algo amable. Estaban hablando de política. Toda la cena estuvo intentando oír de qué hablaban.

Luego recordaría estar de pie al lado de la silla de la anciana señorita Parry en el salón. Clarissa se acercó con sus modales exquisitos, como una auténtica anfitriona, y quiso presentarle a alguien: le habló como si no lo conociera de nada y eso lo enfureció. No obstante, incluso entonces la admiró por eso. Admiró su valentía; su instinto social; admiró su capacidad de llevar las cosas a término. «La perfecta anfitriona», le dijo, y ella esbozó una mueca. Pero él quería que lo notase. Habría hecho cualquier cosa por herirla, después de verla con Dalloway. Así que ella se fue. Y él tuvo la sensación de que todos participaban en una conspiración —de que se reían y lo criticaban— a sus espaldas. Se quedó allí al lado de la silla de la señorita Parry como si lo hubiesen tallado en madera, hablando de flores silvestres. ¡Nunca, nunca había sufrido de forma tan infernal! Debió de olvidar fingir incluso que escuchaba; por fin despertó; vio a la señora Parry un tanto turbada; un tanto indignada, con los ojos saltones fijos. ¡Estuvo a punto de gritar que no podía hacerle caso porque estaba en el infierno! La gente empezó a salir de la sala. Los oyó hablando y recogiendo los abrigos; comentar que en el lago haría frío y demás. Iban a hacer una excursión en bote a la luz de la luna: una de las ideas descabelladas de Sally. La oyó describir la luna. Y todos salieron. Se quedó solo.

—¿No quiere ir con ellos? —dijo la tía Helena, ¡pobre señora!, lo había adivinado. Se volvió y ahí estaba otra vez Clarissa. Había vuelto a buscarlo. Se quedó abrumado con su generosidad, su bondad.

—Ven —dijo—. Están esperando.

¡No se había sentido tan feliz en su vida! Se reconciliaron sin decir una palabra. Fueron andando hasta el lago. Disfrutó de veinte minutos de felicidad completa. Su voz, su risa, su vestido (vaporoso, blanco, rojo), su ánimo, sus ganas de aventura; les hizo desembarcar y explorar la isla; asustó a una perdiz; se rio; cantó y, todo el tiempo, él supo perfectamente que Dalloway se estaba enamorando de ella; que ella se estaba enamorando de Dalloway, pero no parecía tener importancia. Nada parecía tenerla. Se sentaron en el suelo y hablaron, Clarissa y él. Entraron y salieron en la imaginación del otro sin esfuerzo. Y luego en un segundo se acabó. Él se dijo mientras subían al bote: «Se casará con ese hombre», sin entusiasmo, sin rencor; pero era evidente. Dalloway se casaría con Clarissa.

Dalloway remó de vuelta. Él no dijo nada. Pero, de algún modo, mientras lo veían saltar, subir a su bicicleta para recorrer treinta kilómetros a través del bosque, tambalearse por el camino, saludar con la mano y desaparecer, evidentemente lo adivinó todo de manera instintiva, tremenda y evidente; la noche; la aventura; Clarissa. La merecía.

En cuanto a él, era absurdo. Sus exigencias con Clarissa (ahora se daba cuenta) eran absurdas. Le pedía cosas imposibles. Organizaba escenas terribles. Aun así, ella lo habría aceptado, tal vez, si hubiese sido menos absurdo. Es lo que creía Sally. Le escribió todas esas largas cartas veraniegas; que habían hablado de él, que lo había alabado, ¡que Clarissa había prorrumpido en lágrimas! Fue un verano extraordinario —todas esas cartas, escenas y telegramas— llegar a Bourton a primera hora de la mañana, y quedarse hasta que se acostaban los criados; los espantosos *tête-à-têtes* con el viejo señor Parry en el desayuno; la tía Helena, temible pero amable; Sally que se lo llevaba para charlar en el huerto; Clarissa en la cama con jaqueca.

La escena final, la escena espantosa que él creía que había tenido mayor importancia que ninguna otra cosa en toda su vida (puede que fuese una exageración... pero aun así seguía pareciéndoselo), ocurrió a las tres en punto de la tarde de un día muy caluroso. La motivó una nadería: Sally a la hora de comer dijo algo sobre Dalloway y lo llamó «Me llamo Dalloway»; al oír lo cual Clarissa se envaró, se ruborizó, de un modo muy típico suyo, y soltó con brusquedad:

—Ya hemos oído demasiadas veces ese chiste malo.

Nada más; pero para él fue como si hubiera dicho: «Solo me estoy divirtiendo contigo; tengo un acuerdo con Richard Dalloway». Así se lo tomó. Hacía noches que no dormía. «Tiene que acabar de un modo u otro», se dijo. Le envió una nota por medio de Sally, pidiéndole que se viera con él al lado de la fuente a las tres. «Ha ocurrido algo muy importante», garabateó al final.

La fuente estaba en mitad de un soto, lejos de la casa, entre árboles y arbustos. Allí llegó ella, incluso antes de tiempo, y se quedaron con la fuente entre los dos, con el grifo (estaba roto) goteando agua sin cesar. ¡Cómo se fijan las imágenes en la memoria! Por ejemplo, el musgo verde intenso.

Ella no se movió.

—Dime la verdad, dime la verdad —insistía él. Tenía la sensación de que iba a estallarle la frente. Ella parecía contraída, petrificada. No se movió—. Dime la verdad —repitió, cuando de pronto el viejo Breitkopf asomó la cabeza con *The Times* en la mano; los miró; se quedó boquiabierto; y se marchó. Ninguno se movió—. Dime la verdad —repitió. Tuvo la sensación de estar rozándose con algo físicamente duro; ella no cedía. Era como hierro, como pedernal, con la columna vertebral rígida. Y cuando respondió:

—Es inútil. Es inútil. Este es el fin —después de que él hablase durante horas, fue, mientras las lágrimas le corrían por las mejillas, como si le hubiese abofeteado en la cara. Ella se dio la vuelta, lo dejó, se marchó.

—¡Clarissa! —gritó él—. ¡Clarissa! Pero ella no volvió. Se acabó. Él se fue esa noche. No volvió a verla.

—¡Fue espantoso —gritó— espantoso, espantoso!

Aun así, el sol seguía calentando. Aun así, uno se recuperaba de las cosas. Aun así, la vida seguía añadiendo un día a otro día. Aun así, pensó bostezando y empezando a darse cuenta —Regent's Park había cambiado muy poco desde que era niño, salvo por las ardillas—, aun así, era de presumir que hubiese compensaciones: cuando la pequeña Elise Mitchel, que había estado recogiendo guijarros para añadir a la colección que ella y su hermano estaban haciendo en la repisa de la chimenea del cuarto de juegos, soltó un puñado en la rodilla de la niñera y chocó contra las piernas de una señora, Peter Walsh se rio.

Pero Lucrezia Warren Smith estaba diciéndose: Está mal; ¿por qué tengo que sufrir?, se estaba preguntando mientras andaba por la avenida. No; no lo soporto más; estaba diciendo, después de dejar a Septimus, que ya no era Septimus, diciendo cosas duras, crueles y malvadas, hablando para sus adentros, hablando con un muerto, en la silla; cuando la niña chocó con ella, se cayó y rompió a llorar.

Fue un consuelo. La ayudó a levantarse, le quitó el polvo del vestido, la besó.

Pero ella no había hecho nada malo; había querido a Septimus; había sido feliz; había tenido una casa bonita, en la que aún vivían sus hermanas, fabricando sombreros; ¿por qué tenía que sufrir?

La niña corrió con su niñera, y Rezia vio cómo la niñera dejaba su labor y la regañaba, la consolaba y abrazaba, y al hombre de aspecto amable que le dejó que abriera la tapa de su reloj para consolarla: pero ¿por qué tenía que estar expuesta? ¿Por qué no se había quedado en Milán? ¿Por qué la torturaba? ¿Por qué?

Levemente mecidos por las lágrimas, la avenida, la niñera, el hombre de gris y el cochecito subían y bajaban ante sus ojos. Su destino era estar a merced de ese malvado torturador. Pero ¿por qué? Ella era como un pájaro refugiado bajo el fino hueco de una hoja, que parpadea al sol cuando se mueve la hoja y se sobresalta al oír el crujido de una rama seca. Estaba expuesta; estaba rodeada de árboles enormes, de vastas nubes en un mundo indiferente, expuesta; torturada; y ¿por qué tenía que sufrir? ¿Por qué?

Frunció el ceño; pateó el suelo. Tenía que volver con Septimus, pues casi era hora de ir con sir William Bradshaw. Debía volver con él y decírselo, volver con él que estaba sentado allí en la silla verde debajo del árbol, hablando solo, o con aquel hombre muerto Evans, a quien ella solo había visto una vez en la tienda. Le había parecido un hombre tranquilo y agradable; un gran amigo de Septimus, y lo habían matado en la guerra. Pero eso les pasa a todos. Todo el mundo tiene amigos a los que habían matado en la guerra. Todo el mundo renuncia a algo al casarse. Ella había renunciado a su casa. Había venido a vivir aquí, a esta ciudad espantosa. Pero Septimus pensaba en cosas espantosas, igual que podría hacer ella, si quisiera. Se había vuelto cada vez más distante. Decía que había gente cuchicheando detrás de las paredes del dormitorio. La señora Filmer pensaba que era raro. También veía cosas: había visto la cabeza de una vieja entre unos helechos. Y, sin embargo, podía ser feliz cuando quería. Fueron a Hampton Court en la imperial de un autobús y lo habían pasado muy bien. Las florecitas rojas y amarillas cubrían la hierba, como lamparillas flotantes, dijo él, y hablaron y charlaron, contando anécdotas. De pronto dijo: «Ahora nos mataremos», cuando estaban de pie junto al río, y lo contempló con una mirada que ella había visto en sus ojos cuando pasaba un tren o un ómnibus, una mirada como si algo lo fascinara; y notó que se estaba apartando y lo cogió del brazo. Pero cuando volvieron a casa estuvo muy tranquilo y razonable. Habló con ella de lo de matarse; y le dijo lo mala que era la gente; cómo los veía urdiendo mentiras mientras pasaban por la calle. Sabía lo que pensaban, dijo; lo sabía todo. Sabía el significado del mundo, dijo.

Luego cuando volvieron apenas podía andar. Se tumbó en el sofá y le pidió que le cogiera de la mano para no caerse, ¡para no caer —exclamó— en las llamas!, y vio caras que se burlaban de él, que le gritaban insultos espantosos y repugnantes, en las paredes, y manos que le señalaban desde el biombo. Pero estaban solos. Sin embargo, empezó a hablar en voz alta, a responder a personas, a discutir, a reír, a llorar, se puso muy nervioso y empezó a anotar cosas. Un auténtico despropósito; sobre la muerte, sobre la señorita Isabel Pole. Ella no lo aguantaba más. Volvería a su país.

Ahora estaba cerca de él, lo vio mirando al cielo, murmurando, entrelazando las manos. No obstante, el doctor Holmes había dicho que no le pasaba nada. ¿Qué había ocurrido entonces... por qué se había ido, y por qué, cuando se sentaba a su lado, él daba un respingo, fruncía el ceño, se apartaba y señalaba su mano, le cogía la mano y la miraba aterrorizado?

¿Era porque se había quitado el anillo de boda?

—Las manos se me han quedado muy finas —le dijo—, lo he guardado en el monedero.

Él le soltó la mano. Su matrimonio estaba acabado, pensó, con sufrimiento, con alivio. La cuerda se había cortado; subió, era libre, como estaba decretado que lo fuese, él, Septimus, señor de los hombres; solo (puesto que su mujer se había quitado el anillo de boda; puesto que lo había abandonado), él, Septimus, estaba solo, llamado el primero de la muchedumbre de los hombres para oír la verdad, para saber el sentido, que ahora, por fin, después de todos los esfuerzos de la civilización, de los griegos, los romanos, Shakespeare, Darwin y ahora él mismo, iba a darse a... ¿A quién?, preguntó en voz alta. «Al primer ministro», respondieron las voces que susurraban sobre su cabeza. El secreto supremo debía comunicarse al gobierno: primero, que los árboles están vivos; luego, que no hay crímenes; después el amor, el amor universal, murmuró, jadeando, temblando, extrayendo penosamente estas profundas verdades que necesitaban, tan profundas estaban, un esfuerzo tan difícil e inmenso para decirlas, pero gracias a ellas el mundo había cambiado por completo y para siempre.

No había crímenes; el amor; repitió, buscando un papel y un lápiz, cuando un terrier de Skye le olisqueó los pantalones y él se sobresaltó aterrorizado. ¡Se estaba convirtiendo en un hombre! ¡No podía verlo! ¡Era horrible, espantoso, ver a un perro convertirse en hombre! Enseguida, el perro se alejó trotando.

El cielo era divinamente compasivo, infinitivamente benévolo. Lo salvaba, perdonaba sus debilidades. Pero ¿cuál era la explicación científica (pues por encima de todo hay que ser científico)? ¿Por qué podía ver a través de la gente, ver el futuro, cuando los perros se conviertan en hombres? Presumiblemente era la ola de calor, operando en un cerebro que se había vuelto sensible después de millones de años de evolución. Hablando científicamente, la carne se fundía del mundo. Su cuerpo se había macerado hasta que solo quedaron las fibras nerviosas. Se extendía como un velo sobre una roca.

Se recostó en la silla, exhausto pero firme. Yacía descansando, esperando, hasta que una vez más pudiera interpretar, con esfuerzo, agónicamente, a la humanidad. Yacía muy alto, en la parte de atrás del mundo. La tierra se estremecía a sus pies. Flores rojas crecían a través de su carne; sus hojas rígidas rozaban su cabeza. La música empezó a sonar metálica contra las rocas. Es una bocina de un coche por la calle, murmuró; pero aquí arriba resonaba de una roca a otra, se dividía, chocaba en sacudidas de ecos que se alzaban en columnas lisas (que la música fuese visible era un descubrimiento) y se convertía en un himno, un himno entrelazado con la flauta de un pastorcillo (es un viejo tocando un silbato de un penique a la puerta de una taberna, murmuró) que, mientras el chico estaba inmóvil, salía burbujeante de la flauta, y luego, a medida que ascendía, se convertía en un exquisito quejido mientras el tráfico pasaba por debajo. Esta elegía del muchacho está interpretada entre el tráfico, pensó Septimus. Ahora se retira a la nieve, y las rosas crecen por encima: las gruesas rosas rojas que crecen en las paredes de mi cuarto, recordó. La música se detuvo. Le han pagado, razonó, y se ha ido a otra taberna.

Pero él se quedó encaramado en su roca, como un marinero ahogado en una roca. Me asomé por la borda del barco y me caí, pensó. Me hundí en el mar. He estado muerto, y sin embargo ahora estoy vivo, pero dejadme descansar, rogó (otra vez estaba hablando solo: ¡era espantoso, espantoso!); e, igual que antes de despertar, las voces de los pájaros y el ruido de las ruedas repican y murmuran en una extraña armonía, se vuelven cada vez más y más ruidosos, y el durmiente se siente atraído a las orillas de la vida, así él se sintió arrastrado a la vida, el sol cada vez más ardiente, los gritos cada vez más sonoros, algo terrible estaba a punto de ocurrir.

No tenía más que abrir los ojos; pero había un peso en ellos: un temor. Se esforzó; empujó; miró; vio Regent's Park delante de él. Largos chorros de luz del sol le acariciaban los pies. Los arboles se cimbreaban esparciéndose. Acogemos, parecía decir el mundo; aceptamos; creamos. La belleza, parecía decir el mundo. Y como para demostrarlo (científicamente) allí donde miraba, a las casas, las verjas, los antílopes que asomaban detrás de la valla, surgía al instante la belleza. Observar una hoja que temblaba en el aire era un gozo exquisito. En el cielo las golondrinas se deslizaban, giraban, entraban y salían; daban vueltas y vueltas, pero siempre con un control perfecto, como sujetas por elásticos; y las moscas subían y bajaban; y el sol al ver ora esta hoja ora aquella la cegaba burlón con oro suave; y de vez en cuando un tañido (podía ser una bocina de un coche) tintineaba divinamente entre los tallos de hierba: todo esto, tranquilo y razonable como era, hecho de cosas normales, era ahora la verdad; la belleza, eso era ahora la verdad. La belleza estaba en todas partes.

—Es la hora —dijo Rezia.

La palabra *hora* rompió su cáscara; vertió sus riquezas sobre él; y de sus labios cayeron una especie de conchas, como las virutas del cepillo de carpintero, sin que él las formulara, palabras duras, blancas, imperecederas, y volaron a ocupar su sitio en una oda al Tiempo; una oda inmortal al Tiempo. Cantó. Evans respondió desde detrás del árbol. Los muertos estaban en Tesalia, cantó Evans, entre las orquídeas. Habían esperado a que acabase la guerra, y ahora los muertos, ahora el propio Evans.

—¡Por el amor de Dios, no vengáis! —exclamó Septimus. Pues no podía mirar a los muertos.

Pero las ramas se separaron. Un hombre de gris avanzaba hacia ellos. ¡Era Evans! Pero no iba manchado de barro; no estaba herido; no había cambiado. Tengo que contárselo al mundo entero —exclamó Septimus, alzando la mano (a medida que el hombre del traje gris se acercaba), alzando la mano como una figura colosal que ha lamentado siglos el destino del hombre en el desierto con las manos en la frente, con surcos de desesperación en las mejillas, y ahora ve una luz al borde del desierto que se ensancha e ilumina la figura vestida de negro (y Septimus hizo ademán de levantarse de la silla), y con legiones de hombres postrados tras él, el doliente gigantesco, recibe por un momento en la cara toda la...

—Pero soy tan desdichada, Septimus —dijo Rezia, intentando que se sentara.

Los millones se lamentaron; habían sufrido durante siglos. Se volvería, les hablaría al cabo de un momento, solo de un momento, de este alivio, de esta alegría, de esta revelación sorprendente...

—La hora, Septimus —repitió Rezia—. ¿Qué hora es?

Estaba hablando, se estaba levantando, este hombre tenía que darse cuenta. Los estaba mirando.

—Yo te diré la hora —dijo Septimus, muy despacio, soñoliento, sonriendo misteriosamente al hombre muerto del traje gris. Cuando se sentó sonriente, sonaron las doce menos cuarto.

En esto consiste ser joven, pensó Peter Walsh al pasar a su lado. En hacer una escena espantosa —la pobre chica parecía totalmente desesperada— en plena mañana. Pero ¿por qué discutían?, habría querido saber; ¿qué le había dicho el joven del abrigo para que ella tuviese ese aspecto; en qué lío espantoso se habían metido para parecer tan desesperados una bonita mañana de verano? Lo divertido de volver a Inglaterra, después de cinco años, era que, al menos los primeros días, todo le llamaba la atención como si no lo hubiese visto antes: unos enamorados discutiendo debajo de un árbol; la vida doméstica de los parques. Nunca había visto Londres tan encantadora: la suavidad de las distancias; la plenitud; el verdor; la civilización, después de la India, pensó paseando por la hierba.

Esta sensibilidad a las impresiones había sido sin duda su perdición. Todavía a su edad tenía, como un muchacho o incluso una joven, estos cambios de humor; días buenos, días malos, sin motivo aparente, felicidad a ver una cara bonita, una tristeza categórica al ver a un espantajo. Después de la India, claro, uno se enamoraba de todas las mujeres que veía. Tenían una lozanía... hasta las más pobres vestían mejor que hacía cinco años; y en su opinión la moda nunca había sido tan favorecedora: los largos abrigos negros; la esbeltez; la elegancia; y luego la costumbre deliciosa y aparentemente universal de maquillarse. Todas las mujeres, incluso las más respetables, tenían rosas florecientes bajo un cristal; labios tallados con un cuchillo; rizos de tinta india; había diseño, arte, por todas partes; sin duda había ocurrido un cambio. ¿Qué pensarían los jóvenes?, se preguntó Peter Walsh.

Esos cinco años —de 1918 a 1923— habían sido, sospechaba, muy importantes. La gente tenía un aspecto distinto. Los periódicos parecían diferentes. Ahora, por ejemplo, había un hombre que escribía abiertamente sobre váteres en uno de los semanarios respetables. Hacía diez años habría sido imposible escribir abiertamente sobre váteres en un semanario respetable. Ni esto de sacar una barra de colorete o unos polvos cosméticos y maquillarse en público. En el barco de vuelta a casa había coincidido con muchos jóvenes —recordaba en concreto a Betty y a Bertie— que se comportaban con mucha naturalidad; su anciana madre los vigilaba mientras tejía fría como un témpano. La chica se levantaba y se empolvaba la nariz delante de todos. Y no estaban comprometidos; solo pasando un buen rato, sin que nadie se ofendiera. Ella era dura como una piedra —Betty Comosellame— pero buena chica en general. Sería una buena esposa cuando cumpliera los treinta: se casaría cuando le apeteciera; se casaría con algún hombre rico y viviría en una casona cerca de Manchester.

¿Quién había hecho lo mismo hacía poco?, se preguntó Peter Walsh, girando hacia la avenida central: ¿quién se había casado con un hombre rico y vivía en una casona cerca de Manchester? Alguien que le había escrito una carta larga y efusiva sobre las «hortensias azules». Ver las hortensias azules le hizo pensar en los viejos tiempos: ¡Claro, Sally Seton! Era Sally Seton... la última persona del mundo a quien alguien habría imaginado casándose con un hombre rico y viviendo en una casona cerca de Manchester, ¡Sally, tan alocada, valiente y novelesca!

Pero de toda aquella vieja pandilla, los amigos de Clarissa —los Whitbread, los Kindersley, los Cunningham, los Kinloch-Jones. Sally era probablemente la mejor. Procuraba coger el rábano por las hojas. Y caló a Hugh Whitbread —el admirable Hugh— cuando Clarissa y los demás caían rendidos a sus pies.

—¿Los Whitbread? —la oyó decir—. ¿Que quiénes son los Whitbread? Comerciantes en carbón. Comerciantes respetables.

Detestaba a Hugh por alguna razón. Solo pensaba en su propio aspecto, decía. Debería haber sido duque. Seguro que se habría casado con una de las princesas reales. Y, por supuesto, Hugh sentía un respeto más extraordinario, natural y sublime por la aristocracia inglesa que ningún otro ser humano que hubiese conocido. Hasta Clarissa tenía que reconocerlo. ¡Oh!, pero era tan amable, tan desprendido, renunciaba a ir de caza para complacer a su anciana madre, recordaba los cumpleaños de sus tías y demás.

Sally, para hacerle justicia, lo había calado. Una de las cosas que mejor recordaba él era una discusión una mañana de domingo en Bourton sobre los derechos de las mujeres (ese asunto antediluviano), en la que Sally se indignó de pronto, se encendió y le dijo a Hugh que representaba lo más detestable de la vida de la clase media inglesa. Le dijo que lo consideraba responsable del estado de «esas pobres chicas en Piccadilly»[17] —Hugh, el perfecto caballero, pobre Hugh!— ¡nunca se vio un hombre más horrorizado! Ella lo había hecho adrede, le dijo después (pues quedaban a menudo en el huerto para comparar impresiones). «No ha leído nada, ni pensado nada, ni sentido nada», le pareció oírle decir en ese tono tan categórico que era mucho más convincente de lo que ella suponía. Cualquier mozo de cuadras estaba más vivo que Hugh, afirmó. Era un perfecto espécimen de alumno de colegio privado, dijo. Solo Inglaterra podía producirlos. Por alguna razón estaba furiosa: tenía algo contra él. Había ocurrido algo —él había olvidado qué— en la sala de fumar. ¿La habría insultado... besado? ¡Increíble! Nadie creyó una palabra contra Hugh, claro. ¿Quién iba a hacerlo? ¡Besar a Sally en la sala de fumar! Si hubiese sido alguna honorable Edith o lady Violet, tal vez; pero no esa pilluela de Sally que no tenía ni un céntimo, y cuyo padre o madre era jugador en Montecarlo. Pues, de todas las personas que él había conocido, Hugh era el mayor esnob, el más obsequioso, no, no se arrastraba exactamente. Era demasiado mojigato para eso. Un lacayo de primera era la comparación evidente: alguien que iba detrás de las maletas; a quien

---

17. Sally se refiere a las prostitutas que, en la época, frecuentaban Piccadilly Circus.

podía confiarse el envío de un telegrama, indispensable para las anfitrionas. Y había encontrado su empleo: se había casado con su honorable Evelyn; había conseguido un puesto de poca importancia en la corte, cuidaba de las bodegas del rey, bruñía las hebillas de zapatos reales, y se paseaba con calzones y gorgueras de encaje. ¡Qué implacable es la vida! ¡Un trabajito en la corte!

Se había casado con esa dama, la honorable Evelyn, y vivían por aquí cerca, eso pensó (contemplando las casas pomposas que daban al parque), pues había almorzado allí una vez en una casa que tenía, como todas las posesiones de Hugh, algo que ninguna otra casa podía tener: armarios para la ropa de cama, tal vez. Había que ir a verlos, había que pasar un montón de tiempo admirando lo que quiera que fuese: armarios para la ropa de cama, almohadones, muebles de roble antiguo, cuadros, que Hugh había comprado casi regalados. Pero la señora Hugh a veces lo echaba a perder. Era una de esas mujeres oscuras, menudas y ratoniles que admiran a los grandes hombres. Era casi insignificante. Luego de pronto decía algo inesperado: algo brusco. Tal vez fuese un resto de los modales señoriales. El humo del carbón era demasiado fuerte para ella: cargaba el ambiente. Y así vivían, con sus armarios para la ropa blanca, sus viejos maestros y sus almohadones con el ribete de encaje auténtico, por cinco o diez mil al año probablemente, mientras él, que solo tenía dos años más que Hugh, tenía que mendigar un trabajo.

A los cincuenta y tres había venido a pedirles que lo metieran en el despacho de algún secretario, o que le buscaran un trabajo de profesor particular para dar clases de latín a niños pequeños, o a las órdenes de algún gerifalte en una oficina, donde pudiera ganar quinientas libras al año; pues, si se casaba con Daisy, incluso con su pensión, no podrían arreglárselas con menos. Whitbread podría hacerlo, tal vez; o Dalloway. No le importaba pedírselo a Dalloway. Era un buen tipo; un poco limitado; un poco cerrado de mollera, sí, pero buen tipo. Todo lo hacía de forma sensata y prosaica; sin la menor imaginación, sin chispa de brillantez, pero con la inexplicable amabilidad de los tipos como él. Debería haber sido un terrateniente rural, era un desperdicio que se dedicara a la política. Daba lo mejor de sí al aire libre, con caballos y perros: que bien estuvo, por ejemplo, cuando aquel perro peludo de Clarissa quedó atrapado en un cepo que casi le arranca la pata, y Clarissa se desmayó y Dalloway lo vendó, lo entablilló, le dijo a Clarissa que no se comportara como una tonta. Tal vez por eso le gustara a ella: era lo que necesitaba. «Vamos, cariño, no te portes como una tonta. Sujeta esto... dame eso», sin dejar de hablarle al perro como si fuese un ser humano.

Pero ¿cómo podía ella tragarse lo de la poesía? ¿Cómo podía dejarlo disertar sobre Shakespeare? Muy serio y solemne Richard Dalloway se incorporaba sobre las patas traseras y decía que ningún hombre decente debía leer los sonetos de Shakespeare porque era como escuchar detrás de las puertas (además de que no era una relación que él aprobara).[18] Ningún hombre decente debía dejar que su mujer visitase a la hermana de una esposa difunta.[19] ¡Increíble! Lo único que se podía hacer era bombardearlo con peladillas (estaban en una cena). Pero

18. Alusión al posible carácter homosexual de los sonetos.
19. Hasta 1921 la ley prohibía que un hombre se casara con la viuda de su hermano, pero permitía a un viudo casarse con la hermana de su mujer.

Clarissa se lo tragaba todo; le parecía una prueba de sinceridad e independencia por su parte; ¡Dios sabe si no le parecería la inteligencia más original que había conocido!

Ese era uno de los vínculos entre Sally y él. Había un huerto por el que solían pasear, estaba rodeado por una tapia y tenía rosales y coliflores gigantes: recordaba a Sally cortando una rosa, deteniéndose a admirar la belleza de las hojas de las coles bajo el claro de luna (era extraordinario con qué vivacidad recordaba cosas en las que no había pensado desde hacía años), mientras le imploraba, entre bromas y veras, claro, que raptara a Clarissa, que la salvara de los Hughs y los Dalloway y todos los demás «perfectos caballeros» que «sofocarían su alma» (en aquella época escribía resmas de poesía), la convertirían en una simple anfitriona y favorecerían su mundanidad. Pero había que hacerle justicia a Clarissa. No iba a casarse con Hugh. Tenía una idea clarísima de lo que quería. Sus emociones estaban todas en la superficie. Debajo era muy astuta, juzgaba mucho mejor a las personas que Sally, por ejemplo, y, pese a todo, era puramente femenina; con ese don extraordinario, ese don femenino de crear un mundo propio allí donde se encontrase. Entraba en una habitación; se plantaba, como la había visto hacer a menudo, en el umbral, con un montón de gente a su alrededor. Pero era a Clarissa a quien recordabas. No es que fuese llamativa; ni guapa; no tenía nada de pintoresco; nunca decía nada especialmente inteligente; no obstante, ahí estaba; ahí estaba.

¡No, no, no! ¡Ya no estaba enamorado de ella! Solo se sentía, después de haberla visto esa mañana, con sus tijeras y sus hilos de seda, preparándose para la fiesta, incapaz de dejar de pensar en ella; volvía una y otra vez, como un viajero dormido que se apoyara en él en un vagón de ferrocarril; lo cual no era estar enamorado, claro; era pensar en ella, criticarla, volver a empezar, después de treinta años, a intentar explicársela. Lo más evidente que podía decirse de ella era que era mundana; que se preocupaba demasiado por el rango y la sociedad y por prosperar en el mundo... lo cual era verdad en cierto sentido: ella misma se lo había admitido. (Siempre podías conseguir que lo reconociera, si insistías: era sincera.) Lo que diría era que odiaba a los espantajos, a los vejestorios, a los fracasados, como él, presumiblemente; pensaba que la gente no tenía derecho a pasarse el día con las manos en los bolsillos, debía hacer algo; llegar a ser algo; y esa gente tan encopetada, esas duquesas, esas viejas condesas canosas que veías en su salón, indeciblemente alejadas para él de cualquier cosa que le importara un comino, a ella le parecían algo real. Lady Bexborough, había dicho Clarissa una vez, siempre estaba erguida (como la propia Clarissa, nunca se relajaba en ningún sentido de la palabra; siempre estaba tiesa como un palo, de hecho, un poco envarada). Decía que tenían una especie de valentía que respetaba más cuanto mayor se hacía. En todo esto había mucho de Dalloway, claro; mucho de su espíritu cívico, del Imperio británico, de la reforma arancelaria y de la clase gobernante, que había ido creciendo en ella, como suele suceder. Con el doble de inteligencia, tenía que ver las cosas con los ojos de él, una de las tragedias de la vida de casada. Con una inteligencia propia, tenía que citar siempre a Richard, ¡como si no pudiese saberse lo que pensaba Richard solo con leer el *Morning Post* una mañana! Estas fiestas, por ejemplo, eran por él, o por la idea que tenía ella de él (para hacerle justicia a Richard habría sido más feliz haciendo de granjero en Norfolk). Ella convertía su salón en un lugar de encuentro; tenía un don para eso. Una y otra vez la había visto coger a un joven inexperto, retorcerlo, darle la vuelta, despertarlo y lanzarlo al mundo. Infinidad de personas aburridas se congregaban en torno a ella, claro. Pero a veces aparecía alguien inesperado: unas veces un artista, otras un escritor, bichos raros en ese ambiente. Y por detrás estaba esa red de tarjetas de visita y despedida, de ser amable con la gente, llevar ramos de flores, pequeños regalos; no sé quién iba a ir a Francia, necesitará un almohadón hinchable; ese interminable tráfico que llevan las mujeres como ella era un auténtico desperdicio de energía, pero ella lo hacía sinceramente, con un instinto natural.

Extrañamente, era una de las personas más escépticas que había conocido y posiblemente (era una teoría que elaboraba a menudo para entenderla, tan transparente para unas cosas, tan inescrutable para otras), posiblemente se lo dijese a sí misma. Como somos una raza condenada, encadenados a un barco hundiéndose (sus lecturas favoritas de niña eran Huxley y Tyndall, y les encantaban estas metáforas náuticas), como todo no es más que un mal chiste, hagamos, en cualquier caso, nuestra parte; mitiguemos el sufrimiento de los demás prisioneros (otra vez Huxley); decorar la mazmorra con flores y cojines hinchables, ser lo más decentes que podamos. Que esos rufianes, los dioses, no se salgan siempre con la suya, la impresión de ella era que los dioses, que no perdían una ocasión de herir, malograr y estropear las vidas humanas, se quedaban frustrados si, a pesar de todo, te portabas como una dama. Esa fase llegó justo después de la muerte de Sylvia: ese asunto tan horrible. Ver a tu propia hermana morir bajo un árbol caído (todo por culpa de Justin Parry, por culpa de su descuido) ante tus propios ojos; una joven también en la flor de la vida, la más dotada de todos, decía siempre Clarissa, era suficiente para amargar a cualquiera. Luego ya no fue tan positiva, tal vez; pensaba que no había dioses; que no había a quien culpar; y desarrolló esta religión atea de hacer el bien por el bien.

Y, por supuesto, disfrutaba inmensamente de la vida. Su naturaleza era disfrutar (aunque Dios sabe, porque era muy reservada; a menudo tenía la impresión de que incluso él, después de todos estos años, solo podía hacer un bosquejo de Clarissa). En cualquier caso, no había ni chispa de amargura; nada de ese sentido de la virtud moral que es tan repulsivo en las mujeres buenas. Disfrutaba prácticamente con todo. Si paseabas con ella por Hyde Park, ahora era un lecho de tulipanes, luego un bebé en un cochecito, después alguna pequeña tragedia que improvisaba al momento. (Muy probablemente les habría hablado a esos dos enamorados, si hubiese pensado que eran desdichados.) Tenía un sentido de la comedia que era realmente exquisito, pero necesitaba gente, siempre gente, para que aflorara, con el resultado inevitable de que malgastaba su tiempo, almorzando, cenando, dando esas incesantes fiestas suyas, hablando de tonterías, diciendo cosas en las que no creía, embotando el filo de su imaginación, perdiendo su capacidad de discriminar. Se sentaba en la cabecera de la mesa, haciendo infinitos esfuerzos con un viejo carcamal que podía serle de utilidad a Dalloway —conocían a unos tipos aburridísimos en Europa— o aparecía Elizabeth y todo tenía que supeditarse a ella. La última vez que él había estado en Inglaterra estaba en un colegio y aún era incapaz de expresarse bien, una niña pálida de ojos redondos, que no se parecía en nada a su madre, una criatura callada y estólida, que daba todo por supuesto y dejaba que su madre la convirtiera en el centro de atención y luego decía: «¿Puedo irme ya?», como si tuviese cuatro años; iba, Clarissa explicaba, con esa mezcla de orgullo y diversión que parecía despertarle el propio Dalloway, a jugar al hockey. Y ahora lo más probable era que a Elizabeth la hubieran presentado ya en sociedad, que él le pareciera un vejestorio y que se burlara de los amigos de su madre. Bueno, qué se le iba a hacer. La compensación de envejecer, pensó Peter Walsh mientras salía de Regent's Park, con el sombrero en la mano, era sencillamente esta: que las pasiones siguen tan fuertes como siempre, pero uno ha adquirido —¡por fin!— el poder que añade el sabor supremo a la existencia, el poder de tomar la experiencia y darle vueltas lentamente a la luz.

Era una confesión terrible (volvió a ponerse el sombrero) pero ahora, a los cincuenta y tres años, ya apenas necesitaba a la gente. La vida misma, cada momento de ella, cada gota, aquí, este instante, ahora, al sol, en Regent's Park era suficiente. De hecho, demasiado. Una vida entera era demasiado corta, para extraer, ahora que había adquirido ese poder, todo el sabor; para extraer hasta la última onza de placer, el último matiz de significado; que eran ambos mucho más responsables que antes, mucho menos personales. Era imposible que volviese a sufrir tanto como le había hecho sufrir Clarissa. Pasaban horas (¡Dios quisiera que nadie le oyera decirlo!), pasaban horas y días sin que pensara en Daisy.

¿Sería posible, pues, que estuviese enamorado de ella, si recordaba la desdicha, la tortura, la extraordinaria pasión de aquellos días? Era muy diferente —algo mucho más agradable—, aunque la verdad era, claro, que ahora era ella quien estaba enamorada de él. Y esa tal vez fuese la razón por la que, cuando zarpó el barco, sintiera un alivio extraordinario, que no deseara nada tanto como estar solo, que le irritara descubrir todas sus pequeñas atenciones —cigarros, notas, una manta para el viaje— en el camarote. Si fuesen sinceros, todos dirían lo mismo: después de los cincuenta uno ya no necesita a la gente; ya no quiere decirles a las mujeres que son guapas; eso es lo que diría la mayoría de los hombres de cincuenta años, pensó Peter Walsh, si fuesen sinceros.

Pero entonces estos sorprendentes accesos de emoción, ¿a qué venían? ¿Qué habría podido pensar Clarissa?, probablemente que era un idiota, y no por primera vez. En el fondo eran celos: los celos que sobreviven a cualquier otra pasión humana, pensó Peter sujetando la navaja lejos del cuerpo. Daisy le había dicho en su última carta que había estado viendo al comandante Orde; él sabía que lo había dicho a propósito; para ponerle celoso; le parecía verla arrugando el ceño mientras le escribía, pensando en qué podría decir para hacerle daño; y aun así daba igual; ¡estaba furioso! Todo este lío de venir a Inglaterra a ver a los abogados no era para casarse con ella, sino para que no se casara con otro. Eso era lo que le torturaba, eso era lo que le emocionó cuando vio a Clarissa tan tranquila, tan fría, tan concentrada en su vestido o lo que fuese; reparando en lo que podía haberle ahorrado, en a qué lo había reducido, un idiota, viejo, llorica y sollozante. Pero las mujeres, pensó, cerrando la navaja, no saben qué es la pasión. No saben qué significa para los hombres. Clarissa era fría como un carámbano. Se sentaría en el sofá a su lado, dejaría que la cogiera de la mano y le daría un beso en la mejilla... Ya había llegado al cruce.

Lo interrumpió un ruido; un ruido débil y tembloroso, una voz que se alzaba sin dirección, vigor, inicio o final, que se convirtió débil y chillona y sin ningún significado humano en:

si no ve que má da
na de tu dul ce radas...

la voz sin sexo ni edad, la voz de un antiguo manantial manando de la tierra; que brotaba justo enfrente de la estación de metro de Regent's Park, de una forma alta y temblorosa, como un embudo, como una bomba herrumbrosa, como un árbol desprovisto para siempre de hojas que deja que el viento recorra sus ramas cantando:

si no ve que má da
na de tu dul ce radas...

y acuna, cruje y gime en la brisa eterna.

A lo largo de las eras... cuando la acera era hierba, cuando era una ciénaga, más allá de la era del marfil y los mamuts, más allá de la era de los amaneceres silenciosos, la mujer magullada —pues llevaba falda— con la mano derecha expuesta, la izquierda aferrada al costado, cantaba una canción de amor... de amor que ha durado un millón de años, cantaba, de un amor que prevalece, y millones de años atrás de su enamorado, que llevaba muerto todos estos años, había paseado, cantaba, con ella en mayo; pero en el transcurso de las eras, largas como días de verano y ardiendo, recordaba, solo con unos asteres rojos, había desaparecido; la enorme guadaña de la muerte había barrido esas enormes montañas, y cuando por fin apoyó la canosa y envejecida cabeza en la tierra, convertida ahora en un simple montón de ceniza de hielo, imploró a los dioses que pusieran a su lado una mata de brezo púrpura, allí en su túmulo fúnebre que acariciaban los últimos rayos del sol poniente; pues entonces terminaría el espectáculo del universo.

Mientras la antigua canción burbujeaba enfrente de la estación de metro de Regent's Park, la tierra siguió pareciendo verde y florida, todavía, aunque saliera de una boca tan tosca, un simple agujero en el suelo, y además embarrado, tapado con raíces y una maraña de hierba, todavía la vieja canción burbujeante y gorgoteante, calando a través de las raíces anudadas de los siglos y de los esqueletos y los tesoros, corría en riachuelos sobre la acera y a lo largo de Marylebone Road, y hacia Euston, fertilizando, dejando una mancha de humedad.

Recordando todavía cómo una vez en un mayo primordial había paseado con su enamorado, esta bomba herrumbrosa, esta anciana magullada con una mano extendida pidiendo unas monedas, la otra en el costado, seguiría allí al cabo de diez millones de años, recordando que una vez había paseado en mayo, donde ahora fluye el mar, con quién no tenía importancia, era un hombre, oh, sí, un hombre que la había querido. Pero el paso de las eras había enturbiado la claridad de aquel lejano día de mayo; las flores de pétalos brillantes estaban escarchadas y plateadas por el hielo; y ya no veía, cuando le imploraba (como claramente estaba

haciendo ahora) «dame solo una de tus dulces miradas», ya no veía sus ojos castaños, sus patillas negras y
su rostro curtido, solo una silueta amenazante, una
sombra, a la que, con esa frescura como la de un pájaro
que tienen los muy ancianos, seguía gorjeando «dame
tu mano y deja que la apriete en secreto» (Peter Walsh
no pudo evitar darle a la pobre criatura una moneda al
subir al taxi), «y, si nos ven, ¿qué más da?»,[20] preguntaba; y apretaba el puño contra el costado, y sonrió, guardándose el chelín, y todas las miradas inquisitivas parecieron borrarse, y las generaciones fugaces —la acera
estaba abarrotada de gente ajetreada de clase media—
desaparecieron, como hojas, para que las pisotearan,
para empaparse, aplastarse y convertirse en mantillo
por esa eterna primavera:

> *si no ve que má da*
> *na de tu dul ce radas...*

—Pobre vieja —dijo Rezia Warren Smith.

¡Ay pobre anciana desdichada!, dijo, esperando a
cruzar.

¿Y si esa noche llovía? ¿Y si tu padre, o alguien a
quien habías conocido en tiempos mejores pasaba y te

20. Todo este pasaje hace alusión a la letra de *All Souls' Day*, la
versión inglesa del *lied Allerseelen*, con música de Richard Strauss
y letra de Hermann von Gilm. (Deja en la mesa las fragantes *mi-
gnonettes*, / trae los últimos asteres rojos, / y volvamos a hablar de
amor / como aquella vez en mayo. / Dame tu mano y deja que la
apriete en secreto, / y, si nos ven, ¿qué más da?, / dame solo una de
tus dulces miradas / como aquella vez en mayo. Hoy todas las tumbas tienen flores y están fragantes, / un día al año se consagra a los
muertos; / ven a mi corazón y sé mío otra vez, / como aquella vez
en mayo.)

veía ahí de pie en el arroyo? ¿Y dónde dormiría por las noches?

Alegre, casi como si tal cosa, el hilo invencible de sonido se enroscó en el aire como el humo de la chimenea de una casa de campo, ascendiendo entre las limpias hayas y saliendo como un penacho de humo azul entre las hojas de la copa. «Y, si nos ven, ¿qué más da?»

Desde que era tan infeliz, desde hacía semanas, Rezia había empezado a dar significado a las cosas que le ocurrían, a veces casi sentía que debía parar a la gente por la calle, si parecían personas buenas y amables, solo para decirles: «Soy infeliz»; y esta anciana cantando en la calle «y si nos ven, ¿qué más da?» la convenció de pronto de que todo iba a ir bien. Iban a ver a sir William Bradshaw; pensó que el nombre sonaba bien; curaría a Septimus enseguida. Y luego pasó una carreta de un cervecero; y los caballos grises tenían briznas de paja en la cola; había carteles de periódico. Ser infeliz era un sueño muy muy tonto.

Así que cruzaron, el señor y la señora Septimus Warren Smith, y ¿había, después de todo, algo que llamase la atención, cualquier cosa que pudiese hacer sospechar a un transeúnte que aquí había un joven que lleva el mayor mensaje del mundo, y que es, además, el hombre más feliz del mundo, y el más desdichado? Tal vez anduviesen más despacio que los demás, y había un no sé qué dubitativo y arrastrado en los andares de él, pero ¿qué era más natural para un oficinista, que no ha estado en el West End un día laborable a estas horas desde hace años, que mirar al cielo, mirar a esto y aquello, como si Portland Place fuese una sala en la que hubiese entrado en ausencia de la familia, y estuviesen subiendo las arañas protegidas con bolsas de holanda, y la portera mientras deja entrar largos rayos de luz polvorienta sobre los sillones vacíos y extraños, levantara un extremo de las largas persianas y explicase a los visitantes qué maravilloso es ese sitio, qué maravilloso, pero al mismo tiempo, piensa, qué extraño.

Por su aspecto podría haber sido un oficinista, pero de los mejores; pues llevaba botas marrones; sus manos estaban educadas; también su perfil, su perfil anguloso, inteligente y sensible; aunque no sus labios, que colgaban fláccidos; y sus ojos (como suelen ser los ojos), solo ojos; castaños, grandes, de modo que era en conjunto, un caso límite, ni una cosa ni la otra; podía acabar con una casa en Purley y un automóvil, o seguir alquilando habitaciones en callejones toda la vida; uno de esos hombres semieducados y autodidactas que todo lo han aprendido en libros prestados en bibliotecas públicas, leídos por la noche después del trabajo, por consejo de autores bien conocidos a quienes han consultado por carta.

En cuanto a las otras vivencias, las solitarias, por las que la gente pasa sola, en su dormitorio, en su oficina, recorriendo los campos y las calles de Londres, las había tenido: se había ido de casa, cuando era casi un crío, por su madre; mentía; porque bajó a tomar el té por quincuagésima vez sin lavarse las manos; porque no veía futuro para un poeta en Stroud;[21] y así, tomando de confidente a su hermana pequeña, había ido a Londres dejando tras él una nota absurda, como la que han escrito tantos grandes hombres, y que el mundo ha leído después cuando la historia de sus esfuerzos se ha hecho famosa.

21. Una ciudad de Gloucestershire.

Londres ha engullido a muchos millones de jóvenes llamados Smith; le traen sin cuidado los nombres increíbles como Septimus con que habían pensado distinguirlos sus padres. Alojados más allá de Euston Road, había vivencias, otra vez vivencias, como un cambio de rostro en dos años de un óvalo inocente y sonrosado a una cara enjuta, contraída, hostil. Pero de todo esto qué podía decir el más observador de los amigos excepto lo que dice un jardinero cuando abre la puerta del invernadero por la mañana y encuentra una nueva flor en una planta: ha florecido; florecido a partir de la vanidad, la ambición, el idealismo, la pasión, la soledad, el valor, la pereza, las semillas habituales, que se mezclaron (en una habitación más allá de Euston Road), lo volvieron tímido, tartamudeante, le animaron a mejorar, e hicieron que se enamorase de la señorita Isabel Pole, que impartía clases sobre Shakespeare en Waterloo Road.[22]

¿Acaso él no era como Keats?, preguntaba ella; y reflexionaba que podría darle una idea de *Antonio y Cleopatra* y las demás obras; le prestaba libros; le escribía cartas; y encendió en él un fuego que arde solo una vez en la vida, sin calor, una llama rojiza y parpadeante, infinitamente etérea e insustancial por la señorita Pole; Antonio y Cleopatra y Waterloo Road. Le parecía bella, creía que era impecablemente sabia, soñaba con ella, le escribía poemas, que, pasando por alto el asunto, ella corregía con tinta roja; la vio, una tarde de verano, paseando con un vestido verde por una plaza; «Ha florecido», podría haber dicho el jardinero, si hubiese

22. Entre 1905 y 1907, Woolf impartió voluntariamente clases vespertinas en el Morley College, que estaba en esa calle.

abierto la puerta; es decir, si hubiese entrado, cualquier noche en esa época y lo hubiese encontrado escribiendo; si lo hubiera encontrado rompiendo lo que había escrito; si lo hubiese encontrado terminando su obra maestra a las tres de la madrugada y andando por la calle, visitando iglesias, ayunando un día, bebiendo otro, devorando a Shakespeare, a Darwin, *La historia de la civilización*[23] y a Bernard Shaw.

El señor Brewer sabía que algo pasaba; el señor Brewer, secretario administrativo en Sibleys & Arrowsmiths, subastadores, tasadores y agentes inmobiliarios; algo pasaba, pensaba, y como era paternal con sus jóvenes empleados, y tenía en gran estima las capacidades de Smith, y profetizaba que, en diez o quince años, llegaría a tener el sillón de cuero del despacho interior bajo la claraboya con las cajas de escrituras a su alrededor, «si conserva la salud», decía el señor Brewer, y ese era el peligro... parecía débil; le recomendaba que jugase al fútbol, le invitaba a cenar y estaba considerando recomendar que le subieran el sueldo, cuando algo ocurrió que echó por tierra muchos de los cálculos del señor Brewer, se llevó a sus mejores empleados, y al fin, así de insidiosos eran los dedos de la guerra europea, le rompió una escultura de Ceres, le hizo un agujero en el lecho de geranios y destrozó los nervios de la cocinera en la casa que tenía el señor Brewer en Muswell Hill.

Septimus fue uno de los primeros en presentarse voluntario. Fue a Francia para salvar una Inglaterra que consistía casi por entero en las obras de Shakespeare y la señorita Isabel Pole con un vestido verde paseando

23. Probablemente, la *History of Civilisation in England* (1857-1861), de Henry Thomas Buckle.

por la plaza. Allí en las trincheras se produjo al instante el cambio que deseaba el señor Brewer cuando le aconsejaba jugar al fútbol; se volvió viril; lo ascendieron; despertó el interés de su oficial, un tal Evans. Parecían dos perros jugando sobre la alfombra de la chimenea; uno enredando con una tira de papel, gruñendo, mordiendo y tirándole de la oreja de vez en cuando al perro más viejo; el otro tumbado soñoliento, mirando el fuego, alzando una pata, volviéndose y gruñendo de buen humor. Tuvieron que estar juntos, que compartir las cosas, que pelear entre ellos, que discutir. Pero cuando a Evans (Rezia, que solo lo había visto una vez, lo llamó «un hombre callado», un tipo recio y pelirrojo, poco expresivo con las mujeres) lo mataron, justo antes del armisticio, en Italia, Septimus, lejos de exhibir ninguna emoción o de reconocer que ahí acababa su amistad, se congratuló de sentir muy poco y muy razonablemente. La guerra le había enseñado. Fue sublime. Había pasado por todo: la amistad, la guerra europea, la muerte, lo habían ascendido, seguía teniendo menos de treinta años e iba a sobrevivir. En eso tenía razón. Los últimos obuses no le acertaron. Observó cómo explotaban con indiferencia. Cuando llegó la paz estaba en Milán, alojado en la casa de una patrona con un patio, flores en tinajas, mesitas al aire libre, hijas que fabricaban sombreros, y se comprometió con Lucrezia, la hija más joven, una tarde cuando le entró pánico porque no podía sentir.

Pues ahora que todo había terminado, que se había firmado la tregua, y enterrado a los muertos, tenía, sobre todo por la noche, esos súbitos ataques de miedo. No podía sentir. Cuando abría la puerta de la habitación donde las chicas italianas fabricaban los sombreros, las veía, las oía, ensartaban cuentas de colores de unos platillos en alambres, daban vueltas a moldes de bucarán de aquí para allá; con la mesa cubierta de plumas, lentejuelas, sedas, cintas; las tijeras golpeaban contra la mesa; pero algo le fallaba: no podía sentir. Aun así, el ruido de las tijeras, las risas de las chicas, los sombreros que fabricaban le protegían, se sentía seguro, tenía un refugio. Pero no podía quedarse allí toda la noche. Había momentos en que se despertaba de madrugada. La cama se caía; él se caía. ¡A pesar de las tijeras, la luz de la lámpara y de los moldes de bucarán! Le pidió a Lucrezia que se casara con él, la más joven de las dos, la más frívola y alegre, con esos pequeños dedos de artista que ella levantaba y decía: «Está todo en ellos». La seda, las plumas, qué sé yo, estaban vivos para ellos.

—Lo más importante es el sombrero —decía ella, cuando paseaban. Observaba todos los sombreros con los que se cruzaban; y el abrigo y el vestido y el modo en que se movía la mujer. A las que iban mal vestidas o vestían con más elegancia de la debida, las estigmatizaba, no salvajemente, sino con movimientos impacientes de las manos, como los de un pintor que aparta una imitación evidente y bien intencionada; y luego, con generosidad, pero siempre crítica, celebraba a una dependienta que llevaba con donosura su ropa o alababa enteramente, con entusiasmo y saber profesional, a una dama francesa que se apeaba de su carruaje con una túnica, perlas y un abrigo de chinchilla.

—¡Preciosa! —murmuraba, dándole un codazo a Septimus, para que la viera. Pero la belleza estaba como detrás de un cristal. Ni siquiera el gusto (a Rezia le gustaban los helados, las chocolatinas, los dulces) le atraía lo más mínimo. Dejaba la taza en la mesita de mármol. Miraba a la gente de fuera; parecían felices, juntándose en mitad de la calle, gritando, riendo, discutiendo por nada. Pero él no podía saborear, no podía sentir. En la cafetería, entre las mesas y los camareros que parloteaban le embargaba un temor espantoso: no podía sentir. Podía razonar, podía leer, a Dante, por ejemplo, con facilidad («Septimus, cierra ya el libro», le decía Rezia, cerrando con dulzura el *Inferno*), podía sumar la cuenta; su cerebro estaba en perfecto estado; debía de ser culpa del mundo que no pudiera sentir.

«Los ingleses son tan callados», decía Rezia. A ella le gustaba, decía. Respetaba a estos ingleses, y quería ver Londres, y los caballos ingleses, y los trajes hechos a medida, y recordaba haber oído lo maravillosas que eran las tiendas a una tía que se había casado y vivía en el Soho.

Podría ser, pensó Septimus, contemplando Inglaterra desde la ventanilla del tren, cuando salieron de Newhaven; podría ser que el mundo mismo no tenga sentido.

En la oficina lo ascendieron a un puesto de considerable responsabilidad. Estaban orgullosos de él; había ganado medallas.

—Ha cumplido usted con su deber; ahora nos corresponde a nosotros... —empezó el señor Brewer; y no pudo terminar, tan placentera fue su emoción.

Se instalaron en un piso estupendo más allá de Tottenham Court Road.

Aquí volvió a abrir su Shakespeare. Aquella embriaguez juvenil con el lenguaje —*Antonio y Cleopatra*— se había marchitado por completo. ¡Cuánto odiaba Shakespeare a la humanidad: vestirse, engendrar hijos, la sordidez de la boca y el vientre! Esto le fue revelado a

Septimus: el mensaje oculto en la belleza de las palabras. La señal secreta que una generación pasa, con disimulo, a la siguiente es la rabia, el odio, la desesperación. Dante era igual. Esquilo (traducido) lo mismo. Rezia se sentaba a la mesa confeccionando sombreros. Confeccionaba sombreros para las amigas de la señora Filmer; confeccionaba sombreros todo el tiempo. Parecía pálida, misteriosa, como un lirio, ahogado, bajo el agua, pensó.

«Los ingleses son tan serios», decía ella y lo rodeaba entre sus brazos, y apoyaba su mejilla contra la suya.

El amor entre el hombre y la mujer a Shakespeare le parecía repulsivo. La cópula al final le parecía repugnante. Pero ella debía tener hijos, decía Rezia. Llevaban cinco años casados.

Fueron juntos a la Torre de Londres; al museo Victoria y Alberto; se plantaron entre la multitud para ver al rey inaugurar el Parlamento. Y estaban las tiendas: las sombrererías, las tiendas de vestidos, las tiendas con bolsos de cuero en los escaparates, donde ella se quedaba mirando. Pero tenía que tener un hijo.

Debía tener un hijo como Septimus, decía. Pero nadie podía ser como Septimus; tan amable, tan serio, tan inteligente. ¿No podría ella leer también a Shakespeare? ¿Era Shakespeare un autor difícil?, preguntaba.

No se pueden traer hijos a un mundo como este. No se puede imponer el sufrimiento, o aumentar el número de estos animales lujuriosos, que no tienen emociones duraderas, sino solo caprichos y vanidades que los empujan de aquí para allá.

La observaba cortar, dar forma, igual que uno observa a un pájaro dar saltitos por la hierba sin atreverse a mover un dedo. Pues la verdad es (aunque ella lo ignorase) que los seres humanos no tienen bondad, ni fe, ni caridad más allá de lo que les sirve para aumentar el placer del momento. Cazan en manada. La manada rastrea el desierto y desaparece aullando en el erial. Abandona a los caídos. Se ocultan detrás de muecas. Estaba Brewer en la oficina, con su bigote engominado, su alfiler de corbata de coral, su pechera blanca y sus agradables emociones —todo gelidez y viscosidad en el interior— sus geranios aplastados en la guerra, los nervios de su cocinera destrozados; o Amelia Comosellame, repartiendo tazas de té puntualmente a las cinco, una arpía obscena, lasciva y desdeñosa; y los Toms y Berties con sus pecheras almidonadas goteando gruesas gotas de vicio. Nunca lo vieron dibujando caricaturas de ellos desnudos haciendo de las suyas en su cuaderno. En la calle, las furgonetas pasaban ruidosas de largo; la brutalidad se proclamaba en carteles; había hombres atrapados en minas; mujeres quemadas vivas; y una vez una fila de lunáticos lisiados a los que habían sacado para que hicieran ejercicio o para diversión del populacho (que se reía a carcajadas) pasaron sonrientes despacio a su lado inclinando la cabeza y haciendo muecas en Tottenham Court Road como disculpándose, pero también triunfantes, por infligir su aflicción desesperada. Y él ¿se volvería loco?

Mientras tomaban el té, Rezia le dijo que la hija de la señora Filmer estaba esperando un bebé. ¡Ella no podía envejecer sin tener hijos! ¡Estaba muy sola, era muy desdichada! Lloró por primera vez desde que estaban casados. Oyó sus sollozos desde lejos; los oyó con nitidez; reparó en ellos con claridad; los comparó con los golpes de un pistón. Pero no sintió nada.

Su mujer estaba llorando, y él no sentía nada; pero,

cada vez que ella sollozaba de ese modo profundo, silencioso y desesperanzado, él descendía un escalón más al abismo.

Por fin, con un gesto melodramático que hizo mecánicamente y con total conciencia de su falta de sinceridad, apoyó la cabeza en las manos. Ahora se había rendido, ahora otros tendrían que ayudarle. Debían consultar a alguien. Se rindió.

Nada pudo animarlo. Rezia lo metió en la cama. Mandó llamar a un médico... al doctor Holmes, recomendado por la señora Filmer. El doctor Holmes lo examinó. No le pasaba absolutamente nada, dijo el doctor Holmes. ¡Oh, qué alivio! ¡Qué hombre tan bueno y tan amable!, pensó Rezia. Cuando se sentía así, iba al teatro de variedades, dijo el doctor Holmes. Se cogía un día libre y jugaba al golf. ¿Por qué no probar con dos tabletas de bromuro disueltas en un vaso de agua a la hora de acostarse? Estas viejas casas de Bloomsbury, dijo el doctor Holmes, dando unos golpes en la pared, a menudo tienen paneles muy finos que los caseros tienen la locura de cubrir con empapelado. El otro día mismo, al ir a visitar a un paciente, sir No-sé-qué No-sé-cuántos, en Bedford Square...

Así que no había excusa, no le pasaba absolutamente nada, excepto el pecado por el que la naturaleza humana lo había condenado a muerte: que no sentía nada. Le había dado igual cuando mataron a Evans; eso era lo peor; pero todos los demás crímenes asomaban la cabeza y negaban con el dedo y se burlaban desde el borde de la cama por la mañana temprano del cuerpo postrado que yacía consciente de su degradación: se había casado con su mujer sin quererla, le había mentido, la había seducido, había ultrajado a la señorita Isabel Pole, y estaba tan marcado por el vicio que las mujeres se estremecían al verlo en la calle. El veredicto de la naturaleza humana sobre semejante miserable era la muerte.

Volvió el doctor Holmes. Grande, lozano, apuesto, sacudiendo las botas, mirándose en el espejo, lo descartó todo —los dolores de cabeza, el insomnio, los temores, los sueños— eran síntomas nerviosos y nada más, afirmó. Cuando él bajaba, aunque fuese quinientos gramos, de setenta y tres kilos, le pedía a su mujer otro plato de gachas en el desayuno. (Rezia debería aprender a preparar gachas.) Pero, prosiguió, la salud es un asunto que en gran parte depende de nosotros. Dedíquese a otros intereses; búsquese una afición. Abrió el volumen de Shakespeare: *Antonio y Cleopatra*; apartó a Shakespeare a un lado. Alguna afición, dijo el doctor Holmes, ¿acaso no debía él su excelente salud (y trabajaba tanto como cualquier otro hombre en Londres) al hecho de que siempre podía pasar de sus pacientes a los muebles antiguos? ¡Y qué bonita peineta llevaba, si se me permite decirlo, la señora de Warren Smith!

Cuando volvió aquel puñetero idiota, Septimus se negó a verlo. ¿De verdad?, dijo el doctor Holmes, sonriendo agradablemente. Y lo cierto es que tuvo que darle a esa encantadora mujercita, la señora Smith, un amable empujoncito para poder entrar en el dormitorio de su marido.

—Así que está usted muerto de miedo —dijo agradablemente, sentado al lado de su paciente. Había hablado de suicidarse a su mujer, una joven muy agradable, extranjera, ¿no? ¿No le daría eso una idea muy rara de los maridos ingleses? ¿No tenía tal vez cierto deber con su mujer? ¿No sería mejor hacer algo en vez de quedarse en la cama? Él tenía cuarenta años de experiencia a sus espaldas; y Septimus podía aceptar su palabra: no le pasaba nada. Y, la siguiente vez que fuese a visitarle, el doctor Holmes esperaba ver a Smith levantado en vez de dándole preocupaciones a esa encantadora señorita con la que estaba casado.

La naturaleza humana, en suma, estaba contra él: esa bestia repulsiva, con las aletas de la nariz ensangrentadas. Holmes estaba contra él. El doctor Holmes iba con regularidad cada día. Una vez tropiezas, escribió Septimus en el dorso de una postal, la naturaleza humana se vuelve contra ti. Holmes se vuelve contra ti. La única opción era escapar, sin que Holmes lo supiera: a Italia... a cualquier sitio, a cualquier sitio, lejos del doctor Holmes.

Pero Rezia no podía entenderle. El doctor Holmes era muy amable. Estaba tan preocupado por Septimus. Solo quería ayudarlos, decía. Tenía cuatro hijos pequeños y la había invitado a tomar el té, le contó a Septimus.

Así que estaba solo. El mundo entero gritaba: Mátate, mátate, por nosotros. Pero ¿por qué iba a matarse por ellos? La comida estaba buena; el sol calentaba; y eso de matarse, ¿cómo lo hace uno, con un cuchillo de mesa, de un modo espantoso, con ríos de sangre... aspirando el gas de una tubería? Estaba demasiado débil, apenas podía levantar la mano. Además, ahora que estaba solo, condenado, abandonado, como lo están quienes van a morir, veía cierta grandiosidad en ello, un aislamiento sublime; una libertad que quienes están atados nunca pueden conocer. Holmes había ganado, claro; la bestia de las narices ensangrentadas había ganado. Pero ni siquiera Holmes podía tocar a este último vestigio que deambulaba en el fin del mundo, a este desterrado que miraba hacia las regiones habitadas, que yacía, como un marinero ahogado en la orilla del mundo.

Fue en ese momento (Rezia había ido de compras) cuando tuvo lugar la gran revelación. Una voz le habló desde detrás del biombo. Evans le hablaba. Los muertos estaban con él.

—¡Evans, Evans! —gritó.

El señor Smith estaba hablando solo en voz alta, le gritó Agnes la criada a la señora Filmer en la cocina. «¡Evans, Evans!», había dicho cuando ella le llevó la bandeja. Dio un respingo, vaya que sí. Salió corriendo escaleras abajo.

Y Rezia llegó, con sus flores, cruzó la habitación y puso las flores en un jarrón, al que el sol le daba directamente, y siguió riendo y pululando por la habitación.

Había tenido que comprarle las rosas, dijo Rezia, a un pobre hombre por la calle. Pero ya estaban casi mustias, dijo, colocándolas.

Así que había un hombre fuera; Evans presumiblemente; y las rosas, que Rezia decía que estaban medio mustias, las habían cogido para él en los campos de Grecia. La comunicación es salud; la comunicación es felicidad. La comunicación, murmuró.

—¿Qué dices, Septimus? —preguntó Rezia, muerta de miedo, porque estaba hablando solo.

Envió a Agnes a buscar corriendo al doctor Holmes. Su marido, dijo, estaba loco. Apenas la reconocía.

—¡La bestia! ¡La bestia! —gritó Septimus al ver a la naturaleza humana, es decir, al doctor Holmes, entrar en la habitación.

—Bueno, ¿qué ocurre? —preguntó el doctor Holmes con la mayor amabilidad del mundo—. ¿Diciendo tonterías para asustar a su mujer?

Pero le daría algo para ayudarle a dormir. Y si eran ricos, dijo el doctor Holmes, mirando irónicamente la habitación, que fuesen a Harley Street,[24] si es que no se fiaban de él, añadió en tono no tan amable.

Eran justo las doce en punto; las doce según el Big Ben; cuyo tañido flotó sobre la parte norte de Londres, fundiéndose con el de otros campanarios, mezclándose de manera etérea y delicada con las nubes y las volutas de humo y extinguiéndose en lo alto entre las gaviotas... dieron las doce justo cuando Clarissa dejaba su vestido verde sobre la cama, y los Warren Smith bajaban por Harley Street. Tenían cita a las doce. Probablemente, pensó Rezia, esa fuese la casa de sir William Bradshaw, la del coche gris aparcado en la puerta. (Los círculos de plomo se disolvían en el aire.)

Sí que lo era, el coche de sir William Bradshaw; bajo, potente, gris, con unas sencillas iniciales entrelazadas en la puerta, como si la pompa de la heráldica fuese una incongruencia en este fantasmal benefactor y sacerdote de la ciencia; e igual que el coche era gris, también lo eran, a juego con su sombría suavidad, las pieles y alfombras que se amontonaban dentro, para que su señora no tuviese frío mientras esperaba. Pues con frecuencia sir William viajaba noventa kilómetros o más al campo para visitar a los ricos, a los afligidos, que podían pagar la altísima minuta que sir William cobraba a cambio de

24. Una calle de Westminster famosa porque en ella tenían su consulta muchos de los médicos más caros y famosos de Londres.

sus consejos. Su mujer esperaba con las mantas en las rodillas una hora o más, recostada en el asiento, pensando a veces en el paciente, a veces, excusablemente en el montón de oro que crecía minuto a minuto mientras le esperaba; el montón de oro que fue interponiéndose entre ellos y todos los cambios y preocupaciones (ella los había soportado con entereza; habían tenido sus dificultades), hasta que se sintió atrapada en un mar en calma, donde solo soplaban vientos especiados; respetada, admirada, envidiada, sin apenas nada que desear, aunque le disgustaba ser tan corpulenta; grandes cenas cada jueves con los colegas de la profesión; un mercadillo que inaugurar de vez en cuando; saludos a la realeza; demasiado poco tiempo, ¡ay!, con su marido, que cada vez tenía más trabajo; un chico a quien le iba bien en Eton; le habría gustado tener también una hija; tenía intereses, no obstante, en abundancia; la protección de la infancia, los cuidados de los epilépticos, y la fotografía, de modo que si estaban construyendo una iglesia o había alguna en ruinas, sobornaba al sacristán, conseguía la llave y hacía fotografías, apenas distinguibles de las de los profesionales, mientras esperaba.

El propio sir William ya no era joven. Había trabajado mucho; había conseguido su posición gracias a su habilidad (era hijo de un tendero); adoraba su profesión; era apuesto en las ceremonias y sabía hablar, todo lo cual, cuando lo nombraron caballero, le había conferido un aire serio, un aire cansado (el chorreo de pacientes era incesante, y las responsabilidades y los privilegios de su profesión, onerosos), cansancio, que combinado con sus canas, aumentaba la extraordinaria distinción de su presencia y le daba la reputación (de enorme importancia, para las enfermedades nerviosas) de tener la velocidad del rayo y una precisión casi infalible en la diagnosis, aunque a la vez era compasivo, tenía tacto y una gran comprensión del alma humana. Lo vio desde el momento en que entraron en la consulta (los Warren Smith, se llamaban); estuvo seguro nada más ver al hombre: era un caso de extrema gravedad. Una crisis nerviosa completa: una crisis física y nerviosa completa, con todos los síntomas en fase avanzada, lo comprobó en dos o tres minutos (escribiendo respuestas en una tarjeta rosa a preguntas murmuradas con discreción).

¿Cuánto llevaba tratándolo el doctor Holmes?

Seis semanas.

¿Le recetó un poco de bromuro? ¿Dijo que no había de qué preocuparse? Ah, sí (¡estos médicos de cabecera!, pensó sir William. Consumía la mitad de su tiempo en deshacer sus pifias. Algunas eran irreparables).

—¿Sirvió usted con gran distinción en la guerra?

El paciente repitió la palabra *guerra* en tono interrogante.

Estaba adjudicando significados simbólicos a las palabras. Un síntoma grave que anotar en la tarjeta.

—¿La guerra? —preguntó el paciente. ¿La guerra europea... esa discusión de colegiales con pólvora? ¿Que si había servido con distinción? La verdad es que lo había olvidado. En la propia guerra había fracasado.

—Sí, sirvió con la mayor distinción —le aseguró Rezia al médico—; lo ascendieron.

—¿Y en la oficina tienen la mejor opinión de usted? —murmuró sir William, hojeando la carta generosamente formulada del señor Brewer—. Así que no tiene preocupaciones, ni dificultades financieras, ¿nada?

Había cometido un crimen espantoso y la naturaleza humana lo había condenado a muerte.

—He... he... —empezó—, cometido un crimen...

—No ha hecho nada malo —le aseguró Rezia al médico.

Si el señor Smith tenía la bondad de esperar, dijo sir William, hablaría con la señora Smith en el cuarto de al lado. Su marido está gravemente enfermo, dijo sir William. ¿Había amenazado con quitarse la vida?

Oh, sí, dijo ella llorando. Pero no hablaba en serio, dijo ella. Claro que no. Era solo cuestión de reposo —dijo sir William—, de reposo, reposo, reposo; un largo reposo en cama. Había un sanatorio muy agradable en el campo donde cuidarían muy bien de él. ¿Lejos de ella?, preguntó Rezia. Por desgracia, sí; nuestros allegados no nos convienen cuando enfermamos. Pero no estaba loco, ¿verdad? Sir William dijo que él nunca hablaba de locura; lo llamaba falta de sentido de la proporción. Pero a su marido no le gustaban los médicos. Se negaría a ir allí. Sir William le explicó de manera amable y sencilla la situación. Había amenazado con matarse. No había alternativa. Era una cuestión legal. Estaría en cama en una bonita casa en el campo. Las enfermeras eran excelentes. Sir William iría a visitarlo una vez por semana. Si la señora Warren Smith estaba segura de que no quería preguntarle nada más —nunca apremiaba a sus pacientes— volverían con su marido. No tenía nada más que preguntar... no a sir William.

Así que volvieron con el más exaltado de la humanidad; con el criminal que se enfrentaba a sus jueces; con la víctima expuesta en las alturas; con el fugitivo; con el marinero ahogado; con el poeta de la oda inmortal; con el Señor que había pasado de la vida a la muerte; con Septimus Warren Smith, que estaba en un sillón bajo la claraboya mirando una fotografía de lady

Bradshaw con un vestido de corte, murmurando frases sobre la belleza.

—Hemos tenido una pequeña conversación —dijo sir William.

—Dice que estás muy muy enfermo —exclamó Rezia.

—Lo hemos dispuesto todo para que vaya usted a un sanatorio —dijo sir William.

—¿Uno de los sanatorios de Holmes? —respondió con desprecio Septimus.

El tipo le causó una impresión desagradable. Pues sir William, cuyo padre había sido comerciante, sentía un respeto natural por la buena educación y la ropa, y el desaliño le molestaba; además había en sir William, que nunca tenía tiempo de leer, un resquemor, profundamente enterrado, contra las personas cultivadas que iban a su consulta y daban a entender que los médicos, cuya profesión ejerce una tensión constante en las facultades más elevadas, no son personas educadas.

—Uno de mis sanatorios, señor Warren Smith —dijo—, donde le enseñarán a descansar.

Y solo quedaba una cosa más.

Estaba bastante seguro de que cuando el señor Warren Smith se encontraba bien era el último hombre del mundo capaz de asustar a su mujer. Pero había hablado de matarse.

—Todos tenemos nuestros momentos de depresión —dijo sir William.

Una vez caes, se repitió Septimus, la naturaleza humana se vuelve contra ti. Holmes y Bradshaw conspiran contra ti. Rastrean el desierto. Desaparecen aullando en el erial. Aplican el potro y las pulgueras. La naturaleza humana es implacable.

—¿Alguna vez tiene usted impulsos? —preguntó sir William con el lápiz sobre la tarjeta rosa.

Eso era asunto suyo, respondió Septimus.

—Nadie vive solo por sí mismo —dijo sir William, mirando la foto de su mujer con un vestido de corte—. Y usted tiene una brillante carrera por delante —añadió sir William. La carta del señor Brewer estaba sobre la mesa—. Una carrera excepcionalmente brillante.

Pero ¿y si confesaba? ¿Y si hablaba? ¿Lo dejarían en paz Holmes y Bradshaw?

—Yo... yo... —balbució.

Pero ¿cuál era su crimen? No lo recordaba.

—¿Sí? —le animó sir William. (Se estaba haciendo tarde.)

El amor, los árboles, no hay ningún crimen... ¿cuál era el mensaje?

No lo recordaba.

—Yo... yo... —balbució Septimus.

—Intente pensar lo menos posible en usted —dijo sir William con amabilidad. La verdad es que no estaba en condiciones de estar por la calle.

¿Había algo más que quisieran preguntarle? Sir William lo dispondría todo (le murmuró a Rezia) y se lo diría entre las cinco y las seis de la tarde.

—Déjelo todo en mis manos —dijo, y los despidió.

¡Rezia no había sentido nunca, nunca, un sufrimiento semejante! ¡Había pedido ayuda y la habían abandonado! ¡Les había fallado! Sir William Bradshaw no era un hombre agradable.

Solo mantener ese coche debía de costarle mucho dinero, dijo Septimus, cuando salieron a la calle.

Ella se aferró a su brazo. Los habían abandonado.

Pero ¿qué más quería?

Dedicaba tres cuartos de hora a sus pacientes; y, si en esta ciencia tan exigente que tiene que ver con algo de lo que, a la postre, lo ignoramos todo —el sistema nervioso, el cerebro humano—, un médico pierde el sentido de la proporción, es que ha fracasado como médico. Debemos tener salud; y la salud es proporción; así que cuando un hombre entra en tu habitación y dice que es Jesucristo (una alucinación corriente) y tiene un mensaje, como casi siempre tienen, y amenaza, como a menudo hacen, con matarse, recurres a la proporción: prescribes reposo en cama; reposo en soledad; silencio y reposo; reposo sin amigos, sin libros, sin mensajes; seis meses de reposo: hasta que un hombre que al llegar pesaba cuarenta y ocho kilos sale pesando setenta y cinco.

La proporción, la divina proporción, la diosa de sir William, que la adquiría recorriendo los hospitales, pescando salmones, engendrando un hijo en Harley Street con lady Bradshaw, que también pescaba salmones y hacía fotografías que apenas se distinguían de las de los profesionales. Adorando la proporción, sir William no solo había prosperado él mismo, sino que hacía prosperar a Inglaterra, encerraba a sus locos, prohibía los nacimientos, penalizaba la desesperación, hacía imposible que los inadaptados propagaran sus opiniones hasta que, también ellos, compartían su sentido de la proporción: el suyo, si eran hombres, el de lady Bradshaw si eran mujeres (ella bordaba, hacía calceta, pasaba cuatro noches de cada siete con su hijo), de modo que no solo sus colegas lo respetaban y sus subordinados lo temían, sino que los amigos y parientes de sus pacientes sentían por él la mayor gratitud por insistir en que esos proféticos Jesucristos, hombres y mujeres que profetizaban el fin del mundo, o el advenimiento de Dios, debían beber leche en la cama, como ordenaba sir William; sir William con sus treinta años de experiencia con esa clase de casos, y su instinto infalible: esto es locura, esto buen juicio; su sentido de la proporción.

Pero la Proporción tiene una hermana, menos sonriente y menos formidable, una diosa dedicada incluso ahora —en los calores y los arenales de la India, en el fango y los cenagales de África, en los alrededores de Londres, dondequiera, en suma, que el clima o el demonio tiente a los hombres a renegar de la verdadera fe que es la suya— incluso ahora está dedicada a derribar altares, a romper ídolos y a colocar en su lugar su propio y severo rostro. Conversión es su nombre y se alimenta de la voluntad de los débiles, pues le gusta forzar e imponer y adora ver sus propios rasgos estampados en la faz del populacho. En Hyde Park Corner se sube a un tonel para predicar; se viste de blanco y recorre como una penitente disfrazada de amor fraternal las fábricas y los parlamentos; ofrece ayuda, pero anhela el poder; aparta bruscamente de su camino a los disidentes y a los insatisfechos; ofrece su bendición a quienes elevan la mirada y ven humillados en sus ojos el reflejo de los suyos. Esa dama también (Rezia Warren Smith lo había adivinado) tenía un hueco en el corazón de sir William, aunque oculto, como suele suceder, bajo algún convincente disfraz, algún nombre venerable: amor, deber, autosacrificio. ¡Cómo trabajaría, cómo se esforzaría por recaudar dinero, propagar reformas, fundar instituciones! Pero la Conversión, esa exigente diosa, prefiere la sangre a los ladrillos y se alimenta con sutileza del alma humana. Por ejemplo, lady Bradshaw. Quince años atrás se había rendido. No era nada perceptible; no había habido ninguna escena; ninguna ruptura; solo el lento hundimiento de su voluntad en la de él. Su sonrisa era dulce, su sumisión rápida; las cenas en Harley Street, con ocho o nueve platos, para diez o quince invitados de profesiones liberales, eran agradables y educadas. Solo a medida que avanzaba la tarde un levísimo aburrimiento o tal vez un desasosiego, un gesto nervioso, un titubeo, un traspié y una confusión indicaba lo que era verdaderamente doloroso creer: que la pobre señora fingía. Una vez, hacía mucho tiempo, había pescado salmones: ahora, deseosa de cuidar el anhelo que tenía tan untuosamente la mirada de su marido de dominio, de poder, se agarrotaba, se encogía, se empequeñecía, se apartaba, se asomaba: de modo que, sin saber con exactitud qué hacía que la velada fuese desagradable y causaba esta presión en la coronilla (que bien podía atribuirse a la conversación profesional, o a la fatiga de un gran médico cuya vida, como decía lady Bradshaw «no le pertenecía a él sino a sus pacientes»), el caso es que era desagradable: de forma que los invitados, cuando el reloj daba las diez, respiraban el aire de Harley Street incluso extasiados, alivio que, no obstante, estaba negado a sus pacientes.

Allí en la salita gris, con los cuadros en las paredes, y los muebles valiosos bajo la claraboya de vidrio esmerilado, descubrían la magnitud de sus transgresiones: acurrucados en sillones lo veían hacer, para su beneficio, un curioso ejercicio con los brazos, que extendía y volvía a llevar a las caderas, para demostrar (si el paciente era obstinado) que, a diferencia de él, sir William era dueño de sus propios actos. Allí algunos se venían abajo, sollozaban, se rendían, otros, inspirados por Dios sabe qué inmoderada locura, llamaban sinvergüenza a la cara a sir William y cuestionaban, de modo incluso aún más impío, la vida misma. ¿Por qué vivir?, preguntaban. Sir William respondía que la vida era buena. Desde luego, el retrato de lady Bradshaw con plumas de avestruz colgaba sobre la repisa de la chimenea, y en cuanto a sus ingresos debían de ser unas doce mil libras al año. Pero con nosotros, objetaban, la vida no ha sido tan generosa. Él estaba de acuerdo. Les faltaba el sentido de la proporción. ¿Y no será que, al fin y al cabo, no hay Dios? Él se encogía de hombros. En suma, esto de vivir o no vivir es asunto nuestro, ¿no? Pero se equivocaban. Sir William tenía un amigo en Surrey donde enseñaban lo que sir William admitía que era un arte difícil: el sentido de la proporción. Estaban además el afecto de la familia, el honor, la valentía y una carrera brillante. Todo ello tenía en sir William un campeón decidido. Si fracasaban, contaba con el apoyo de la policía y de lo que hay de bueno en la sociedad, que, observaba muy callado, se encargarían en Surrey, de que estos impulsos antisociales, fruto ante todo de la falta de buena sangre, estuviesen controlados. Y luego esa Diosa, cuyo mayor anhelo era vencer cualquier oposición y estampar de manera indeleble en los santuarios ajenos su propia imagen, salía con disimulo de su escondrijo y subía a su trono. Desnudos, indefensos, agotados, quienes no tenían amigos se impresionaban con la voluntad de sir William. Se batía, devoraba. Encerraba a la gente. Era esta convicción de decisión y humanidad lo que hacía que sir William se ganara inmensamente la simpatía de los parientes de sus víctimas.

Pero Rezia Warren Smith exclamó, bajando por Harley Street, que no le gustaba ese hombre.

Triturando y cortando, dividiendo y subdividiendo, los relojes de Harley Street mordisquearon el día de junio, aconsejaron sumisión, apoyaron a la autoridad y señalaron en coro las ventajas supremas del sentido de la proporción, hasta que el montón de tiempo se redujo tanto que un reloj comercial que colgaba fuera en una tienda de Oxford Street anunció, cordial y fraternal, como si fuese un placer para los señores Rigby y Lowndes dar gratis la información de que era la una y media.

Al alzar la vista parecía que cada una de las letras de sus nombres representase una hora; subconscientemente uno se sentía agradecido a Rigby & Lowndes por dar la hora certificada por Greenwich; y esta gratitud (eso pensó Hugh Whitbread, mientras hacía tiempo delante del escaparate) antes o después adoptaba la forma de comprar los calcetines y los zapatos de Rigby & Lowndes. Eso pensó. Era su costumbre. No profundizaba. Rozaba las superficies; las lenguas muertas; las vivas; la vida en Constantinopla; en París; en Roma; la equitación; el tiro al blanco; el tenis en otra época. Las malas lenguas decían que guardaba vete a saber qué en el palacio de Buckingham con medias de seda y calzas hasta la rodilla. Pero lo hacía con mucha eficacia. Llevaba cincuenta y cinco años flotando entre la flor y la nata de la sociedad inglesa. Había conocido a primeros ministros. Se suponía que sus afectos eran profundos. Y, aunque era cierto que no había participado en ninguno de los grandes movimientos de la época ni ostentado cargos importantes, a él se debían una o dos humildes reformas; una era una mejora de los albergues públicos; la otra la protección de los búhos de Norfolk; las criadas tenían motivos para estarle agradecidas; y su nombre al final de las cartas al director de *The Times* pidiendo fondos, haciendo llamamientos al público para preservar esto o aquello, para recoger la basura, para reducir los humos y para erradicar la inmoralidad de los parques, inspiraba respeto.

Además, tenía una figura imponente, se detuvo un momento (mientras se apagaba el sonido de la media hora) para mirar con aire crítico y docto los zapatos y los calcetines; impecable, sustancial, como si contemplara el mundo desde cierta altura, y fuese vestido para la ocasión, pero comprendiese las obligaciones que conllevan la talla, la salud y la riqueza, y observara puntillosamente, aun cuando no fuese totalmente necesario, las pequeñas cortesías, las ceremonias anticuadas, que daban cierto tono a sus modales, algo que imitar, algo por lo que recordarle, pues jamás iba a comer, por ejemplo, a casa de lady Bruton, a quien conocía desde hacía veinte años, sin llevarle en la mano extendida un ramo de claveles, y preguntarle a la señorita Brush, la secretaria de lady Bruton, por su hermano en Sudáfrica, lo cual por alguna razón a la señorita Brush, por más que carecía de todo atributo de encanto femenino, le molestaba tanto que respondía: «Gracias, le va muy bien en Sudáfrica», cuando hacía media docena de años que las cosas le iban mal en Portsmouth.

La propia lady Bruton prefería a Richard Dalloway, que llegó al mismo tiempo. De hecho, se encontraron en la puerta.

Lady Bruton prefería a Richard Dalloway, claro. Estaba hecho de mucha mejor pasta. Pero no dejaba que menospreciaran al pobre Hugh. Nunca olvidaría su amabilidad —había sido amabilísimo— en no recordaba exactamente qué ocasión. Pero lo había sido... muy amable. Además, la diferencia entre un hombre y otro no tiene tanta importancia. Nunca le había visto sentido a separar a la gente como hacía Clarissa Dalloway, separarla y volverla a juntar; al menos a los sesenta y dos años. Cogió los claveles de Hugh con su sonrisa lúgubre y angulosa. No había más invitados, dijo. Los había hecho ir con una excusa para que la ayudaran a salir de un aprieto.

—Pero antes comamos —dijo.

Y así empezó un ir y venir silencioso y exquisito por puertas basculantes de doncellas con cofia y delantal, criadas no necesarias, pero acólitas en el misterio del majestuoso engaño llevado a cabo por las anfitrionas de Mayfair de una y media a dos, cuando con un gesto de la mano, cesa el tráfico en la calle y se alza esa profunda ilusión en torno a la comida, por la que no hay que pagar; y luego la mesa se cubre de plata y cristal, mantelitos, salseras con frutos rojos, capas de crema marrón tapan los rodaballos; los pollos troceados flotan en fuentes; el fuego arde colorido, indómito; y con el vino y el café (gratis) se alzan visiones jocosas ante los ojos pensativos; ojos amables e inquisitivos; ojos a los que la vida les parece música, misteriosa; ojos encendidos ahora para observar con cordialidad la belleza de los claveles rojos que lady Bruton (cuyos movimientos siempre eran angulares) había dejado al lado de su plato, de modo que Hugh Whitbread, sintiéndose en paz con el universo entero, y al mismo tiempo totalmente seguro de su posición, dijo, dejando el tenedor:

—¿No quedarían encantadores al lado de su encaje?

A la señorita Brush le incomodó mucho esta familiaridad. Pensó que era un maleducado. A lady Bruton la hizo reír.

Lady Bruton cogió los claveles, los sujetó un tanto rígida con un gesto muy similar a como el general sujetaba el pergamino en el cuadro que había tras ella; se quedó inmóvil, en trance. ¿Qué era, la bisnieta del general? ¿La tataranieta? Richard Dalloway habría querido saberlo. Sir Roderick, sir Miles, sir Talbot... eso era. Era notable cómo persistía el parecido en las mujeres de la familia. Debería haber sido ella misma general de dragones. Y Richard habría servido encantado a sus órdenes; sentía un gran respeto por ella; le gustaban esas opiniones novelescas de las mujeres adineradas de noble estirpe, y le habría gustado, como prueba de su buen talante, llevar a algunos jóvenes exaltados amigos suyos a comer con ella; ¡como si las mujeres como ella pudieran contentarse con amables entusiastas bebedores de té! Él conocía las tierras de donde procedía. Conocía a su familia. Había una viña, todavía viva, bajo la que Lovelace o Herrick —ella nunca leía poesía, pero eso contaba la anécdota— se habían sentado. Mejor esperar a que les planteara el asunto que la preocupaba (a propósito de hacer una petición pública; y en qué condiciones y demás), mejor esperar a que hubiesen tomado el café, pensó lady Bruton; y dejó los claveles al lado del plato.

—¿Cómo está Clarissa? —preguntó de pronto.

Clarissa siempre decía que no le caía bien a lady Bruton. Y es cierto que lady Bruton tenía fama de interesarse más por la política que por la gente; de hablar como un hombre; de haber estado implicada en alguna intriga notoria en los años ochenta del siglo XIX, que ahora empezaban a salir a relucir en algunos libros de memorias. Desde luego había un hueco en su salón, y una mesa en ese hueco, y una fotografía en esa mesa del general sir Talbot Moore, ya fallecido, que había escrito allí (una noche en los ochenta) en presencia de lady Bruton, con su conocimiento, tal vez su consejo, un telegrama en el que ordenaba avanzar a las tropas británicas en cierta ocasión histórica. (Ella conservaba la pluma y contaba la anécdota.) Así, cuando preguntaba con su típica desenvoltura «¿Cómo está Clarissa?», los maridos tenían dificultades para persuadir a sus mujeres y, de hecho, por mucho que la admirasen, albergaban sus propias dudas, sobre su interés por las féminas que a veces se interponían en el camino de sus maridos, impedían que aceptaran puestos en el extranjero y a las que había que llevar a la orilla del mar en plena temporada para recuperarse de la gripe. No obstante, en su pregunta «¿Cómo está Clarissa?» las mujeres reconocían una señal infalible de buena voluntad, de una compañera casi silenciosa, cuyas expresiones (tal vez media docena en el curso de una vida) significaban el reconocimiento de cierta camaradería femenina que subyacía a las comidas masculinas y unía a lady Bruton y a la señora Dalloway, que apenas se veían y que cuando se veían se mostraban indiferentes e incluso hostiles, con un vínculo especial.

—Esta mañana me he encontrado con Clarissa en el parque —dijo Hugh Whitbread, metiendo la cuchara en el guiso, deseoso de darse ese pequeño homenaje, pues acababa de llegar a Londres y ya había visto a todo el mundo; pero era codicioso, uno de los hombres más codiciosos que había visto, pensó Milly Brush, que observaba a los hombres con rectitud impávida, y era capaz de una devoción eterna, en particular a su propio sexo, pues era áspera, nudosa, angulosa y totalmente desprovista de encanto femenino.

—¿Saben quién está en la ciudad? —dijo lady Bruton, acordándose de pronto de ella—. Nuestro viejo amigo, Peter Walsh.

Todos sonrieron. ¡Peter Walsh! Y el señor Dalloway se alegró de verdad, pensó Milly Brush; y el señor Whitbread pensó solo en su pollo.

¡Peter Walsh! Los tres, lady Bruton, Hugh Whitbread y Richard Dalloway, recordaron lo mismo: lo apasionadamente enamorado que había estado Peter; que lo habían rechazado; que se había ido a la India; que había fracasado; que lo había echado todo a perder; y Richard Dalloway lo apreciaba mucho. Milly Brush lo notó; vio una profundidad en sus ojos castaños; lo vio dudar, considerar, y eso le interesó, como le interesaba siempre el señor Dalloway, le habría gustado saber qué estaba pensando sobre Peter Walsh.

Que Peter Walsh había estado enamorado de Clarissa; que justo después de comer iría a buscar a Clarissa; que le diría, con todas las letras, que la quería. Sí, eso le diría.

En otro tiempo, Milly Brush casi se habría enamorado de esos silencios; y el señor Dalloway era tan de fiar; y todo un caballero. Ahora que tenía cuarenta años, lady Bruton no tenía más que mover o girar la cabeza con cierta brusquedad, y Milly Brush entendía la señal, por muy sumida que estuviese en estas reflexiones de un espíritu imparcial, de un alma incorrupta a la que la vida no podía engatusar, porque la vida no le había dado nada del menor valor: ni rizo, ni sonrisa, ni labio, ni pómulo, ni nariz; nada; a lady Bruton le bastó con mover la cabeza y Perkins recibió instrucciones de servir el café.

—Sí; Peter Walsh ha vuelto —dijo lady Bruton. Era

vagamente halagador para todos. Había vuelto, baqueteado, sin éxito a sus orillas. Pero ayudarlo, pensaron, era imposible; había algún fallo en su carácter. Hugh Whitbread dijo que podía mencionar su nombre a no sé quién. En consecuencia, frunció lúgubre el ceño al pensar en las cartas que escribiría a los jefes de oficinas gubernamentales sobre «mi viejo amigo, Peter Walsh» y demás. Pero no serviría de nada... no serviría de nada permanente, debido a su carácter.

—Tiene problemas con una mujer —dijo lady Bruton. Todos habían adivinado que eso era lo que ocurría en el fondo.

—No obstante —dijo lady Bruton, deseando dejar el asunto—, ya nos lo contará el propio Peter.

(El café tardaba mucho en llegar.)

—¿Las señas? —murmuró Hugh Whitbread, y se produjo enseguida una onda en la marea gris del servicio que rodeaba a lady Bruton un día sí y otro también, interceptándola, envolviéndola en un fino tejido que impedía los golpes, mitigaba las interrupciones y extendía alrededor de la casa en Brook Street una fina red donde las cosas se enganchaban y eran recogidas al instante por la canosa Perkins, que llevaba con lady Bruton estos treinta años y ahora anotó la dirección; se la dio al señor Whitbread, que sacó su cartera, arqueó las cejas y se la guardó entre documentos de la mayor importancia, anunció que le diría a Evelyn que lo invitara a comer.

(Esperaron para servir el café hasta que terminó el señor Whitbread.)

Hugh era muy torpe, pensó lady Bruton. Reparó en que estaba engordando. Richard siempre se conservaba en plena forma. Se estaba impacientando; todo su ser se concentró, y apartó con un gesto decidido, innegable e imperioso todas esas trivialidades (Peter Walsh y sus líos) del asunto que requería su atención, y no solo su atención, sino esa fibra que era la baqueta de su alma, esa parte esencial suya sin la que Millicent Bruton no habría sido Millicent Bruton; ese proyecto de ayudar a emigrar a jóvenes de ambos sexos y familias respetables e instalarlos con la esperanza de que prosperasen en Canadá. Exageraba. Tal vez hubiese perdido el sentido de la proporción. Para los demás la emigración no era el remedio evidente, el concepto sublime. Para ellos no era (ni para Hugh, ni para Richard, ni siquiera para la devota señorita Brush) el liberador del egotismo acumulado que una mujer fuerte y marcial, bien alimentada, de buena familia, de impulsos directos, sentimientos categóricos y cierta capacidad introspectiva (simple y llana... ¿por qué no podría ser todo el mundo simple y llano?, se preguntaba), siente alzarse en su interior, cuando se pasa la juventud, y que debe proyectar en algo: puede ser la emigración, puede ser la emancipación, pero sea lo que sea, este objeto alrededor del cual se segrega en secreto a diario la esencia de su alma se vuelve inevitablemente prismático, lustroso, en parte espejo y en parte piedra preciosa; ora oculto con cuidado por si la gente se burlaba, ora exhibido con orgullo. La emigración se había convertido, en suma, en gran parte, en lady Bruton.

Pero tenía que escribir. Y una carta a *The Times*, le decía siempre a la señorita Brush, le costaba más que organizar una expedición a Sudáfrica (cosa que había hecho en la guerra). Después de una mañana debatiéndose, empezando, rompiendo, volviendo a empezar, reparaba en lo fútil de su propia feminidad tal y como no la sentía en ninguna otra ocasión, y volvía agradecida a la idea de Hugh Whitbread que dominaba —nadie lo ponía en duda— el arte de escribir cartas a *The Times*.

Un ser constituido de manera tan diferente a sí misma, con semejante dominio del lenguaje; capaz de expresar las cosas como les gustaba a los editores; tenía pasiones que no podían resumirse solo con la palabra *codicia*. Lady Bruton a menudo dejaba en suspenso su juicio sobre los hombres por deferencia a la armonía misteriosa con que, a diferencia de las mujeres, se enfrentaban a las leyes del universo; y sabían cómo plantear las cosas; sabían lo que había que decir; de modo que, si Richard la aconsejaba y Hugh escribía por ella, estaba segura de acertar. Así que dejó que Hugh se comiera su *soufflé*; preguntó por la pobre Evelyn; esperó a que estuviesen fumando y luego dijo:

—Milly, ¿podrías traer los periódicos?

Y la señorita Brush salió, volvió; dejó los periódicos sobre la mesa; y Hugh sacó su estilográfica; su estilográfica de plata, que había cumplido veinte años de servicio, dijo desenroscando el capuchón. Todavía funcionaba perfectamente; se la había mostrado a los fabricantes; no había razón, dijeron, para que se estropease; lo cual decía algo en favor de Hugh y de los sentimientos que expresó con su estilográfica (eso le parecía a Richard Dalloway) cuando empezó a escribir con cuidado letras mayúsculas con círculos en el margen, y así convirtió como por arte de magia los galimatías de lady Bruton en cosas con sentido, en gramática que lady Bruton tuvo la sensación, al observar esa maravillosa transformación, de que el director de *The Times* no tendría más remedio que respetar. Hugh era lento. Hugh era pertinaz. Richard dijo que había que correr riesgos. Hugh propuso cambios por deferencia a los sentimientos de la gente, que, dijo en tono más bien áspero cuando Richard se rio, «había que tener en cuenta» y leyó en voz alta: «como por todo ello somos de la opinión de que el momento ha llegado [...] la juventud superflua de nuestra cada vez más numerosa población [...] que debemos a los muertos...» que a Richard le pareció puro relleno y palabrería, aunque no tenía nada de malo, claro, y Hugh prosiguió enhebrando sentimientos en orden alfabético de gran nobleza, quitándose la ceniza del chaleco y resumiendo de vez en cuando el progreso que habían hecho hasta que, por fin, leyó un borrador de una carta que lady Bruton pensó que era una obra maestra. ¿Podían sus ideas sonar así?

Hugh no podía garantizar que el director se aviniera a publicarla, pero a la hora de comer iba a ver a cierta persona.

Después de lo cual, lady Bruton, que rara vez hacía algo elegante, se metió los claveles de Hugh en el escote, extendió los brazos y lo llamó «¡Mi primer ministro!». No sabía qué habría hecho sin ellos. Se pusieron en pie. Y Richard Dalloway se acercó a echar un vistazo al retrato del general, porque tenía intención, cuando tuviera tiempo, de escribir una historia de la familia de lady Bruton.

Y Millicent Bruton estaba muy orgullosa de su familia. Pero podían esperar, podían esperar, dijo, mirando el cuadro; con lo cual quería decir que su familia, de militares, funcionarios y almirantes habían sido hombres de acción que habían cumplido con su deber; y la principal obligación de Richard era con su país, pero era un rostro muy noble, dijo, y todos los documentos estaban listos para que los consultara Richard en Aldmixton cuando llegase la ocasión; se refería al gobierno laborista.

—¡Ay, las noticias de la India![25] —exclamó.

Y luego, cuando estaban en el vestíbulo cogiendo los guantes amarillos del cuenco que había sobre la mesa de malaquita y Hugh ofrecía a la señorita Brush con innecesaria cortesía una entrada que no iba a utilizar o algún otro cumplido, que ella odió desde lo más profundo de su corazón y que la hizo ruborizarse, Richard se volvió hacia lady Bruton, sombrero en mano y dijo:

—¿La veremos en nuestra fiesta esta noche? —lady Bruton recuperó la magnificencia que había derribado la redacción de la carta. Podía ir, o podía no ir. Clarissa tenía una energía extraordinaria. A lady Bruton le horrorizaban las fiestas. Pero se estaba volviendo vieja. Confesó, de pie en el umbral; guapa, muy erguida, mientras su chow chow se desperezaba tras ella, y la señorita Brush desaparecía al fondo con un montón de periódicos en las manos.

Y lady Bruton subió despacio, majestuosa, a su habitación y se tumbó, con un brazo extendido en el sofá. Suspiró, roncó, aunque no estaba dormida, solo embotada y soñolienta, como un campo de trébol bajo el sol de este caluroso día de junio, con las abejas dando vueltas y las mariposas amarillas. Siempre volvía a estos campos en Devonshire, donde había saltado los arroyuelos con Patty, su poni, y con Mortimer y Tom, sus hermanos. Y también estaban los perros; las ratas; su padre y su madre en la hierba debajo de los árboles, con los utensilios del té, y los lechos de dalias, de malvarrosas, de hierba de la Pampa; ¡y ellos, pequeños sinver-

25. Lady Bruton se refiere a los boicots y a las acciones de resistencia pacífica promovidas por Gandhi.

güenzas, siempre haciendo travesuras!, escondiéndose entre los arbustos para que nos los vieran, despeinados por alguna maldad. ¡Qué cosas decía su vieja niñera de sus vestidos!

Dios mío, recordó... era miércoles en Brook Street. Esos dos hombres tan buenos y amables, Richard Dalloway y Hugh Whitbread, habían salido ese día tan caluroso a la calle cuyo estrépito ascendía hasta el sofá donde se encontraba. Tenía poder, una posición, ingresos. Había vivido a la vanguardia de su época. Había tenido buenos amigos; había conocido a los hombres más capaces de su tiempo. El murmullo de Londres fluía hasta ella y su mano, en el respaldo del sofá, se curvó sobre un bastón de mando imaginario como el que pudieron tener sus abuelos, y con el que le pareció, lenta y soñolienta, estar capitaneando batallones que marchaban al Canadá mientras esos dos hombres tan buenos, atravesaban Londres, su territorio, ese fragmento de alfombra, Mayfair. Y se fueron alejando cada vez más, unidos a ella por un hilo muy fino (pues habían almorzado juntos) que se estiraría y estiraría, se volvería cada vez más fino mientras atravesaban Londres; como si los amigos estuviesen unidos a nuestro cuerpo, después de comer con ellos, por un hilo fino que (mientras dormitaba) se volvía borroso con el tañido de las campanas, que daban la hora o llamaban a misa, igual que el hilo de una araña, se cubre de gotas de lluvia y se hunde con el peso. Así se durmió.

Y Richard Dalloway y Hugh Whitbread dudaron en la esquina de Conduit Street en el momento mismo en que Millicent Bruton, tumbada en el sofá, dejó que se rompiera el hilo. Vientos contrarios azotaban la esquina. Miraron un escaparate; no querían comprar ni hablar, sino despedirse, pero con los vientos contrarios azotando la esquina, una especie de pausa en las mareas del cuerpo, dos fuerzas que se encontraban en un remolino, la mañana y la tarde, se detuvieron. El cartel de un vendedor de periódicos salió volando por el aire, al principio con galanura, como una cometa, luego paró, cayó, tembló; y a una señora se le levantó el velo. Unos toldos amarillos temblaron. La velocidad del tráfico matutino disminuyó, las carretillas traquetearon por calles medio vacías. En Norfolk, en donde estaba pensando Richard Dalloway, un viento suave y cálido empujaba los pétalos; turbaba las aguas; despeinaba la hierba florida. Los labradores, que se habían metido debajo de un seto para descansar del trabajo matutino, abrían cortinas de hojas verdes; apartaban globos de perifollo verde para ver el cielo; el cielo veraniego azul, fijo y deslumbrante.

Consciente de que estaba mirando una jarra jacobita de dos asas, y de que Hugh Whitbread admiraba condescendiente, dándose aires de entendido, un collar español cuyo precio pensaba preguntar por si le gustaba a Evelyn, Richard se sentía embotado: no podía pensar ni moverse. La vida había arrojado allí los restos de ese naufragio; escaparates llenos de bisutería de colores y uno se quedaba allí tieso con el letargo de los viejos, tieso con la rigidez de los viejos, mirando. Evelyn Whitbread tal vez quisiera comprar este collar español... pues muy bien. Él tenía ganas de bostezar. Hugh entró en la tienda.

—¡Sí, señor! —dijo Richard, siguiéndole.

Dios sabía que no quería ir a comprar collares con Hugh. Pero el cuerpo tiene sus mareas. La mañana se enfrenta a la tarde. Flotando como con una frágil chalupa en un profundo torrente, el bisabuelo de lady Bruton y su memoria y sus campañas en Norteamérica fueron arrastrados y se hundieron. Y Millicent Bruton también. Desapareció. A Richard le importaba un bledo lo que ocurriera con la emigración, con la carta, o si el director decidía publicarla o no. El collar colgaba extendido entre los admirables dedos de Hugh. Que se lo regalara a una joven, si es que tenía que comprar joyas... a cualquiera, a cualquier joven que viera por la calle. Richard comprendió con bastante claridad la inutilidad de esa vida: comprarle collares a Evelyn. Sí hubiese tenido un hijo habría dicho: trabajo, trabajo. Pero él tenía a su Elizabeth; adoraba a su Elizabeth.

—Querría ver al señor Dubonnet —dijo Hugh en su tono seco y sofisticado. Resultó que el tal Dubonnet tenía las medidas del cuello de la señora Whitbread, o, más extrañamente todavía, conocía sus gustos sobre la joyería española y la extensión de sus posesiones en ese sentido (que Hugh no recordaba). Todo lo cual le pareció muy raro a Richard Dalloway. Pues él nunca le hacía regalos a Clarissa, excepto una pulsera dos o tres años antes, que no había sido ningún éxito. No se la ponía nunca. Le dolía pensar que no se la ponía nunca. E igual que el hilo de una araña, después de moverse de aquí para allá, se adhiere a la punta de una hoja, así la imaginación de Richard, recobrándose de su letargo, se posó ahora en su mujer, Clarissa, a quien Peter Walsh había querido tan apasionadamente; a Richard le había parecido verla de pronto en el almuerzo; a Clarissa y a él; su vida juntos; acercó la bandeja de las joyas, cogió primero este broche, luego este anillo.

—¿Cuánto cuesta este? —preguntó, aunque dudaba de su propio gusto. Quería abrir la puerta del salón y entrar con algo en la mano: un regalo para Clarissa. Pero ¿qué? No obstante, Hugh había vuelto a ponerse en pie. Era indeciblemente pomposo. La verdad, después de comprar allí treinta y cinco años no iba a dejar que lo atendiera un crío que no conocía el negocio. Pues, por lo visto, Dubonnet no estaba, y Hugh no pensaba comprar nada hasta que el señor Dubonnet decidiera presentarse; al oír lo cual el joven se ruborizó e inclinó con corrección la cabeza. Todo muy correcto. Pero Richard no habría podido decir tal cosa ni aunque su vida hubiese dependido de ello. No entendía por qué la gente soportaba esa maldita insolencia. Hugh se estaba convirtiendo en un idiota insoportable. Richard Dalloway no soportaba más de una hora en su compañía. Y, quitándose el sombrero hongo a modo de despedida, Richard dobló la esquina de Conduit Street ansioso, sí, ansioso de recorrer ese hilo de araña que los unía a Clarissa y a él; iría directamente con ella, a Westminster.

Pero quería entrar con algo en la mano. ¿Flores? Sí, flores, puesto que no confiaba en su gusto con el oro; un montón de flores, rosas, orquídeas, para celebrar lo que, se mirase como se mirase, era un acontecimiento; lo que había sentido por ella cuando hablaron de Peter Walsh en la comida, y que nunca habían hablado; hacía años que no hablaban de eso; lo cual, pensó, cogiendo las rosas rojas y blancas (un enorme ramo, envuelto en papel de seda), es el mayor error del mundo. Llega un momento en que no se puede decir; uno se vuelve demasiado tímido para decirlo, pensó, guardándose los seis peniques del cambio, y, echando a andar con el gran ramo pegado al cuerpo hacia Westminster, para decirle directamente y con esas mismas palabras (y que ella pensara lo que quisiera), mientras le daba las flores: «Te quiero». ¿Por qué no? La verdad es que era un milagro pensar en la guerra, y en miles de muchachos, con toda la vida por delante, amontonados uno sobre el otro, ya casi olvidados; era un milagro. Y él estaba cruzando Londres para decirle a Clarissa con esas mismas palabras que la quería. Nunca lo decimos, pensó. En parte por pereza y en parte por timidez. Y Clarissa... era difícil pensar en ella, salvo fugazmente, como le había ocurrido en la comida, cuando la había visto con tanta claridad: a ella y toda su vida juntos. Se detuvo en el cruce; y repitió —pues era sencillo por naturaleza, y no era nada disoluto, y había sido cazador y andarín; porque era pertinaz y obstinado, porque había defendido a los oprimidos y seguido sus instintos en la Cámara de los Comunes; porque había conservado su sencillez pero al mismo tiempo se había vuelto más callado, más rígido— que era un milagro que se hubiese casado con Clarissa; un milagro: su vida había sido un milagro, pensó; y dudó antes de cruzar. Pero le hervía la sangre al ver a criaturas de cinco o seis años cruzar solas Piccadilly. La policía debería cortar el tráfico enseguida. No se hacía ilusiones sobre la policía londinense. De hecho, estaba reuniendo pruebas de sus malas prácticas; y esos vendedores ambulantes a los que no dejaban montar sus puestos en la calle; y las prostitutas, Dios mío, la culpa no era de ellas, ni de los jóvenes, sino de nuestro odioso sistema social y demás; pensaba todo eso, y se notaba que lo pensaba, vestido de gris, obstinado, pulcro, limpio mientras cruzaba el parque para ir a decirle a su mujer que la quería.

Porque se lo diría con esas mismas palabras, al entrar en la habitación. Porque es una lástima no decir nunca lo que uno siente, pensó, cruzando Green Park y observando con placer que, a la sombra de los árboles, había tumbadas familias enteras, familias pobres; niños que movían las piernas; que mamaban; bolsas de papel tiradas por ahí, que podía recoger con facilidad (si alguien se quejaba) cualquiera de esos gruesos caballeros de uniforme; pues él era de la opinión de que cualquier parque, y cualquier plaza, en los meses de verano, debía estar abierto a los niños (la hierba del parque se encendía y se apagaba, iluminando a las pobres madres de Westminster y a sus bebés que gateaban por ahí, como si moviesen una lámpara por debajo). Pero qué podía hacerse por las vagabundas como esa pobre criatura tendida y apoyada en el codo (como si se hubiese tirado en el suelo, libre de cualquier atadura, a observar con curiosidad, a especular con audacia, a considerar los porqués, insolente, desdeñosa, burlona), no lo sabía. Blandiendo sus flores como un arma, Richard Dalloway se le acercó; pasó decidido de largo; todavía hubo tiempo para que saltara una chispa entre los dos: ella se rio al verlo, él sonrió de buen humor, pensando en el problema de las vagabundas; aunque jamás hablarían. Pero le diría a Clarissa que la quería, con esas mismas palabras. Una vez, hacía mucho tiempo, había tenido celos de Peter Walsh; celos de él y de Clarissa. Pero ella le había dicho a menudo que había hecho bien no casándose con Peter Walsh; lo cual, conociendo a Clarissa, era evidentemente cierto; ella necesitaba apoyo. No era que fuese débil, pero necesitaba apoyo.

En cuanto al palacio de Buckingham (como una vieja prima donna enfrentándose al público vestida de blanco) no se le puede negar cierta dignidad, pensó, ni despreciar, al fin y al cabo, lo que representa para millones de personas (una pequeña muchedumbre se había congregado en la puerta para ver salir al rey) como símbolo, por muy absurdo que sea; un niño con una caja de ladrillos podría haberlo hecho mejor, pensó; al mirar el monumento a la reina Victoria (a quien recordaba pasando en coche por Kensington con sus gafas de concha), su pedestal blanco, su ondulante maternidad; pero le gustaba que reinara una descendiente de Horsa; le gustaba la continuidad; y la sensación de transmitir las tradiciones del pasado. Era una gran época en la que vivir. De hecho, su propia vida era un milagro; que no se confundiera; aquí estaba en la flor de la vida, camino de su casa en Westminster para decirle a Clarissa que la quería. La felicidad es esto, pensó.

Es esto, dijo al entrar en Dean's Yard. El Big Ben estaba a punto de dar la hora, primero el carillón, musical; luego la hora, irrevocable. Las invitaciones a comer echan a perder toda la tarde, pensó acercándose a la puerta de su casa.

El tañido del Big Ben inundó el salón de Clarissa, que estaba sentada, irritada, a su escritorio; preocupada; irritada. Era totalmente cierto que no había invitado a Ellie Henderson a su fiesta; pero lo había hecho adrede. Y ahora la señora Marsham escribía que «le había dicho a Ellie Henderson que preguntaría a Clarissa... Ellie estaba deseando ir».

Pero ¿por qué tenía que invitar a todas las mujeres aburridas de Londres a sus fiestas? ¿Por qué tenía que entrometerse la señora Marsham? Y Elizabeth llevaba todo ese tiempo encerrada con Doris Kilman. No se le ocurría nada más nauseabundo. Rezando a esa hora con esa mujer. Y el sonido de la campanada inundó la salita con su oleada de melancolía, que retrocedió, se rehízo y volvió a caer, cuando oyó, distraída, algo que hurgaba, rascaba la puerta. ¿Quién podía ser a esa hora? ¡Las tres, Dios mío! ¡Las tres ya! Pues el reloj dio las tres con una franqueza y una dignidad imponentes; y no oyó nada más; pero ¡el pomo de la puerta giró y entró Richard! ¡Qué sorpresa! Richard entró con las flores en la mano. Una vez, en Constantinopla, ella le había decepcionado; y lady Bruton, cuyas comidas se decía que eran divertidísimas, no la había invitado. Le estaba ofreciendo unas flores, rosas, rosas blancas y rojas. (Pero fue incapaz de decirle que la quería, al menos con esas mismas palabras.)

Pero qué preciosas, dijo, cogiendo las flores. Ella lo entendió; lo entendió sin que él dijera nada; su Clarissa. Las puso en jarrones en la repisa de la chimenea. Qué bonitas quedaban, dijo. ¿Lo había pasado bien?, preguntó. Lady Bruton ¿había preguntado por ella? Peter Walsh había vuelto. La señora Marsham había escrito. ¿Debía invitar a Ellie Henderson? Esa mujer, Kilman, estaba arriba.

—Sentémonos cinco minutos —dijo Richard.

Todo parecía tan vacío. Todas las sillas estaban contra la pared. ¿Qué habían hecho? ¡Ah!, era para la fiesta; no, no había olvidado la fiesta. Peter Walsh había vuelto. Oh, sí, lo había visto. E iba a divorciarse; y estaba enamorado de una mujer de allí. Y no había cambiado lo más mínimo. Ella estaba remendando su vestido...

—Pensando en Bourton —dijo.

—Hugh estuvo en la comida —dijo Richard. ¡Ella también se había encontrado con él! Bueno, se estaba volviendo totalmente insoportable. Comprándole collares a Evelyn; más gordo que nunca; un idiota insoportable.

—Y se me ocurrió: «Podría haberme casado contigo» —dijo, pensando en Peter con su pajarita; con aquella navaja, abriéndola, cerrándola—. Exactamente igual que siempre, ya sabes.

Habían hablado de él en la comida —dijo Richard. (Pero no pudo decirle que la quería. La cogió de la mano. La felicidad es esto, pensó.) Habían escrito una carta a *The Times* para Millicent Bruton. Era para lo único para lo que servía Hugh.

—¿Y nuestra querida señorita Kilman? —preguntó él.

A Clarissa las rosas le parecieron bellísimas; primero todas juntas en un ramo; ahora empezando a separarse por decisión propia.

—Kilman llega justo cuando acabamos de comer —dijo—. Elizabeth se sonroja. Se encierran. Supongo que están rezando.

¡Dios! No le gustaba; pero estas cosas se pasan si esperas.

—Llevaba un impermeable y un paraguas —dijo Clarissa.

No le había dicho «te quiero», pero le dio la mano. La felicidad es esto, es esto, pensó.

—Pero ¿por qué tengo que invitar a todas las mujeres aburridas de Londres a mis fiestas? —preguntó Clarissa.

Y si la señora Marsham diera una fiesta, ¿elegiría ella a los invitados?

—Pobre Ellie Henderson —dijo Richard... Era rara la importancia que Clarissa daba a sus fiestas, pensó.

Pero Richard no tenía ni idea de cómo decorar una habitación. No obstante... ¿qué iba a decir?

Si se preocupaba tanto por las fiestas no le dejaría

darlas. ¿Preferiría haberse casado con Peter? Pero tenía que irse.

Tenía que marcharse, anunció, levantándose. Pero se quedó de pie un momento como si estuviese a punto de decir algo; y a ella le habría gustado saber ¿qué? ¿Por qué? Ahí estaban las rosas.

—¿Algún comité? —preguntó, cuando él abrió la puerta.

—Los armenios —respondió; o tal vez fuesen los albaneses.[26]

La gente tiene su dignidad; cierta soledad; incluso entre marido y mujer hay cierta distancia; y es preciso respetarla, pensó Clarissa, al verlo abrir la puerta; pues una no está dispuesta a renunciar a ella, ni a arrebatársela a su marido contra su voluntad, sin perder la propia independencia, el respeto por sí misma... que, al fin y al cabo, no tiene precio.

Él volvió con una almohada y una colcha.

—Una hora de descanso absoluto después de comer —dijo. Y se marchó.

¡Qué típico de él! Seguiría diciéndole: «Una hora de descanso después de comer» hasta el fin de los tiempos, solo porque un médico se lo había recomendado una vez. Era típico de él tomarse literalmente lo que decían los médicos; parte de su sencillez divina y adorable, que nadie tenía hasta ese punto; que le hacía marcharse a hacer lo que tenía que hacer, mientras Peter y ella pasaban el tiempo discutiendo. Iba ya de camino a

26. Las matanzas de cristianos armenios a manos de los turcos en 1915 (en las que murieron al menos un millón de armenios y que algunos historiadores han considerado el primer genocidio del siglo xx) desataron un gran debate en Inglaterra a propósito del modo de proteger a las minorías étnicas.

la Cámara de los Comunes, con sus armenios, o sus albaneses, después de dejarla instalada en el sofá contemplando las rosas. Y la gente diría: «Clarissa Dalloway está muy consentida». A ella le preocupaban más sus rosas que los armenios. Perseguidos hasta la extinción, mutilados, helados, víctimas de la crueldad y la injusticia (se lo había oído decir a Richard una y otra vez)... no, era incapaz de sentir nada por los albaneses, ¿o eran los armenios?, pero le encantaban sus rosas (¿no ayudaba eso a los armenios?), eran las únicas flores que soportaba ver cortadas. Pero Richard estaba ya en la Cámara de los Comunes; en su comité, después de solventar todos sus problemas. Pero no, ¡ay!, no era cierto. Él no veía motivos para no invitar a Ellie Henderson. La invitaría, claro, como él quería. Ya que le había llevado la almohada, se tumbaría un rato... Pero... pero... ¿por qué se sentía de pronto, por ninguna razón comprensible, tan desesperada e infeliz? Igual que alguien a quien se le ha caído una perla o diamante en la hierba y aparta las hojas con mucho cuidado a un lado y al otro, y busca en vano aquí y allá hasta que por fin la encuentra ahí, entre las raíces, así fue ella de una cosa a otra; no, no era Sally Seton diciendo que Richard nunca llegaría a formar parte del gobierno porque tenía una inteligencia mediocre (recordó); no, eso no le importaba; tampoco tenía nada que ver con Elizabeth ni con Doris Kilman; eso eran hechos. Era una sensación, una sensación desagradable que había tenido tal vez un rato antes; algo que había dicho Peter, combinado con un momento de desánimo por su parte, en su cuarto, mientras se quitaba el sombrero; y a lo que se había añadido lo que había dicho Richard, pero ¿qué era? Estaban las rosas que le había regalado. ¡Y las fiestas! ¡Eso era!

¡Las fiestas! Los dos la habían criticado de manera muy injusta, se habían reído injustamente de sus fiestas. ¡Eso era! ¡Eso era!

Bueno, ¿cómo iba a defenderse? Ahora que sabía qué era, se sintió totalmente feliz. Pensaban, o en cualquier caso Peter pensaba, que a ella le gustaba imponerse; que le gustaba estar rodeada de gente famosa; de nombres altisonantes; que era solo una esnob. Bueno, que Peter pensara lo que quisiera. Richard solo pensaba que era absurdo que le gustaran las preocupaciones cuando sabía que era malo para su corazón. Pensaba que era una niñería. Y los dos estaban equivocados. Lo que le gustaba era sencillamente la vida.

—Por eso lo hago —dijo, hablándole en voz alta, a la vida.

Como estaba tumbada en el sofá, apartada, aislada, la presencia de este hecho que le parecía tan evidente cobró existencia física; envuelta en el manto del ruido de la calle, soleada, con el aliento cálido, susurrante, colándose entre las persianas. Pero supongamos que Peter le dijera: «Sí, sí, pero tus fiestas... ¿qué sentido tienen tus fiestas?», lo único que ella podría responder (y no esperaba que nadie lo entendiera) era: «Son una ofrenda», lo cual sonaba horriblemente vago. Pero ¿quién era Peter para decir que en la vida todo era coser y cantar? Peter siempre enamorado de la mujer equivocada. ¿Qué es tu amor?, podría responderle. Y sabía cuál sería su respuesta; que es lo más importante del mundo y ninguna mujer puede entenderlo. Muy bien. Pero ¿podía algún hombre entender lo que quería decir ella? ¿Sobre la vida? No imaginaba a Peter ni a Richard tomándose la molestia de dar una fiesta sin algún motivo.

Pero, yendo un poco más allá, por debajo de lo que decía la gente (¡y qué superficiales y fragmentarios son estos juicios!), ¿qué significaba para ella, eso que llamamos vida? ¡Oh, era muy extraño! Ahí estaba No Sé Quién de South Kensington; alguien de Bayswater y no sé qué otro de, digamos, Mayfair. Y ella intuía continuamente un sentido de su existencia; e intuía que era un desperdicio; e intuía que era una lástima; e intuía que si pudiera juntarlas...; así que lo hacía. Y era una ofrenda: combinar, crear, pero ¿a quién?

Una ofrenda por la ofrenda misma, tal vez. En cualquier caso, era su regalo. Ella no tenía ninguna otra cosa que tuviera la menor importancia; no sabía pensar, ni escribir, ni siquiera tocar el piano. Confundía a los armenios con los turcos; amaba el éxito; odiaba las incomodidades; necesitaba caer bien; decía infinidad de tonterías; y hasta hoy, si le preguntabas qué era el ecuador, no lo sabía. Daba igual, a ese día le seguiría otro: miércoles, jueves, viernes, sábado; se despertaría por la mañana; vería el cielo; pasearía por el parque; se encontraría con Hugh Whitbread; luego de pronto llegaba Peter; luego estas rosas; con eso bastaba. Después de todo, ¡qué increíble era la muerte!, que debiera tener fin; y nadie en el mundo supiese cuánto lo había amado todo; cómo, a cada instante...

La puerta se abrió. Elizabeth sabía que su madre estaba descansando. Entró muy silenciosa. Se quedó totalmente quieta. ¿Sería que algún mongol había naufragado en la costa de Norfolk (como decía la señora Hilbery), y se había mezclado con las señoras Dalloway, tal vez cien años atrás? Pues los Dalloway, en general, eran muy rubios, de ojos azules; Elizabeth, por el contrario, era morena; tenía los ojos achinados y el rostro muy pálido; un misterio oriental; era amable, considerada, callada. De niña, había tenido un perfecto sentido del humor; pero ahora a los diecisiete, Clarissa no entendía por qué, pero se había vuelto muy seria; como un jacinto cubierto de un verde vidrioso, con capullos recién teñidos, un jacinto que no tenía sol.

Se quedó muy quieta y miró a su madre; pero la puerta estaba abierta de par en par, y al otro lado de la puerta estaba la señorita Kilman, como sabía Clarissa; la señorita Kilman con su impermeable, escuchando todo lo que dijeran.

Sí, la señorita Kilman estaba al otro lado de la puerta, y llevaba un impermeable, pero tenía sus motivos. En primer lugar, era barato; en segundo, tenía más de cuarenta años, y no se vestía para gustar. Y además era pobre, degradantemente pobre. De lo contrario no aceptaría trabajo de gente como los Dalloway; de gente rica, que quería ser amable. El señor Dalloway, por hacerle justicia, había sido amable. Pero la señora Dalloway no. Ella había sido solo condescendiente. Pertenecía a la más inútil de todas las clases sociales: los ricos con un poco de cultura. Tenían cosas caras por todas partes: cuadros, alfombras, muchos criados. Creía tener perfecto derecho a cualquier cosa que los Dalloway hicieran por ella.

La habían estafado. Sí, la palabra no era ninguna exageración, pues sin duda una joven tenía derecho a un poco de felicidad. Y ella nunca había sido feliz, ¿cómo iba a serlo siendo tan torpe y tan pobre? Y luego, justo cuando podría haber tenido una oportunidad en el colegio de la señorita Dolby, llegó la guerra; y siempre había sido incapaz de mentir. La señorita Dolby pensó que estaría mejor con alguien que compartiera sus opiniones sobre los alemanes. Tuvo que marcharse. Era cierto que la familia era de origen alemán; su apellido era Kiehlman en el siglo XVIII, pero habían matado a su hermano. La echaron porque se negó a fingir que todos los alemanes eran malos: ¡tenía amigos alemanes y los únicos días felices de su vida los había pasado en Alemania! Y además tenía conocimientos de historia. Había tenido que aceptar lo que pudo encontrar. Cuando el señor Dalloway la conoció trabajaba para los Amigos.[27] Dejó (y fue muy generoso por su parte) que diera clases de historia a su hija. También daba clases de repaso para la universidad y cosas así. Luego había encontrado a Nuestro Señor (ella siempre inclinaba la cabeza al decirlo). Había visto la luz hacía dos años y tres meses. Ahora ya no envidiaba a las mujeres como Clarissa Dalloway; las compadecía.

Las compadecía y las despreciaba desde el fondo de su corazón, de pie en la blanda alfombra, mientras contemplaba el grabado antiguo de una niñita con unos mitones. Con todos estos lujos, ¿qué esperanza había de que las cosas mejorasen? En lugar de tumbada en un sofá —«Mi madre está descansando», había dicho Elizabeth— debería estar en una fábrica; detrás de un mostrador: ¡la señora Dalloway y todas las demás señoronas!

Ardiente y amargada, la señorita Kilman había entrado en una iglesia hacía dos años y tres meses. Había oído predicar al reverendo Edward Whittaker; a los niños cantar; había visto descender solemnes las luces, y ya fuese la música, o por las voces (ella misma, cuando

27. Es decir, la Sociedad Religiosa de los Amigos, o Iglesia de los Amigos, también conocida como los cuáqueros.

estaba sola por las noches, encontraba consuelo en el violín, aunque el resultado era espantoso: no tenía oído), los sentimientos acalorados y turbulentos que hervían en su interior se aplacaron y lloró copiosamente, y fue a visitar al señor Whittaker a su residencia particular en Kensington. Era la mano de Dios, dijo él. El Señor le había mostrado el camino. Así que ahora, siempre que esos sentimientos ardientes y dolorosos hervían en su interior, aquel odio que le inspiraba la señora Dalloway, el rencor contra el mundo, pensaba en Dios. Pensaba en el señor Whittaker. A la ira seguía la calma. Un dulce sabor llenó sus venas, se le separaron los labios, y de pie en el rellano con su impermeable miró con una serenidad firme y siniestra a la señora Dalloway, que salió con su hija.

Elizabeth dijo que se había olvidado los guantes. Era porque la señorita Kilman y su madre se odiaban. No podía soportar verlas juntas. Fue al piso de arriba a buscar sus guantes.

Pero la señorita Kilman no odiaba a la señora Dalloway. Al volver sus grandes ojos de endrino hacia Clarissa y observar su carita sonrosada, su cuerpo delicado, su aire fresco y elegante, la señorita Kilman pensó: «¡Tonta, boba! No has conocido ni el placer ni el dolor. ¡Has desperdiciado tu vida!». Y la embargó un incontrolable deseo de superarla; de desenmascararla. Si hubiese podido tirarla al suelo, habría sido un consuelo. Pero no era el cuerpo, era el alma y su burla lo que quería someter, para que sintiera su dominio. Si pudiera hacerla llorar; si pudiera arruinarla; humillarla; obligarla a hincarse de rodillas gritando: «¡Tiene usted razón!». Pero era la voluntad de Dios, no la de la señorita Kilman, tenía que ser una victoria religiosa. Así que la miró furiosa.

Clarissa estaba atónita. Cristiana... ¡esta mujer! ¡Esta mujer le había arrebatado a su hija! ¡Estaba en contacto con presencias invisibles! Lenta, fea, vulgar, sin elegancia ni amabilidad, ¡conocer ella el sentido de la vida!

—¿Va a llevar a Elizabeth a los Almacenes de la Armada y el Ejército?[28] —preguntó la señora Dalloway.

La señorita Kilman respondió que sí. Se quedaron allí. La señorita Kilman no iba a hacerse la simpática. Siempre había trabajado para ganarse la vida. Su conocimiento de la historia moderna era extremadamente exhaustivo. Apartaba, de sus exiguos ingresos, una parte para causas en las que creía; mientras que esta mujer no hacía nada, no creía en nada, educaba a su hija... pero ahí estaba Elizabeth, casi sin aliento, la hermosa joven.

Así que iban a ir a los Almacenes. Era raro que mientras la señorita Kilman seguía allí de pie (y ahí estaba, con el poder taciturno de un monstruo prehistórico armado para una guerra primigenia), segundo a segundo, su idea de ella disminuía, el odio (contra las ideas, no las personas), se desmoronaba, perdía su malignidad, su tamaño, se convertía segundo a segundo solo en la señorita Kilman con un impermeable, a quien Dios sabe que Clarissa habría querido ayudar.

Clarissa se rio al ver disminuir al monstruo de tamaño. Al despedirse se rio.

La señorita Kilman y Elizabeth se fueron juntas escaleras abajo.

28. Los *Army and Navy Stores Ltd* eran una cooperativa dirigida por oficiales del ejército para vender provisiones con descuento a las familias de militares que en 1918 abrió sus puertas al público general.

Con un impulso súbito, con una angustia violenta, pues esta mujer le estaba arrebatando a su hija, Clarissa se inclinó sobre la barandilla y gritó:

—¡Recuerda la fiesta! ¡Recuerda la fiesta de esta noche!

Pero Elizabeth había abierto ya la puerta principal; estaba pasando una furgoneta; no respondió.

¡El amor y la religión!, pensó Clarissa, volviendo al salón estremecida. ¡Qué detestables, qué detestables eran! Pues, ahora que el cuerpo de la señorita Kilman no estaba delante, la idea la abrumaba. Las cosas más crueles del mundo, pensó, al verlas torpes, acaloradas, dominantes, hipócritas, chismosas, celosas, infinitamente crueles y poco escrupulosas, vestidas con un impermeable en el rellano; el amor y la religión. ¿Alguna vez había tratado ella de convertir a alguien? ¿Acaso no quería que todo el mundo fuese él mismo? Y observó por la ventana a la anciana de enfrente que subía las escaleras. Que subiera las escaleras si quería; que se detuviera; y luego, como Clarissa le había visto hacer a menudo, que fuese a su dormitorio, que descorriera las cortinas y desapareciera al fondo. En cierto modo una la respetaba, a esa anciana asomada por la ventana, sin saber que estaba siendo observada. Tenía algo de solemne... pero el amor y la religión destruirían eso, fuese lo que fuese, la intimidad del alma. La odiosa Kilman lo destruiría. Pero era una imagen que le daba ganas de llorar.

El amor también destruía. Todo lo que era bello, todo lo que era sincero desaparecía. Fíjate en Peter Walsh. Ahí tenías a un hombre encantador, inteligente, con ideas sobre todo tipo de cosas. Si querías saber algo sobre Pope, pongamos por caso, o sobre Addison, o charlar sobre naderías, sobre cómo era la gente, lo que significaban las cosas, Peter sabía hacerlo mejor que nadie. Era Peter quien la había ayudado; Peter quien le había prestado libros. Pero mira a las mujeres a las que amaba: vulgares, triviales, ordinarias. Piensa en Peter enamorado: había ido a verla después de tantos años, y ¿de qué le había hablado? De sí mismo. ¡Qué pasión tan espantosa!, pensó. ¡Qué pasión tan degradante!, pensó, mientras pensaba en Kilman y su Elizabeth andando hacia los Almacenes.

El Big Ben dio la media hora.

Qué extraordinario, extraño, sí, conmovedor, ver a la anciana (hacía muchos años que eran vecinas) apartarse de la ventana, como si estuviese ligada a aquella campanada, aquel tañido. Gigantesco como era, tenía algo que ver con ella. El dedo bajaba y bajaba, hasta el centro de las cosas normales, y hacía que el momento se volviese solemne. Aquel sonido la obligaba, o eso pensó Clarissa, a moverse, a irse... pero ¿adónde? Clarissa intentó seguirla mientras giraba y desaparecía, y solo pudo ver la cofia blanca al fondo del dormitorio. Seguía allí, deambulando al fondo de la habitación. ¿A qué tantos credos y oraciones e impermeables? cuando, pensó Clarisa, ese es el milagro, ese es el misterio; esa anciana, quería decir, a quien veía ir de la cómoda a la mesa del tocador. Aún podía verla. Y el misterio supremo que Kilman podía decir que había resuelto, o que Peter podía decir que había resuelto, pero que Clarissa no creía que ni uno ni otro tuviesen la menor idea de cómo resolver, era sencillamente este: aquí había un cuarto, allí otro. ¿Resolvían eso la religión o el amor?

El amor... pero aquí el otro reloj, el que siempre sonaba dos minutos después del Big Ben llegó arrastrando los pies cargado de chismes, que soltó como si el Big

Ben estuviese muy bien con su majestuosidad al dictar la ley, tan solemne, tan justo, pero también hubiese que recordar todo tipo de pequeñas cosas: la señora Marsham, Ellie Henderson, las copas para los helados... todo tipo de pequeñas cosas llegaron arrastradas, flotando y danzando en la estela de ese solemne tañido que yacía plano como un lingote de oro en la superficie del mar. La señora Marsham, Ellie Henderson, las copas para los helados. Tenía que telefonear enseguida.

Locuaz, pendenciero, el reloj sonó, tras la estela del Big Ben, cargado de chismes, vapuleado, vencido por los carruajes, la brutalidad de las furgonetas, el avance ansioso de miles de hombres angulosos, de mujeres alardeando, las cúpulas y las agujas de las oficinas y los hospitales, los últimos restos de aquellos chismes parecieron romper, como la espuma de una ola exhausta sobre el cuerpo de la señorita Kilman de pie en la calle por un momento para murmurar: «Es la carne».

Era la carne lo que debía controlar. Clarissa Dalloway la había insultado. Era de esperar. Pero no había triunfado; no había dominado la carne. Fea, torpe, Clarissa Dalloway se había burlado de ella por ser todo eso; y había resucitado los deseos carnales, pues delante de Clarissa le molestaba tener ese aspecto. No podía hablar como ella. Pero ¿por qué deseaba parecerse a ella? ¿Por qué? Despreciaba a la señora Dalloway desde el fondo de su corazón. No era seria. No era buena. Su vida era un tejido de vanidad y engaño. Pero Doris Kilman había sido derrotada. De hecho, había estado a punto de echarse a llorar cuando Clarissa Dalloway se burló de ella. «Es la carne, es la carne», murmuró (tenía la costumbre de hablar en voz alta), esforzándose en dominar ese sentimiento turbulento y doloroso mientras andaba por Victoria Street. Rezó a Dios. No podía evitar ser fea, no podía permitirse comprar ropa bonita. Clarissa Dalloway se había reído... pero ella concentraría su imaginación en otra cosa hasta llegar al buzón. En cualquier caso, se había llevado a Elizabeth. Pero pensaría en otra cosa; pensaría en Rusia hasta llegar al buzón.

Qué agradable debía ser, dijo, estar en el campo, combatiendo, como le había dicho el señor Whittaker, ese violento rencor contra el mundo que la había despreciado, desdeñado, expulsado, empezando por esta indignidad: la imposición de su cuerpo desgarbado que la gente no soportaba ver. Se peinase como se peinase su frente seguía pareciendo un huevo, calvo, blanco. Ninguna ropa le quedaba bien. Daba igual lo que comprase. Y para una mujer, claro, eso significaba no entrar en contacto con el sexo opuesto. Nunca sería la primera para nadie. En los últimos tiempos había tenido la impresión de que, exceptuando a Elizabeth, la comida era su única razón de vivir: sus consuelos, su cena, su té, su bolsa de agua caliente. Pero había que luchar, vencer, tener fe en Dios. El señor Whittaker le había dicho que ella estaba ahí por algo. ¡Pero nadie sabía el sufrimiento! Él le dijo, señalando al crucifijo, que Dios lo sabía. Pero ¿por qué tenía ella que sufrir cuando otras mujeres, como Clarissa Dalloway, se libraban? El conocimiento llega mediante el sufrimiento, respondió el señor Whittaker.

Había pasado el buzón de correos y Elizabeth había entrado en el frío departamento de tabaco de los Almacenes de la Armada y el Ejército mientras ella seguía murmurando para sus adentros lo que había dicho el señor Whittaker de que el conocimiento llegaba a través del sufrimiento y de la carne.

—La carne —murmuró.

¿Qué departamento buscaba? La interrumpió Elizabeth.

—El de enaguas —dijo bruscamente, y fue directa al ascensor.

Subieron. Elizabeth la llevó aquí y allá; la guio abstraída como si fuese una niña grande, un barco de guerra difícil de gobernar. Ahí estaban las enaguas, marrones, decorosas, de rayas, frívolas, gruesas, finas, y ella escogió, abstraída, portentosamente, y la dependienta pensó que estaba loca.

Elizabeth se preguntó, mientras les hacían el paquete, en qué estaría pensando la señorita Kilman. Era la hora del té, dijo la señorita Kilman, levantándose y dominándose. Tomaron el té.

Elizabeth pensó si la señorita Kilman no pasaría hambre. Era por su forma de comer, con intensidad y luego miraba, una y otra vez, el plato de pastelillos de la mesa de al lado; luego, cuando una señora y un niño se sentaban y el niño cogía el pastel, ¿podía ser que le molestase a la señora Kilman? Sí, le molestaba. Quería ese pastel para ella... el rosa. El placer de comer era casi el único placer puro que le quedaba, ¡y hasta en eso se veía frustrada!

Cuando la gente es feliz tiene reservas, le había dicho a Elizabeth, de las que ir tirando, mientras que ella era como una rueda sin neumático (le gustaban esas metáforas), sacudida por cada piedra... eso decía, y se quedaba de pie después de la clase, de pie al lado de la chimenea con su bolsa de libros, su «saco», lo llamaba ella, un martes por la mañana, terminada la clase. Y también hablaba de la guerra. Al fin y al cabo, había gente que no pensaba que los ingleses siempre tuviesen razón.

Había libros. Había encuentros. Había otros puntos de vista. ¿Querría Elizabeth ir con ella a oír hablar a No sé Quién (un anciano de aspecto extraordinario)? Luego la señorita Kilman la llevó a una iglesia en Kensington y tomaron el té con un cura. Había prestado sus libros. El derecho, la medicina, la política, todas las profesiones están abiertas a las mujeres de tu generación, decía la señorita Kilman. En cambio, para ella, su carrera estaba arruinada y ¿era culpa suya? Dios mío, respondió Elizabeth, no.

Y su madre la llamaba diciendo que había llegado una cesta de Bourton y que si la señorita Kilman querría unas flores. Con la señorita Kilman siempre era muy muy agradable, pero la señorita Kilman aplastaba las flores al ponerlas todas juntas y no tenía conversación y lo que interesaba a la señorita Kilman aburría a su madre, y la señorita Killman y ella juntas eran espantosas; y la señorita Kilman se hinchaba y parecía muy vulgar, pero la señorita Kilman era muy inteligente. Elizabeth nunca había pensado en los pobres. Vivían con todas las necesidades cubiertas: su madre desayunaba en la cama cada día; Lucy se lo subía; y le gustaban las ancianas porque eran duquesas y descendían de algún lord. Pero la señorita Kilman dijo (uno de esos martes por la mañana al acabar la lección): «Mi abuelo regentaba una tienda de óleos y pinturas en Kensington». La señorita Kilman era muy distinta de las demás personas que conocía; hacía que una se sintiese muy pequeña.

La señorita Kilman tomó otra taza de té. Elizabeth, con un aire oriental, su misterio inescrutable, estaba sentada muy erguida; no, no quería nada más. Buscó sus guantes: sus guantes blancos. Estaban debajo de la mesa. ¡Ah, pero no debía irse! ¡La señorita Kilman no podía dejar que se fuese, esta juventud tan hermosa, esta niña, a quien quería de verdad! Su manaza se abrió y se cerró sobre la mesa.

Aunque tal vez sí fuese un poco sosa, intuyó Elizabeth. Y la verdad era que quería irse.

Pero la señorita Kilman dijo:

—Aún no he terminado.

Por supuesto, en ese caso, Elizabeth esperaría. Pero el aire allí estaba bastante cargado.

—¿Vas a ir a la fiesta esta noche? —quiso saber la señorita Kilman. Elizabeth supuso que iría; su madre quería que fuese. No debía dejar que las fiestas la absorbieran, dijo la señorita Kilman, toqueteando los últimos centímetros de un *éclair* de chocolate.

No le gustaban mucho las fiestas, dijo Elizabeth. La señorita Kilman abrió la boca, adelantó un poco la mandíbula y engulló los últimos centímetros del *éclair* de chocolate, luego se limpió los dedos y apuró el té de la taza.

Tenía la sensación de estar a punto de partirse en dos. El sufrimiento era terrible. Si pudiera agarrarla, si pudiera aferrarse a ella, si pudiera hacer que fuese totalmente suya y después morir; era lo único que quería. Pero estar allí, sin saber qué decir, ver a Elizabeth revolverse contra ella; notar que hasta a ella le parecía repulsiva... era demasiado, no lo soportaba. Los gruesos dedos se curvaron hacia dentro.

—Nunca voy a fiestas —dijo la señorita Kilman, solo para impedir que Elizabeth se fuese—. Nadie me invita. —Nada más decirlo comprendió que ese egotismo era su perdición; el señor Whittaker la había advertido; pero ella no podía evitarlo. Había sufrido de un modo tan espantoso—. ¿Por qué iban a invitarme? —dijo—. Soy vulgar, soy desdichada. —Sabía que era una estupidez. Pero toda esa gente que pasaba —gente cargada de paquetes que la despreciaba— era quien le obligaba a decirlo. No obstante, era Doris Kilman. Tenía un título universitario. Era una mujer que se había labrado un camino en el mundo. Su conocimiento de la historia moderna era más que respetable.

—No siento lástima de mí misma —dijo—. Siento lástima —quiso decir «por tu madre», pero no, no pudo, no a Elizabeth—. Siento mucha más lástima por otras personas.

Igual que un animal mudo al que han llevado ante una puerta con un propósito desconocido, y espera allí deseando echar a correr, Elizabeth Dalloway siguió sentada en silencio. ¿Iría a decir algo más la señorita Kilman?

—No me olvides —dijo Doris Kilman; y la voz le tembló. Enseguida, el animal mudo galopó hasta el otro extremo del prado.

La manaza se abrió y se cerró.

Elizabeth volvió la cabeza. La camarera llegó. Había que pagar en el mostrador, dijo Elizabeth y se levantó, arrancándole, eso le pareció a la señorita Kilman, las entrañas del cuerpo, tirando de ellas mientras cruzaba la habitación, y luego, con un giro final, inclinando la cabeza con educación, se marchó.

Se había ido. La señorita Kilman se quedó sentada ante la mesita de mármol entre los *éclairs*, golpeada una, dos, tres veces por los estremecimientos de su dolor. Se había ido. La señora Dalloway había vencido. Elizabeth se había ido. La belleza se había ido; la juventud se había ido.

Se quedó allí sentada. Se puso en pie. Pasó dando tumbos entre las mesas, trastabillando un poco, y alguien la siguió con sus enaguas, luego se extravió y quedó encajonada entre unos baúles especialmente preparados para llevarlos a la India; luego llegó a los accesorios para el parto y la ropita de bebé; se tambaleó entre todas las mercancías del mundo, perecederas y permanentes, jamones, medicinas, flores, papelería, distintos olores, dulces y amargos; se vio a sí misma tambaleándose con el sombrero torcido y el rostro sonrojado, de cuerpo entero en un espejo; y por fin salió a la calle.

Ante ella se alzó la torre de la catedral de Westminster, la casa de Dios. En mitad del tráfico, estaba la casa de Dios. Obstinada, se dirigió con su paquete a ese otro santuario, la abadía,[29] donde con las manos juntas como si fuesen una tienda de campaña delante de la cara, se sentó al lado de quienes habían entrado como ella en busca de refugio; los fieles de diversa índole; despojados de su rango social, casi de su sexo, mientras alzaban las manos delante de la cara; pero una vez se las quitaban, reverentes hombres y mujeres de clase media, algunos de ellos deseosos de ver las figuras de cera.[30]

Pero la señorita Kilman siguió con la tienda de campaña delante de la cara. Ora abandonada ora reencontrada. Nuevos fieles llegaban de la calle para reemplazar a los paseantes, y aun así, mientras la gente curioseaba y pasaba arrastrando los pies ante la tumba del Soldado

29. La catedral de Westminster es católica y la abadía de Westminster, anglicana.
30. Las efigies de cera de algunos de los personajes históricos cuyo funeral se celebró en la abadía.

163

Desconocido, ella siguió tapándose los ojos con los dedos y se esforzó en esa doble oscuridad, pues la luz en la abadía era incorpórea, por elevarse sobre las vanidades, los deseos, las mercancías, por librarse tanto del odio como del amor. Las manos le hormigueaban. Parecía debatirse. Sin embargo, para otros Dios era accesible y el camino hacia él estaba expedito. El señor Fletcher, jubilado, del Tesoro, la señora Gorham, la viuda del famoso miembro del Consejo Real, se aproximaron a Él con sencillez y, después de rezar sus oraciones, se apoyaron en el respaldo, disfrutaron de la música (el órgano sonaba con dulzura), y vieron a la señorita Kilman a un extremo del banco, rezando, rezando, y, todavía en el umbral de su inframundo, se compadecieron de ella como de un alma que merodeaba por el mismo territorio; una alma hecha de materia insustancial; no una mujer, sino un alma.

Pero el señor Fletcher tenía que irse. Tenía que pasar por donde ella estaba, y siendo tan pulcro como era, no pudo evitar sentir cierto desasosiego por el desaliño de la pobre mujer; el pelo lacio, el paquete en el suelo. No lo dejó pasar enseguida. Pero, mientras miraba hacia delante, los mármoles blancos, las vidrieras grises, y los tesoros acumulados (pues estaba muy orgulloso de la abadía), la corpulencia, la robustez y la fuerza de ella, allí sentada, moviendo de vez en cuando las rodillas (tan tosca era su aproximación a su Dios, tan bruscos sus deseos), lo impresionaron, igual que habían impresionado a la señora Dalloway (que no pudo quitársela de la cabeza en toda la tarde), al reverendo Edward Whittaker y también a Elizabeth.

Y Elizabeth esperó en Victoria Street a que llegase un ómnibus. Era tan agradable estar fuera. Pensó que tal vez no volvería aún a casa. Era muy agradable estar al aire libre. Se subiría a un ómnibus. Y ya, mientras estaba allí, con su ropa bien cortada, empezaba a... La gente empezaba a compararla con un álamo, con el alba, con los jacintos, con una cierva, con el agua corriente, y los lirios de jardín; y eso hacía que la vida le resultara una carga, pues ella prefería que la dejaran sola para hacer lo que le gustaba en el campo, pero ellos la comparaban con un lirio y tenía que asistir a fiestas, y Londres era tan horrible comparado con estar sola en el campo con su padre y sus perros.

Los autobuses pasaban de largo, se detenían, partían: llamativas caravanas, relucientes de barniz rojo y amarillo. Pero ¿en cuál subir? No tenía preferencias. Por supuesto, no se abriría paso a empujones. Se inclinaba a ser más bien pasiva. Le faltaba expresividad, pero sus ojos eran bonitos, achinados, orientales, y, como decía su madre, con esos hombros tan bonitos y andando tan erguida, siempre daba gusto verla; y últimamente, sobre todo por la tarde, cuando estaba interesada, pues nunca parecía emocionarse, era casi bella, muy serena y majestuosa. ¿En qué estaría pensando? Todos los hombres se enamoraban de ella, y ya estaba aburrida. Pues era solo el principio. Su madre lo veía... los cumplidos no habían hecho más que empezar. Que no le diera más importancia —por ejemplo, a la ropa— preocupaba a veces a Clarissa, pero tal vez diese igual mientras estuviese rodeada de todos esos cachorros y conejillos de Indias con moquillo, y le daba encanto. Y ahora esta extraña amistad con la señorita Kilman. Bueno, pensó Clarissa a eso de las tres de la madrugada mientras leía al barón Marbot porque no podía conciliar el sueño, eso demuestra que tiene corazón.

De pronto, Elizabeth se adelantó y subió con mucha destreza a bordo del ómnibus delante de todos. Ocupó un asiento en la imperial. La impetuosa criatura —un barco pirata— saltó hacia delante, se alejó, ella tuvo que agarrarse a la barandilla para sujetarse, pues era un barco pirata, osado, sin escrúpulos, que mataba sin piedad, daba peligrosas vueltas al mundo, secuestraba osadamente a un pasajero, o ignoraba a otro, se colaba como una anguila con arrogancia entre los demás barcos y luego se apresuraba insolente por Whitehall con todo el velamen desplegado. ¿Dedicó Elizabeth un solo pensamiento a la pobre señorita Kilman que la quería sin celos, para quien había sido una cierva en un claro, una luna en un calvero? Le encantaba ser libre. El aire fresco era tan delicioso... El ambiente había estado tan cargado en los Almacenes de la Armada y el Ejército. Apresurarse por Whitehall era como montar a caballo, y su bello cuerpo con el abrigo de color pardo respondía libremente a cada movimiento del ómnibus como un jinete, como el mascarón de proa de un barco, pues la brisa la despeinaba un poco; el calor daba a sus mejillas la palidez de la madera pintada de blanco; y sus bellos ojos, que no tenían otros ojos a los que mirar, miraban hacia delante, inexpresivos, brillantes, con la mirada fija y la increíble inocencia de una escultura.

Lo que hacía tan difícil a la señorita Kilman era que siempre hablaba de sus propios sufrimientos. ¿Y tenía razón? Si formar parte de comités y dedicar horas y horas al día (apenas lo veía cuando estaban en Londres) ayudaba a los pobres, su padre lo hacía, Dios es testigo... si era a eso a lo que se refería la señorita Kilman con lo de ser cristiano; pero era difícil saberlo. ¡Oh!, le encantaría seguir un poco más. Costaba otro penique,

¿no?, hasta el Strand. Pues aquí estaba el otro penique. Iría al Strand.

Le gustaban los enfermos. Y todas las profesiones están abiertas a las mujeres de tu generación, le había dicho la señorita Kilman. Así que podría ser médica. O granjera. Los animales enferman a menudo. Podría ser dueña de cientos de hectáreas y tener empleados a sus órdenes. Iría a verlos a sus casas. Habían llegado ya a Somerset House. Podía ser muy buena granjera —y eso, extrañamente, aunque la señorita Kilman también tenía algo que ver, se debía casi por entero a Somerset House—. Ese enorme edificio gris era tan espléndido, tan serio. Y le gustaba la sensación de que dentro había gente trabajando. Le gustaban esas iglesias, como siluetas de papel gris, que orlaban la orilla del Strand. Esto era muy diferente de Westminster, pensó, al apearse en Chancery Lane. Era tan serio; tan ajetreado. En suma, le gustaría tener una profesión. Sería médica, granjera, posiblemente se presentaría al Parlamento si lo creía necesario, y todo por culpa del Strand.

Los pies de todas esas personas ocupadas en sus quehaceres, las manos que ponían una piedra sobre otra, las inteligencias ocupadas eternamente, no con cotilleos triviales (con comparar a las mujeres con álamos, lo cual era muy emocionante, claro, pero muy tonto), sino con ideas sobre barcos, negocios, leyes, la administración y todo tan majestuoso (el Temple),[31] alegre (el río), piadoso (la iglesia)[32] aumentaron su de-

31. El distrito judicial donde se encuentran los Reales Tribunales de Justicia y otras organizaciones judiciales como el Middle Temple, uno de los cuatro colegios de abogados londinenses.

32. La iglesia del Temple, fundada por los caballeros templarios en 1185.

terminación, dijese lo que dijese su madre, de ser granjera o médica. Aunque, por supuesto, era muy perezosa.

Y era mucho mejor no decir nada al respecto. Parecía tan tonto. Era una de esas cosas que ocurrían a veces, cuando estaba sola: los edificios sin el nombre del arquitecto, las multitudes que volvían de la City eran más poderosas que cualquier cura de Kensington, que cualquiera de los libros que le había prestado la señorita Kilman, para estimular lo que yacía adormilado, torpe y tímido en el suelo arenoso de la imaginación, a salir a la superficie, como un niño que alarga de pronto los brazos; era solo eso, tal vez, un suspiro, un alargar los brazos; un impulso, una revelación que tiene efectos para siempre, y luego volvía al suelo arenoso. Debía irse a casa. Debía vestirse para la cena. Pero ¿qué hora era... dónde había un reloj?

Miró hacia Fleet Street. Anduvo un poco hacia Saint Paul, tímidamente, como quien entra de puntillas a explorar una casa desconocida de noche a la luz de la vela, tenso por si el dueño abre de pronto la puerta del dormitorio y pregunta qué está haciendo allí, tampoco se atrevió a vagar por calles pintorescas, callejones tentadores igual que en una casa desconocida las puertas abiertas pueden ser dormitorios, salones o llevar directas a la despensa. Pues ningún Dalloway paseaba a diario por el Strand; ella era una pionera, una extraviada, aventurera, confiada.

En muchos sentidos, pensaba su madre, era muy inmadura, todavía como una niña, apegada a sus muñecas, a las pantuflas viejas; un bebé; y eso tenía encanto. Pero, claro, en la familia Dalloway había una larga tradición de servicio público. Abadesas, directoras de colegio, dignatarias en la república de las mujeres... sin ser muy brillantes, ninguna de ellas, eran todo eso. Se adentró un poco más en dirección a Saint Paul. Le gustaba la cordialidad, la maternidad y la fraternidad de aquel bullicio. Le pareció bueno. El ruido era tremendo; y de pronto se oyeron trompetas (los desempleados) vociferando, sonando por encima de aquel bullicio, música militar; como si hubiese gente desfilando; pero si hubiesen estado agonizando... si alguna mujer hubiese exhalado su último aliento, y quienquiera que estuviese cuidándola hubiera abierto la ventana de la habitación donde acababa de concluir ese acto de dignidad suprema y hubiese contemplado Fleet Street, el bullicio, la música militar habría llegado triunfante hasta él, reconfortante, indiferente.

No era consciente. No había en ella ningún reconocimiento de la fortuna o el destino propios, y por esa misma razón habría sido reconfortante incluso para quienes estaban aturdidos velando los últimos estremecimientos de conciencia en el rostro de los moribundos. El olvido de la gente podía herir, su ingratitud corroer, pero esta voz, que se derramaba infinita, un año tras otro, se llevaría todo lo que hubiese: estos votos, esta furgoneta, esta vida, este desfile, los envolvería a todos y se los llevaría, igual que en el brusco torrente de un glaciar el hielo retiene una astilla de hueso, un pétalo azul, unos robles y los empuja todos hacia delante.

Pero era más tarde de lo que pensaba. A su madre no le gustaría que estuviese deambulando sola así. Volvió a bajar por el Strand.

Una ráfaga de viento (a pesar del calor, soplaba bastante viento) empujó un fino velo negro sobre el sol y sobre el Strand. Los rostros se desdibujaron; los ómnibus perdieron de pronto su brillo. Pues, aunque las nubes eran de un blanco montañoso de modo que una podía imaginarse arrancándoles trozos con un hacha, con amplias laderas doradas, céspedes de jardines celestiales a los lados, y todo parecían estancias dispuestas para que los dioses se reuniesen en consejo por encima del mundo, había entre ellas un movimiento perpetuo. Se intercambiaban señales, cuando, como para cumplir algún designio ya acordado, una cumbre se empequeñecía, un bloque grande como una pirámide que no se había movido avanzaba inalterable hasta el centro o encabezaba solemne el desfile hasta un nuevo fondeadero. Por más que aparentasen estar fijas, descansando en perfecta unanimidad, nada podía ser más nuevo, más libre o más sensible que esa superficie incendiada de oro; cambiar, moverse, dispersar la solemne asamblea era posible de inmediato; y a pesar de la seria fijeza, de la robustez y solidez acumuladas, ora vertían luz sobre la tierra y ora oscuridad.

Con calma y destreza, Elizabeth Dalloway subió al ómnibus de Westminster.

Las luces y las sombras que ora volvían las paredes grises, ora amarillos brillantes los plátanos, ora gris el Strand, ora amarillos brillantes los ómnibus, le parecía a Septimus Warren Smith que iban y venían, que lo llamaban, que le hacían señas, mientras estaba tumbado en el sofá de la sala, observando aquel dorado acuoso brillar y desvanecerse con la sorprendente sensibilidad de una criatura viva sobre las rosas, sobre el empapelado. Fuera los árboles arrastraban sus hojas como redes por las profundidades del aire; en la habitación se oía el rumor del agua, a través de las olas llegaban las voces de los pájaros cantando. Todas las potencias derramaban sus tesoros sobre su cabeza, y su mano reposaba sobre el respaldo del sofá, igual que la había visto reposar cuando se bañaba y flotaba en lo alto de las olas, mientras a lo lejos, en la orilla, oía ladrar a los perros. No temas más, dice el corazón en el cuerpo; no temas más.

No tenía miedo. A cada momento la Naturaleza le indicaba con alguna risueña pista como ese punto dorado que se movía por la pared —allí, allí, allí— su determinación de mostrar, blandiendo sus nuevas plumas, agitando sus trenzas, moviendo su manto así y asá, con donosura, siempre con donosura, y plantándose a su lado para susurrar entre el hueco de las manos las palabras de Shakespeare, su significado.

Rezia, sentada a la mesa retorciendo un sombrero entre las manos, lo observaba; lo veía sonreír. O sea, que era feliz. Pero no soportaba verlo sonreír. Eso no era un matrimonio; un marido no tenía esa pinta tan rara, siempre sobresaltándose, riéndose, pasando horas y horas en silencio, o sujetándola y diciéndole que escribiera. El cajón de la mesa estaba lleno de esos escritos; sobre la guerra; sobre Shakespeare; sobre grandes descubrimientos: que no existe la muerte. ¡Hacía poco se había agitado de pronto sin razón (y tanto el doctor Holmes como sir William Bradshaw decían que la agitación era lo peor para él) y empezó a gesticular y a decir que sabía la verdad! ¡Lo sabía todo! Ese hombre, su amigo el que había muerto, Evans, había venido, dijo. Estaba cantando detrás del biombo. Ella lo escribió al dictado. Algunas cosas eran muy hermosas. Otras, puros disparates. Y siempre se detenía a medias, cambiaba de idea; quería añadir algo; oía alguna cosa; escuchaba con la mano en alto.

Pero ella no oía nada.

Y una vez encontraron a la chica que arreglaba la habitación leyendo uno de esos papeles y riéndose. Fue una auténtica lástima. Pues eso hizo que Septimus clamara contra la crueldad humana: cómo las personas se despedazan unas a otras. Despedazan, dijo, a los caídos. «Holmes conspira contra nosotros», decía, e inventaba historias sobre Holmes: Holmes comiendo gachas, Holmes leyendo a Shakespeare, y gritaba de risa o de rabia, pues el doctor Holmes parecía representar algo horrible para él. La «naturaleza humana» lo llamaba. Luego estaban las visiones. Se había ahogado, decía, y yacía en un acantilado con las gaviotas chillando sobre él. Miraba el fondo del mar desde el borde del sofá. U oía música. En realidad, era solo un organillo o alguien que gritaba en la calle. Pero él gritaba «¡Precioso!», y las lágrimas le caían por las mejillas, que para ella era lo más espantoso, ver a un hombre como Septimus, que había combatido, que era valiente, llorando. Y él se quedaba tumbado escuchando ¡hasta que de pronto gritaba que caía, que caía en las llamas! Tan vívido era que ella buscaba si había llamas de verdad. Pero no había nada. Estaban solos en el cuarto. Era un sueño, le decía, y así lo calmaba, aunque a veces ella también se asustaba. Suspiraba mientras cosía.

Sus suspiros eran tiernos y encantadores, como el viento en el bosque por la noche. Ora dejaba las tijeras; ora se volvía para coger algo de la mesa. Un leve movimiento, un pequeño crujido, unos golpecitos hacían algo en la mesa, donde se sentaba a coser. A través de las pestañas veía su perfil borroso; su cuerpecillo moreno; su rostro y sus manos; sus movimientos delante de la mesa, cuando cogía un carrete, o buscaba (tendía a perder las cosas) la seda. Estaba haciendo un sombrero para la hija casada de la señora Filmer, que se llamaba... había olvidado su nombre.

—¿Cómo se llama la hija casada de la señora Filmer? —preguntó.

—Señora Peters —dijo Rezia.

Temía que fuese demasiado pequeño, dijo, sosteniéndolo ante sus ojos. La señora Peters era una mujer corpulenta; pero a ella no le era simpática. Lo hacía solo porque la señora Filmer había sido muy buena con ellos —«Esta mañana me ha dado uvas»— y quería tener un detalle para demostrarle su agradecimiento. La otra noche había entrado en la habitación y había encontrado a la señora Peters, que pensaba que habían salido, oyendo el gramófono.

—¿De verdad? —preguntó él—. ¿Estaba oyendo el gramófono?

Sí; ella se lo había contado en su momento; había encontrado a la señora Peters oyendo el gramófono.

Empezó, con mucha cautela, a abrir los ojos, para ver si de verdad había allí un gramófono. Pero las cosas reales... las cosas reales eran demasiado excitantes. Debía ser cauto. No enloquecería. Primero miró las revistas de moda del estante inferior, luego poco a poco el gramófono con la bocina verde. Nada podía ser más preciso. Así que, haciendo acopio de valor, miró el aparador; la bandeja de los plátanos; el grabado de la reina Victoria y el príncipe consorte en la estantería de la chimenea, con el jarrón y las rosas. Nada de eso se movía. Todo estaba inmóvil; todo era real.

—Esa mujer tiene la lengua viperina —dijo Rezia.

—¿A qué se dedica el señor Peters? —preguntó Septimus.

—¡Ah! —dijo Rezia, intentando recordar. Creía

que la señora Filmer le había dicho que era represen-
tante de no sé qué empresa—. Ahora mismo está en
Hull —dijo.

«¡Ahora mismo!» Lo dijo con su acento italiano. Lo
dijo ella misma. Septimus se cubrió los ojos con la mano
para poder ver solo parte de su rostro cada vez, primero la barbilla, luego la nariz, después la frente, por si
estaba deformada o tenía alguna horrible cicatriz. Pero
no, ahí estaba, totalmente natural, cosiendo, con ese
mohín, ese gesto melancólico que ponen las mujeres al
coser. Pero no tenía nada de terrible, se tranquilizó,
mirando por segunda, por tercera vez su rostro, sus
manos, pues ¿qué había de temible o de repulsivo en
ella mientras estaba allí cosiendo a plena luz del día? La
señora Peters tenía la lengua viperina. El señor Peters
estaba en Hull. ¿Por qué, entonces, la rabia y los presa-
gios? ¿Por qué saltar azotado y marginado? ¿Por qué
dejar que las nubes le hiciesen temblar y sollozar? ¿Por
qué buscar verdades y entregar mensajes cuando Rezia
se sentaba a clavar alfileres en la pechera de su vestido
y el señor Peters estaba en Hull? Milagros, revelaciones, agonías, soledad, caídas al mar, abajo, abajo, entre
las llamas, todas quemadas, pues intuía, mientras observaba a Rezia terminar el sombrero de paja para la
señora Peters, un lecho de flores.

—Es demasiado pequeño para la señora Peters
—dijo Septimus.

¡Por primera vez en varios días estaba hablando como
antes! Por supuesto que lo era... absurdamente pequeño,
coincidió ella. Pero lo había escogido la señora Peters.

Lo cogió de sus manos. Dijo que era el sombrero
del mono de un organillero.

¡Cuánto la alegró oír eso! Hacía semanas que no se

reían juntos, divirtiéndose en privado como un matrimonio. Lo que quería decir era que, si hubiesen entrado la señora Filmer o la señora Peters, no habrían entendido de qué se reían ella y Septimus.

—Así —dijo, enganchando una rosa a un lado del sombrero. ¡Nunca se había sentido tan feliz! ¡Jamás en su vida!

Pero así aún era más ridículo, dijo Septimus. Ahora la pobre mujer parecería un cerdo en una feria. (Nadie le hacía reír tanto como Septimus.)

¿Qué tenía en su costurero? Tenía cintas y cuentas, borlas, flores artificiales. Las volcó sobre la mesa. Septimus empezó a mezclar colores extraños... pues, aunque no era hábil con las manos, ni siquiera sabía atar un paquete, tenía un ojo maravilloso, y a menudo tenía razón, a veces era absurdo, claro, pero otras acertaba con una intuición extraordinaria.

—¡Tendrá un sombrero precioso! —murmuró, cogiendo esto y aquello, con Rezia arrodillada a su lado mirando por encima de su hombro. Ahora quedó terminado... el diseño: ella debía coserlo. Pero debía ser muy muy cuidadosa, dijo él, para dejarlo como lo había hecho él.

Y se puso a coser. Cuando cosía, pensó él, hacía un ruido como el de un hervidor de agua en el fuego; burbujeando, murmurando, siempre ocupada, sus fuertes y afilados deditos pellizcaban y empujaban; su aguja brillaba. El sol podía salir y ponerse sobre las borlas, en el empapelado, pero esperaría, pensó estirando los pies, mirando su calcetín zurcido al extremo del sofá; esperaría en este sitio tan cálido, esta bolsa de aire tranquilo, a la que uno llega a veces al borde del bosque por la noche, cuando, debido a una pendiente en el terreno, o a una disposición de los árboles (hay que ser científico por encima de todo, científico), el calor aguarda y el aire azota la mejilla como el ala de un pájaro.

—Listo —dijo Rezia, dándole vueltas al sombrero de la señora Peters con la punta de los dedos—. Con esto basta de momento. Luego... —La frase se agotó ploc, ploc, ploc, como un grifo que gotea.

Era maravilloso. Nunca había hecho nada que le hiciera sentir tan orgulloso. El sombrero de la señora Peters era tan real, tan físico...

—Tú míralo —dijo.

Sí, a ella siempre le haría feliz mirar ese sombrero. Así que había vuelto a ser él mismo, se había reído. Habían estado juntos a solas. Siempre le gustaría ese sombrero.

Septimus le pidió que se lo probara.

—¡Pero tendré una pinta rarísima! —gritó, corriendo al espejo y mirándose primero de este lado, luego de aquel.

Después se lo quitó, pues llamaron a la puerta. ¿Sería sir William Bradshaw? ¿Había enviado a buscarlo tan deprisa?

¡No!, era solo la niña con el periódico vespertino.

Entonces ocurrió lo que ocurría siempre... cada noche de su vida. La niña se chupó el dedo en la puerta; Rezia se arrodilló; Rezia la besó y acarició; Rezia sacó una bolsa de caramelos del cajón de la mesa. Pues siempre ocurría lo mismo. Primero una cosa y luego la otra. Así se iba construyendo, primero una cosa y luego la otra. Bailando, saltando, dieron vueltas y más vueltas a la habitación. Cogió el periódico. Todos los jugadores del Surrey habían sido eliminados, leyó. Había una ola de calor. Rezia repitió: los jugadores del Surrey habían

176

sido eliminados. Había una ola de calor, y lo convirtió en parte de un juego al que estaba jugando con la nieta de la señora Filmer, las dos se reían, parloteaban al mismo tiempo. Él estaba muy cansado. Estaba muy feliz. Quería dormir. Cerró los ojos. Pero, en cuanto dejó de ver, el ruido del juego se volvió más apagado y más extraño y sonó como los gritos de personas que buscaban y no encontraban y que pasaban de largo. ¡Lo habían perdido!

Dio un respingo de terror. ¿Qué veía? La bandeja con los plátanos en el aparador. Allí no había nadie (Rezia había llevado a la niña con su madre, era la hora de acostarse). Eso era: estar eternamente solo. Esa era la maldición pronunciada en Milán cuando entró en el cuarto y las vio cortando formas de bucarán con las tijeras: estar eternamente solo.

Estaba solo con el aparador y los plátanos. Estaba solo, expuesto en este promontorio desolado, tendido... pero no en la cima de una colina, ni en un risco: en el sofá del salón de la señora Filmer. En cuanto a las visiones, las caras, las voces de los muertos, ¿dónde estaban? Tenía un biombo delante, con espadañas negras y golondrinas azules. Donde antes había visto montañas, donde había visto caras, donde había visto belleza, había un biombo.

—¡Evans! —gritó. Nadie respondió. Un ratón había chillado o una cortina susurrado. Esas eran las voces de los muertos. El biombo, el cubo del carbón y el aparador se quedaron con él. Pues se enfrentaría al biombo, al cubo del carbón y al aparador... pero Rezia irrumpió parloteando en la habitación.

Había llegado no sé qué carta. Se habían trastocado los planes de todo el mundo. Al final, la señora Filmer no podría ir a Brighton, no había tiempo de avisar a la señora Williams, y a Rezia le parecía muy muy irritante, cuando vio el sombrero y pensó... tal vez... ella tal vez podría... Su voz se apagó con una agradable melodía.

—¡Maldita sea! —exclamó (lo de que dijese palabrotas era una broma entre los dos); la aguja se había roto. Sombrero, niña, Brighton, aguja. Seguía construyendo, primero una cosa, luego otra, seguía construyendo y cosiendo.

Quería que él le dijera si al cambiar la rosa de sitio había mejorado el sombrero. Se sentó a un extremo del sofá.

Ahora eran felices, dijo ella de pronto, dejando el sombrero. Pues ahora podía decirle cualquier cosa. Podía decirle cualquier cosa que se le pasara por la cabeza. Eso fue casi lo primero que pensó de él, esa noche en el café cuando entró con sus amigos ingleses. Entró, con timidez, mirando a su alrededor y se le cayó el sombrero al ir a colgarlo. Lo recordaba muy bien. Supo que era inglés, aunque no uno de esos ingleses corpulentos que admiraba su hermana, pues siempre fue delgado; pero tenía un color fresco y precioso y con su nariz gruesa, los ojos brillantes, su manera de sentarse un poco encorvado, le recordó, se lo había dicho muchas veces, a un joven halcón, la primera noche que lo vio, cuando estaban jugando al dominó y entró él... un joven halcón; pero con ella siempre fue muy dulce. Nunca lo había visto enfadado, ni borracho, solo sufriendo a veces en esa guerra terrible, pero incluso así, cuando ella entraba, lo dejaba todo a un lado. Cualquier cosa, cualquier cosa imaginable, cualquier pequeña molestia del trabajo, cualquier cosa que se le ocurriera decir se la decía y él la entendía en el acto. Ni siquiera su familia era así.

Como era mayor y más inteligente —¡qué serio era: quería que leyese a Shakespeare cuando aún no podía leer cuentos infantiles en inglés!—, como tenía mucha más experiencia, podía ayudarla. Y ella también podía ayudarle a él.

Pero este sombrero. Y luego (se estaba haciendo tarde) sir William Bradshaw.

Se puso las manos en la cabeza, esperando a que le dijera si le gustaba o no el sombrero, y mientras estaba ahí sentada, esperando, mirando, notó que su imaginación, como la de un pájaro, caía de una rama a otra, y siempre se posaba de pie; podía seguir su imaginación mientras estaba sentada en una de esas poses relajadas que adoptaba naturalmente, y, si él decía alguna cosa, sonreía enseguida, como un pájaro posándose con las garras firmes sobre la rama.

Pero él recordaba que Brasdshaw había dicho: «Las personas a las que más queremos no nos hacen ningún bien cuando enfermamos». Bradshaw había dicho que debían enseñarle a descansar. Bradshaw había dicho que tenían que separarse.

«Debían», «tenían», ¿por qué «tenían»? ¿Qué poder tenía Bradshaw sobre él?

—¿Qué derecho tiene Bradshaw a decir que «debo»? —preguntó.

—Es porque dijiste que ibas a matarte —dijo Rezia. (Gracias a Dios ahora podía decirle cualquier cosa a Septimus.)

¡Así que estaba en su poder! ¡Holmes y Bradshaw conspiraban contra él! ¡Aquel zafio de la nariz colorada estaba husmeando en todos los rincones! ¡Que «debo», dice! ¿Dónde estaban sus papeles, las cosas que había escrito?

Ella le llevó sus papeles, las cosas que había escrito, las cosas que ella había escrito al dictado. Los soltó sobre el sofá. Ella los miró. Diagramas, diseños, hombrecillos y mujeres blandiendo palos a modo de armas, con alas... ¿era eso? a la espalda; círculos trazados alrededor de chelines y monedas de seis peniques: el sol y las estrellas; precipicios zigzagueantes con montañeros que escalaban encordados, exactamente igual que cuchillos y tenedores; estampas marineras con caras que se reían de lo que tal vez fuesen olas: el mapa del mundo.

—¡Quémalos! —gritó. Sus escritos: cómo cantan los muertos detrás de los arbustos de rododendro; odas al Tiempo; conversaciones con Shakespeare; Evans, Evans, Evans: sus mensajes de entre los muertos; no cortéis los árboles; decídselo al primer ministro. El amor universal: el significado del mundo—. Quémalos —gritó.

Pero Rezia los tapó con las manos. Algunos eran bellos, pensó. Los envolvería (no tenía sobres) en un trozo de seda.

Incluso si se lo llevaban, le dijo ella, iría con él. No podrían separarlos contra su voluntad, insistió.

Colocando los bordes, ordenó los papeles y ató el paquete casi sin mirar, sentada muy cerca a su lado, pensó él, como si estuviese rodeada de pétalos. Era un árbol en flor; y a través de sus ramas vio el rostro de un legislador, que había llegado a un santuario donde ella no temía a nadie; ni a Holmes, ni a Bradshaw; un milagro, un triunfo, el mayor y el definitivo. Tambaleándose la vio subir las imponentes escaleras, cargada con Holmes y Bradshaw, hombres que nunca bajaban de los setenta kilos, que enviaban a sus mujeres a la corte, hombres que ganaban diez mil libras al año y hablaban de proporción; que diferían en sus veredictos (pues Holmes decía una cosa y Bradshaw otra), pero aun así eran jueces; que mezclaban su visión y el aparador; que no veían nada claro, pero gobernaban, infligían. Rezia triunfó sobre ellos.

—¡Ya está! —dijo. Los papeles estaban atados. Nadie los cogería. Ella los guardaría.

Y nada podría separarlos, añadió. Se sentó a su lado y lo llamó por el nombre de ese halcón o cuervo que, por ser malo y destruir las cosechas, era exactamente igual que él. Nadie podría separarlos, afirmó.

Luego se levantó para ir al dormitorio a hacer la maleta, pero oyó voces abajo, pensó que tal vez fuese el doctor Holmes y corrió para impedir que subiera.

Septimus la oyó hablar con Holmes en la escalera.

—Mi querida señora, he venido como amigo... —estaba diciendo Holmes.

—No. No permitiré que vea a mi marido —dijo ella.

La imaginó como una gallina, con las alas abiertas para impedirle el paso. Pero Holmes insistió.

—Mi querida señora, permítame... —dijo Holmes, apartándola (Holmes era un hombre fornido).

Holmes estaba subiendo. Holmes abriría la puerta de golpe. Holmes diría: «Está muerto de miedo, ¿eh?». Holmes se lo llevaría. Pero no, Holmes no; ni Bradshaw. Se levantó vacilante, saltando de un pie a otro, miró el bonito cuchillo del pan de la señora Filmer con la palabra *Pan* tallada en el mango. ¡Ah!, pero no debía estropeárselo. ¿La estufa de gas? Pero ahora era demasiado tarde. Holmes se acercaba. Podía haber tenido alguna cuchilla, pero Rezia, que siempre hacía esas cosas, las había guardado. Solo quedaba la ventana, el enorme ventanal de la pensión de Bloomsbury; el esfuerzo fatigoso, engorroso y más bien melodramático de abrir la ventana y arrojarse por ella. Era su idea de la tragedia, no la suya ni la de Rezia (pues ella estaba con él). A Holmes y a Bradshaw les gustaban esas cosas. (Se sentó en el alféizar.) Pero esperaría hasta el último momento. No quería morir. La vida era buena. El sol calentaba. ¿Solo seres humanos? Mientras bajaba las escaleras de enfrente un anciano se detuvo y lo miró. Holmes estaba en la puerta.

—¡Yo te daré! —gritó, y se arrojó vigorosa y violentamente sobre la verja de la señora Filmer.

—¡El muy cobarde! —exclamó el doctor Holmes, abriendo la puerta de golpe. Rezia corrió a la ventana, vio; comprendió. El doctor Holmes y la señora Filmer chocaron. La señora Filmer se tapó los ojos con el delantal. Hubo muchas subidas y bajadas por las escaleras. El doctor Holmes entró... blanco como la pared, tembloroso, con un vaso en la mano. Debía ser valiente y beber alguna cosa, dijo (¿Qué era? Algo dulce), pues su marido estaba espantosamente mutilado, no recobraría la conciencia, no debía verlo, debía protegerse en lo posible, tendría que haber una investigación, pobre mujer. ¿Quién podría haberlo dicho? Un impulso súbito, nadie tenía la culpa (le dijo a la señora Filmer). Y, en cuanto a por qué demonios lo había hecho, el doctor Holmes no tenía ni idea.

Mientras bebía la bebida dulzona a ella le pareció que estaba abriendo grandes vidrieras, saliendo a algún jardín. Pero ¿adónde? El reloj estaba dando las horas: la una, las dos, las tres, qué sensato era aquel tañido; comparado con estos golpes y susurros; igual que el propio Septimus. Se estaba quedando dormida. Pero el reloj siguió dando las horas, las cuatro, las cinco, las seis, y la señora Filmer moviendo el delantal (no irán a traer aquí el cadáver, ¿verdad?) parecía parte de ese jardín; o una bandera. Una vez había visto una bandera ondeando despacio en un mástil cuando se quedó con su tía en Venecia. A los caídos en combate los saludaban así, y Septimus había estado en la guerra. De los recuerdos de ella la mayoría eran felices.

Se puso el sombrero, y corrió entre los campos de trigo —¿dónde podía ser?— en alguna colina, en algún sitio, cerca del mar, pues había barcos, gaviotas, mariposas; se sentaron en un acantilado. En Londres, también, se sentaron allí, y, casi en sueños, llegaron hasta ella por la puerta del dormitorio, la lluvia que caía, susurros, movimientos entre el trigo seco, la caricia del mar, le pareció a ella, cubriéndolos con su concha cóncava y murmurándole mientras estaba tendida en la orilla, se sintió esparcida, como unas flores volando sobre una tumba.

—Esta muerto —dijo, sonriendo a la anciana que la cuidaba con los francos ojos de color azul claro fijos en la puerta. (No irán a traerlo aquí, ¿verdad?) Pero la señora Filmer hizo un gesto despectivo. ¡Oh, no, oh, no! Se lo estaban llevando. ¿No deberían decírselo? Las personas casadas deberían estar juntas, pensó la señora Filmer. Pero debían hacer lo que decía el médico.

—Déjela dormir —dijo el doctor Holmes, tomándole el pulso. Ella vio el corpulento perfil de su cuerpo oscuro contra la ventana. Así que ese era el doctor Holmes.

Uno de los triunfos de la civilización, pensó Peter Walsh. Es uno de los triunfos de la civilización, mientras sonaba la aguda sirena de la ambulancia. Limpia y velozmente la ambulancia se apresuró hacia el hospital, después de recoger al instante, humanamente, a algún pobre diablo; alguien que se habría golpeado en la cabeza, o contraído una enfermedad, al que hubieran atropellado tal vez un minuto antes en uno de esos cruces, como podría ocurrirle a él. Eso era la civilización. Recién llegado de Oriente, le sorprendieron la eficiencia, la organización y el espíritu comunal de Londres. Todos los carros o los carruajes se hicieron a un lado para dejar paso a la ambulancia. Tal vez fuese morboso, o más bien conmovedor, el respeto que demostraban a esa ambulancia con su víctima en el interior: hombres atareados que volvían a casa, pero al instante pensaban en sus mujeres al verla pasar; o tal vez en lo fácil que era que fuesen ellos los que estuvieran allí dentro, tendidos en una camilla con un médico y una enfermera... Pero la idea era morbosa, sentimental, enseguida empezaba uno a pensar en médicos, cadáveres; un leve resplandor placentero, una especie de lujuria, también, sobre la imagen visual, lo advertía a no seguir con esas cosas por más tiempo: fatídico para el arte, fatídico para la amistad. Cierto. Y, sin embargo, pensó Peter Walsh, cuando la ambulancia dobló la esquina, aunque la sirena siguió oyéndose en la calle siguiente y aún más lejos cuando cruzó Tottenham Court Road, resonando sin cesar, es el privilegio de la soledad: en la intimidad uno hace lo que quiere. Uno podría llorar si nadie lo viese. Había sido su perdición —esta susceptibilidad— en la sociedad angloindia; no llorar en el momento indicado, ni reírse tampoco. Llevo algo en mi interior, pensó, de pie ante el buzón, que ahora podría disolverse en lágrimas. Dios sabe por qué. Algún tipo de belleza, probablemente, y el peso del día, que, empezando por esa visita a Clarissa, lo había agotado con su calor, su intensidad y el goteo constante de una impresión tras otra en ese sótano donde estaban, profundo, oscuro y que nadie conocería jamás. En parte por esa razón, por su secreto, completo e inviolable, la vida le había parecido un jardín desconocido, lleno de recodos y rincones sorprendentes, sí; la verdad es que estos momentos lo dejaban a uno sin aliento; ahora se había encontrado al lado de un buzón, enfrente del Museo Británico, con uno de esos momentos en los que las cosas encajan; esta ambulancia; y la vida y la muerte. Era como si aquella acometida de emoción lo absorbiera hasta un tejado muy alto, y el resto quedara desnudo como una playa blanca cubierta de conchas. Esta sensibilidad había sido su perdición en la sociedad angloindia.

Clarissa una vez, yendo con él en la imperial de un ómnibus a alguna parte, Clarissa, tan fácil de emocionar, al menos superficialmente, tan pronto desanimada como de un humor excelente, entusiasmada en aquellos días y con tan buena compañía, reparaba en escenas pintorescas, descubría nombres y personas desde lo alto del ómnibus, pues tenían la costumbre de explorar Londres y de volver con las bolsas llenas de tesoros del mercado de Caledonian Street; Clarissa tenía una teoría en aquellos tiempos; los dos tenían montones de teorías, siempre teorías, como todos los jóvenes Era para explicar su sensación de insatisfacción, de no conocer a la gente, de no conocerse. Pues, ¿cómo podían conocerse? Se veían a diario; luego dejaban de verse seis meses, o años. Era insatisfactorio, coincidían, lo poco que conocemos a la gente. Pero ella dijo sentada en el ómnibus mientras subían por Shaftesbury Avenue, que se sentía ella misma en todas partes; no «aquí, aquí, aquí»; y dio unos golpecitos en el respaldo del asiento; sino en todas partes. Hizo un ademán, mientras subían por Shaftesbury Avenue. Ella era todo eso. Así que, para conocerla, o para conocer a cualquiera, había que buscar a las personas que la completaban; incluso los lugares. Las extrañas afinidades que tenía con personas con las que no había hablado nunca, una mujer por la calle, un hombre detrás de un mostrador, incluso árboles o graneros. Concluía en una teoría trascendental que, con su espanto a la muerte, le permitía creer, o decir que creía (pese a todo su escepticismo), que desde nuestra aparición, nuestra parte visible, es tan efímera comparada con la otra, la parte invisible de nosotros, que se extiende, y la invisible podría sobrevivir, recuperarse unida a esta o aquella persona, o incluso frecuentando ciertos lugares después de la muerte. Tal vez... tal vez...

Al recordar esa larga amistad de casi treinta años su teoría funcionaba hasta cierto punto. Por muy breves, discontinuos y a menudo dolorosos que hubiesen sido sus encuentros, con sus ausencias e interrupciones (esta mañana, por ejemplo, cuando entró Elizabeth, como un potrillo de patas largas, espléndido, mudo, justo cuando estaba empezando a hablar con Clarissa), el efecto que habían tenido en su vida era inconmensurable. Había en ello cierto misterio. Te daban una semilla afilada, puntiaguda, desagradable: el encuentro real; casi siempre espantosamente doloroso; pero en su ausencia, en los sitios más improbables, florecía, se abría, derramaba su perfume, te dejaba tocarla, saborearla, contemplarla a tu alrededor, captar todo su sentido, después de pasar años extraviada. Así había llegado hasta él; a bordo del barco; en el Himalaya; evocada por las cosas más raras (igual que Sally Seton, ¡esa gansa generosa y entusiasta!,

se había acordado de él al ver unas hortensias azules).
Había influido en él más que ninguna otra persona que
hubiese conocido jamás. Y siempre aparecía así ante él
sin que él lo quisiera, fría, señorial, crítica; o deslumbrante, novelesca, como un campo o una cosecha inglesa. La recordaba más a menudo en el campo, no en
Londres. Una escena tras otra en Bourton...

Había llegado a su hotel. Atravesó el vestíbulo, con
sus montículos de sillones y sofás rojizos, sus plantas
marchitas de hojas lanceoladas. Le dieron su llave del
gancho, la señorita le dio unas cartas. Fue al piso de arriba... la recordaba más a menudo en Bourton, a finales del
verano, cuando se quedaba una semana, o incluso una
quincena, como hacía la gente en aquellos tiempos. Primero se plantaba en lo alto de una colina, con las manos
en el pelo, el abrigo agitado por el viento, señalando,
gritándoles... Veía el río Severn a sus pies. O en un bosque, calentando agua en un hervidor... de forma muy
poco eficaz con sus dedos; con el humo haciendo reverencias; soplándoles en la cara; su carita sonrosada asomando; pidiéndole agua a una anciana en una casa de
campo, que salía a la puerta para verlos marchar. Siempre
iban andando, los demás en coche. A ella le aburría ir en
coche, le disgustaban todos los animales, menos aquel
perro. Andaban kilómetros por los caminos. Ella se detenía para averiguar dónde estaba, lo guiaba de vuelta por
el campo; y todo el tiempo discutían, hablaban de política, de la gente (en aquella época ella era radical); sin fijarse en nada, excepto cuando se detenía, soltaba una excla-
mación ante un paisaje o un árbol y le hacía contemplarlos
con ella; y vuelta otra vez, a través de campos de rastrojo,
ella por delante, con una flor para su tía, nunca se cansa-
ba de andar a pesar de toda su delicadeza; para llegar a

Bourton al atardecer. Luego, después de cenar, el viejo Breitkopf abría el piano y cantaba sin voz, y ellos se hundían en los sillones, intentando no reírse, pero siempre se reían, se reían y se reían sin motivo. Se suponía que Breitkopf no los veía. Y luego por la mañana, coqueteaban igual que una pajarita de las nieves delante de la casa...

¡Oh, era una carta de ella! Este sobre azul; era su letra. Y tendría que leerla. ¡Hete aquí otro de aquellos encuentros, que por fuerza tendría que ser doloroso! Leer su carta requería todo un esfuerzo. Qué alegría le había dado verlo. Tenía que decírselo. Nada más.

Pero le molestó. Le irritó. Deseó que no la hubiese escrito. Como remate de todo lo que había pensado, fue como un codazo en las costillas. ¿Por qué no podía dejarlo en paz? Al fin y al cabo, se había casado con Dalloway y había vivido con él en la felicidad más absoluta todos esos años.

Estos hoteles no son sitios que ofrezcan un gran consuelo. Todo lo contrario. Mucha gente había colgado su sombrero en aquellas perchas. Hasta las moscas, si te parabas a pensarlo, se habían posado en la nariz de otras personas. En cuanto a la limpieza que le golpeaba en la nariz, no era tanto limpieza como desnudez, frigidez; algo que tenía que ser. Una adusta matrona hacía la ronda cada mañana olisqueando, escudriñando, comprobando que las camareras de nariz azulada frotaran como si el siguiente huésped fuese un filete que hubiese que servir en un plato impoluto. Para dormir, una cama; para sentarse, un sillón; para lavarse los dientes y afeitarse, un vaso y un espejo. Libros, cartas, pijama, deslizados bajo la impersonalidad del pelo de caballo como incongruentes impertinencias. Y lo que le hacía ver todo eso era la carta de Clarissa. «¡Qué alegría me ha dado verte! Tenía que decírtelo.» Plegó el papel; lo apartó; ¡nada podría inducirle a leerlo otra vez.

Para que la carta le llegara a las seis en punto debía de haberse sentado a escribirla en cuanto se marchó, haberla sellado y haber enviado a alguien para que la echara al correo. Era, como dice la gente, muy típico de ella. Su visita la había alterado. La había emocionado mucho; por un momento, cuando le besó la mano, incluso lo había envidiado, tal vez había recordado (pues él se dio cuenta) algo que él le había dicho... tal vez cómo cambiarían el mundo si se casaba con él; y en cambio era esto; era la mediana edad; era la mediocridad; luego se obligó con su indomable vitalidad a dejar todo eso de lado, pues había en ella un hilo de vida que en cuanto a dureza, resistencia y capacidad de superar obstáculos y salir triunfante no tenía parangón. Sí; pero se había producido una reacción en cuanto salió de la salita. Ella había sentido lástima por él; había pensado en qué podía gustarle (excepto lo mismo de siempre) y la imaginó yendo a su escritorio con las lágrimas corriéndole por las mejillas y escribiendo las líneas que él encontraría saludándolo... «¡Qué alegría me ha dado verte!» Y lo decía de verdad.

Peter Walsh se había desanudado los cordones de las botas.

Pero su matrimonio no habría tenido éxito. Lo otro, al fin y al cabo, era mucho más natural.

Era raro; era cierto; mucha gente lo pensaba. Peter Walsh, a quien le había ido bastante bien en la vida, que había ocupado como es debido los puestos habituales, era apreciado, aunque se le tenía por un poco envarado, se daba humos, era raro que él tuviese, sobre todo ahora que su pelo estaba gris, un aire tan complacido; un aire reservado. Era eso lo que lo hacía atractivo para las mujeres, a quienes les gustaba la sensación de que no era del todo varonil. Había algo raro en él, o detrás de él. Puede ser que fuese libresco: nunca iba a verte sin coger el libro que tenía sobre la mesa (ahora estaba leyendo arrastrando los cordones por el suelo); o que fuese un caballero, lo cual se notaba por el modo en que sacudía la ceniza de la pipa y en sus modales con las mujeres. La facilidad con que cualquier muchacha con un mínimo de sentido común podía hacerlo bailar al son de su música era encantadora y un poco ridícula. Pero lo hacía por su cuenta y riesgo. Es decir, aunque fuese tan fácil, y tan fascinante estar con él gracias a su alegría y su buena educación, solo lo era hasta cierto punto. Ella decía alguna cosa... no, no; la veía venir. No pasaba por ahí... no, no. Luego podía gritar y desternillarse de risa por un chiste con otros hombres. Era el mejor juez de la cocina india. Era un hombre. Pero no uno de esos hombres que causan respeto... lo cual era una suerte; no como el comandante Simmons, por ejemplo; ni mucho menos, pensaba Daisy, cuando, a pesar de sus dos niños pequeños, los comparaba.

Peter se quitó las botas. Vació los bolsillos. Sacó el cortaplumas, una instantánea de Daisy en la veranda; Daisy vestida de blanco con un fox-terrier en las rodillas; muy encantadora, muy morena; más guapa que nunca. Todo era, al fin y al cabo, tan natural; mucho más natural que Clarissa. Sin aspavientos. Sin molestias. Sin melindres, ni inquietudes. Todo coser y cantar. Y la joven morena, guapa y adorable de la veranda exclamaba (le parecía estar oyéndola). ¡Claro, claro, que se lo daría todo!, gritaba (no tenía sentido de la discreción), ¡todo lo que quisiera!, gritaba, corriendo a su encuentro, daba igual quién los estuviera viendo. Y tenía solo veinticuatro años. Y tenía dos hijos. ¡Bueno, bueno!

Desde luego se había metido en un buen lío a sus años. Y cuando se despertaba de noche lo veía con total claridad. ¿Y si se casaban? A él no le afectaría, pero ¿y a ella? La señora Burgess, una buena persona nada cotilla, en quien había confiado, creía que esta ausencia suya en Inglaterra, supuestamente para ver a los abogados, podría servir para que Daisy lo reconsiderara, pensara en las consecuencias. Estaba en juego su posición, decía la señora Burgess; la barrera social; renunciar a sus hijos. Uno de esos días se convertiría en una viuda con pasado, viviendo en los barrios bajos, o más probablemente sin discernimiento (ya sabe, decía, cómo son esas mujeres, con demasiado maquillaje). Pero Peter Walsh se burlaba. No tenía intención de morirse todavía. En cualquier caso, debía decidirlo ella; juzgar ella misma, pensó, mientras andaba por la habitación en calcetines y alisaba su camisa de vestir, pues tal vez fuese a la fiesta de Clarissa, o a algún concierto, o quizá se quedara en casa y leyese un libro apasionante escrito por un hombre a quien había conocido en sus días de Oxford. Y si se jubilaba, eso es lo que haría: escribir libros. Iría a Oxford y se pondría a husmear en la Biblioteca Bodleiana. La joven morena, guapa y adorable había salido en vano a la veranda, se había despedido en vano con la mano y había gritado en vano que le importaba un bledo lo que dijera la gente. Ahí estaba él, el hombre a quien más quería del mundo, el perfecto caballero, fascinante, distinguido (y a ella su edad le traía sin cuidado), yendo y viniendo por una habitación de un hotel de Bloomsbury, afeitándose, aseándose, y mientras cogía latas y dejaba las cuchillas, sumergiéndose en la Biblioteca Bodleiana para investigar la verdad de una o dos pequeñas cuestiones que le interesaban, tendría pequeñas charlas con quien fuera, y poco a poco iría descuidando la hora exacta de la comida y faltaría a alguna cita; y cuando Daisy le pidiera, como seguro que haría, una escena de amor, él no estaría a la altura (aunque la quería de verdad); en suma, sería mejor, como decía la señora Burgess, que ella lo olvidara, al menos que lo recordase tal como era en agosto de 1922, una figura en un cruce al caer el sol, que se vuelve más y más distante a medida que se aleja el coche de caballos, con ella bien atada al asiento trasero, aunque alargue los brazos, y al ver disminuir y desaparecer la figura, siga gritando que haría cualquier cosa en el mundo, cualquier cosa, cualquiera, cualquiera...

Él nunca sabía lo que pensaba la gente. Cada vez le resultaba más difícil concentrarse. Se ensimismaba; se ocupaba de sus propios asuntos; tan pronto sombrío como alegre; dependiente de las mujeres, despistado, de humor cambiante, cada vez más incapaz (eso pensó mientras se afeitaba) de entender por qué Clarissa no podía encontrarles un alojamiento y ser amable con Daisy, presentarla en sociedad. Y así él podría hacer ¿qué?, pulular y deambular (en ese momento estaba ordenando sus llaves y papeles), presentarse en los sitios y saborear, estar solo, en suma, autosuficiente; aunque, al mismo tiempo, no había nadie más dependiente de los demás (se abotonó el chaleco); eso había sido su perdición. No podía vivir sin pasarse por los clubs masculinos, le gustaban los coroneles, el golf, el bridge y, por encima de todo, la sociedad de las mujeres, la exquisitez de su compañía, su fidelidad, su audacia y su generosidad al amar, que, aunque tenía sus desventajas, le parecía (y la cara morena, guapa y adorable asomaba por encima de los sobres) tan admirable, una flor espléndida que crecía en la cima de la vida humana, y aun así no podía estar a la altura, siempre dispuesto a ver las cosas desde otro ángulo (Clarissa había debilitado algo en él de forma permanente) y a cansarse con facilidad de la devoción muda y a querer variedad en el amor, aunque le enfurecería que Daisy quisiera a cualquier otro, ¡le enfurecería!, pues era celoso, incontrolablemente celoso por temperamento. ¡Era una tortura! Pero ¿dónde estaban su navaja, su reloj, sus sellos, su cartera, y la carta de Clarissa que no volvería a leer, aunque le gustaba pensar en ella, y la fotografía de Daisy? Y ahora a cenar.

Estaban comiendo.

Sentados en mesitas con un jarrón en el centro, vestidos o no para la cena, con sus chales y bolsas a su lado, con su aire de falsa compostura, pues no estaban acostumbrados a tantos platos a la hora de cenar, y de confianza, pues porque podían pagarla, y de cansancio, pues llevaban todo el día en Londres de compras, haciendo turismo; y de curiosidad natural, pues se volvieron y levantaron la vista cuando entró el caballero agradable de las gafas de concha; y de amabilidad, pues habrían estado encantados de hacer cualquier pequeño favor, como prestar un horario o proporcionar una información útil; y con su deseo latente que los empujaba a establecer vínculos, aunque solo fuese un lugar natal (por ejemplo, Liverpool) o amigos con el mismo apellido; con sus miradas furtivas, sus extraños silencios y su refugio repentino en la jocosidad y el aislamiento familiares; ahí estaban sentados a la cena cuando llegó el señor Walsh y ocupó su asiento en una mesita al lado de la cortina.

No fue que él dijese nada, pues como era tan solitario solo se dirigió al camarero; fue su manera de mirar el menú, de señalar con el dedo un vino en particular, de inclinarse sobre la mesa, de cenar con seriedad y sin glotonería, lo que le ganó su respeto; que, después de quedar inexpresado la mayor parte de la comida, se encendió en la mesa que ocupaban los Morris cuando se oyó decir al señor Walsh al final de la cena: «peras Bartlett». Ni el joven Charles Morris, ni el anciano Charles, ni la señorita Elaine, ni la señora Morris sabían por qué había hablado con tanta moderación, pero con firmeza, con el aire de quien exige disciplina basada en unos principios justos. Pero cuando dijo «peras Bartlett», sentado solo a su mesa, sintieron que contaba con todo su apoyo en una exigencia justificada, que era el campeón de una causa que de inmediato se convirtió en la suya propia, de modo que cruzaron con él una mirada y cuando pasaron al salón de fumadores, se hizo inevitable una pequeña conversación entre ellos.

No fue muy profunda, solo para decirse que Londres estaba abarrotado; que había cambiado los últimos treinta años; que el señor Morris prefería Liverpool; que la señora Morris había ido a la exposición floral de Westminster, y que todos habían visto al príncipe de Gales. Sin embargo, pensó Peter Walsh, ninguna familia del mundo puede compararse a los Morris; ninguna; y sus relaciones entre sí son perfectas, y les traen sin cuidado las clases altas, y les gusta lo que les gusta, y Elaine está aprendiendo el negocio familiar, y el chico ha ganado una beca en Leeds, y la señora (que tiene más o menos su edad) tiene tres niños más en casa; y tienen dos coches, pero el señor Morris todavía se remienda las botas los domingos: es magnífico, absolutamente magnífico, pensó Peter Walsh, balanceándose un poco adelante y atrás con su copa de licor en la mano entre los sillones rojos y los ceniceros, sintiéndose muy a gusto, pues les era simpático a los Morris. Sí, les era simpático un hombre que decía: «peras Bartlett». Les era simpático, lo notaba.

Iría a la fiesta de Clarissa. (Los Morris se marcharon, pero volverían a verse.) Iría a la fiesta de Clarissa, porque quería preguntarle a Richard qué estaban haciendo en la India esos zoquetes conservadores. ¿Y qué había en el teatro? ¿Y música...? ¡Oh, sí, y los simples cotilleos!

Pues esta es la verdad de nuestra alma, pensó, de nuestro ser, que habita en la profundidad del mar como si fuese un pez, y nada en la oscuridad abriéndose paso entre las algas, a través de sitios iluminados por el sol y hacia la oscuridad, fría, profunda inescrutable; de pronto asoma a la superficie y juega entre las olas rizadas por el viento; es decir, tiene la necesidad clara de rozarse, relacionarse y animarse cotilleando. ¿Qué pensaba hacer el gobierno —Richard Dalloway lo sabría— en la India?

Como la noche era muy calurosa y los vendedores iban por ahí con carteles que proclamaban con enormes letras rojas que había una ola de calor, habían colocado en las escaleras del hotel unas sillas de mimbre donde había unos caballeros muy reservados fumando y bebiendo. Peter se sentó. Se podría pensar que el día, el día londinense, acababa de empezar. Como una mujer que se ha quitado su vestido estampado y el delantal blanco para vestirse de azul y ponerse unas perlas, el día cambió, se quitó la ropa y se puso muselina, se vistió para la noche, y con el mismo suspiro de alegría de una mujer al dejar las enaguas en el suelo, también se despojó del polvo, el calor, el color; el tráfico disminuyó: los coches veloces y tintineantes sustituyeron a las lentas furgonetas y aquí y allá entre el espeso follaje de las plazas prevaleció una intensa luz. La tarde parecía estar diciendo: «dimito», mientras palidecía y se desvanecía por encima de las almenas y las prominencias, moldeadas, apuntadas, de los hoteles, los pisos y las tiendas, me desvanezco, empezaba, desaparezco, pero Londres no quería oírla y alzaba sus bayonetas al cielo, la inmovilizaba y la obligaba a participar de su regocijo.

Pues desde la última visita a Inglaterra de Peter Walsh había ocurrido la gran revolución de la hora de verano del señor Willett.[33] La tarde prolongada era nueva para él. Era inspiradora. Pues cuando los jóvenes pasaban con sus carteras llenas de despachos, encantados de estar libres, orgullosos también, aunque con aturdimiento, de pisar estas aceras famosas, con una especie de orgullo, barato, de oropel, si se quiere, pero aun así extasiados y con el rostro ruborizado. Ellas también iban bien vestidas; medias rosas, zapatos bonitos. Ahora irían dos horas al cine. La luz azulada y amarillenta de la tarde resaltaba sus perfiles, los refinaba; y brillaba lívida y refulgente en las hojas de la plaza, como si estuviesen sumergidas en agua marina: el follaje de una ciudad sumergida. Le pasmó la belleza; también era alentador, pues mientras los angloindios retornados (conocía a cientos) se sentaban por pleno derecho en el

33. Un cambio de horario propuesto por William Willett y adoptado en 1916 para ahorrar electricidad durante la Primera Guerra Mundial y que aún seguía aplicándose en 1923. Consistía en adelantar una hora los relojes los meses de primavera y verano.

Oriental Club,[34] resumiendo biliosos la ruina del mundo, él estaba ahí, tan joven como siempre; envidiando a los jóvenes su tiempo veraniego y lo demás, y sospechando por las palabras de una joven, por la risa de una criada —cosas intangibles e impalpables—, ese cambio en la acumulación piramidal que en su juventud le había parecido inconmovible. Las había prensado, aplastado, sobre todo a las mujeres, igual que las flores que Helena, la tía de Clarissa, prensaba entre hojas de papel secante gris con el diccionario de Littré, debajo de la lámpara después de la cena. Ya había muerto. Había sabido por Clarissa que había perdido la visión de un ojo. Parecía tan apropiado —una obra maestra de la naturaleza— que la anciana señora Parry se convirtiera en vidrio. Moriría como un pájaro en una helada, agarrada a su rama. Pertenecía a una época distinta, pero era tan entera, tan completa, que perduraría siempre en el horizonte, blanca y pétrea, eminente, como un faro señalando una etapa pasada en este viaje largo, largo y lleno de aventuras, esta vida (buscó una moneda para comprar un periódico y leer los resultados de Surrey y Yorkshire; había cogido una moneda para eso millones de veces, Surrey estaba otra vez eliminado), esta vida interminable. Pero el críquet no era un juego cualquiera. El críquet era un juego importante. No podía dejar de leer las crónicas de críquet. Primero leyó los resultados, luego que era un día muy caluroso; luego la noticia de un asesinato. Haber hecho las cosas millones de veces las enriquecía, aunque podía decirse que la superfi-

<hr>

34. Un club fundado por funcionarios al servicio de la Compañía de las Indias Orientales, que no podían ingresar en los clubs militares de Pall Mall.

cie perdía lustre. El pasado enriquecía, y la experiencia también, y haber querido a una o dos personas, y haber adquirido así el poder del que carecen los jóvenes de pasar página, de hacer lo que uno quiere, sin que le importe un comino lo que diga la gente y de ir y venir sin grandes expectativas (dejó el periódico en la mesa y siguió andando), lo cual al fin y al cabo (y fue a buscar su abrigo y su sombrero) no era del todo cierto en su caso, no esa noche, cuando se disponía a asistir una fiesta, a su edad, convencido de que iba a pasar algo. Pero ¿qué?

En todo caso la belleza. No la cruda belleza de la mirada. No era una belleza pura y simple: Bedford Place hacia Russell Square. Era la línea recta y el vacío; la simetría de un pasillo, pero también las ventanas iluminadas, un piano, un gramófono que sonaba, una sensación de diversión oculta que aparecía una y otra vez cuando, a través de la ventana sin cortinas, la ventana dejada abierta, se veía un grupo sentado a la mesa, a jóvenes que daban vueltas despacio, conversaciones entre hombres y mujeres, criadas que se asomaban ociosas (un gesto raro, después de acabar el trabajo), calcetines secándose en lo alto de las cornisas, un loro, unas pocas plantas. Esta vida era absorbente, misteriosa, de una riqueza infinita. Y en la gran plaza por la que pasaban y giraban los coches a toda prisa, había parejas ociosas, demorándose, abrazándose, acurrucadas a la sombra de un árbol; era conmovedor; tan silencioso, tan reconcentrado, que uno pasaba discretamente, con timidez, como en presencia de una ceremonia sagrada que habría sido impío interrumpir. Era interesante. Así que adelante, hacia la luz y el resplandor.

El viento le abrió el abrigo fino, avanzó con una

idiosincrasia indescriptible, un poco inclinado hacia delante, con las manos a la espalda y los ojos aguzados aún como los de un halcón, anduvo por Londres, hacia Westminster, observando.

¿Es que todo el mundo cenaba fuera? Aquí un sirviente abría la puerta para dejar salir a una anciana encopetada, con hebillas en los zapatos y tres plumas de avestruz purpúreas en el pelo. En todas partes abrían puertas a señoras envueltas como momias en chales con flores estampadas, a señoras con la cabeza descubierta. Y en los barrios respetables, con columnas de estuco, del jardín delantero salían señoras menos abrigadas con peinetas en el pelo (después de subir un momento a despedirse de los niños); los hombres las esperaban con los abrigos abiertos por el viento y el motor en marcha. Todo el mundo salía. Con tantas puertas abiertas, tantas bajadas y tantas despedidas, era como si todo Londres se estuviese embarcando en botes amarrados a la orilla, balanceándose en el agua, como si todo el lugar flotase a la deriva en carnaval. Y Whitehall estaba tan plateado que era como si patinaran por encima, como si unas arañas patinaran por encima y daba la sensación de que había nubes de mosquitos en torno a las farolas; hacía tanto calor que la gente se quedaba charlando. Y aquí en Westminster había un juez, casi seguro jubilado, sentado a la puerta de su casa vestido de blanco. Casi seguro un angloindio.

Y aquí el barullo de unas mujeres, unas borrachas que discutían; aquí solo un policía y casas amenazantes, casas altas, casas con cúpulas, iglesias, parlamentos, y la sirena de un vapor en el río, un grito hueco y neblinoso. Pero esta era la calle de Clarissa; los coches doblaban la esquina a toda prisa, como el agua en torno a los pilares

de un puente, apelotonándose, le pareció, porque llevaban a la gente a su fiesta, a la fiesta de Clarissa.

El frío torrente de impresiones visuales le falló ahora como si el ojo fuese una taza que se desbordaba y
dejaba que el resto cayera por las paredes de porcelana
sin registrarlo. El cerebro debe despertar ahora. El
cuerpo debe contraerse ahora, entrar en la casa, la casa
iluminada, donde la puerta estaba abierta, donde estaban los coches y mujeres luminosas se apeaban: el alma
debe ser valiente para resistirlo. Abrió la gran cuchilla
de su navaja de bolsillo.

Lucy bajó las escaleras a toda prisa, después de asomarse un momento al salón para alisar un mantel, colocar
una silla, detenerse un momento y pensar que quienquiera que entrase debía reparar en lo limpio, lo brillante y lo bien dispuesto que estaba todo, cuando viesen la
preciosa plata, los utensilios de latón de la chimenea,
los tapetes nuevos de las sillas y las cortinas de cretona
amarilla: lo apreció todo, oyó voces; la gente llegaba a la
cena; ¡debía darse prisa!

Iba a venir el primer ministro, anunció Agnes: eso
había oído en el comedor, dijo, al entrar con una bandeja llena de vasos. ¿Qué más daba, qué importancia tenía
un primer ministro más o menos? No suponía ninguna
diferencia, a esa hora de la noche, para la señora Walker
entre las fuentes, las bandejas, los coladores, las sarte-
nes, el pollo en gelatina, las neveras para los helados, las
cortezas de pan, los limones, las soperas y los moldes de
pudin que, por mucho que los fregasen, parecían amon-
tonarse encima de ella, sobre la mesa de la cocina, en las
sillas, mientras el fuego ardía y crepitaba, las bombillas

eléctricas brillaban y todavía había que servir la cena. Lo único que sentía era que un primer ministro más o menos no supondría ninguna diferencia para la señora Walker.

Las señoras ya estaban subiendo, dijo Lucy; las señoras estaban subiendo, una por una, la señora Dalloway iba la última y casi siempre enviaba algún recado a la cocina; una noche fue: «Felicitaciones a la señora Walker». A la mañana siguiente repasarían los platos: la sopa, el salmón; la señora Walker sabía que el salmón, como siempre, estaría poco hecho, pues siempre se ponía nerviosa con el pudin y dejaba que lo hiciera Jenny, y lo que pasaba era que el salmón siempre estaba poco hecho. Aunque una señora rubia con joyas de plata había preguntado, contó Lucy, a propósito de los entrantes, si de verdad estaban hechos en casa. Pero lo que preocupaba a la señora Walker era el salmón, mientras giraba los platos y avivaba y reducía el fuego de los fogones; y desde el comedor llegó una carcajada; una voz que hablaba y otra carcajada: los caballeros se estaban divirtiendo ahora que las señoras se habían ido.

El Tokay, dijo Lucy, al entrar. El señor Dalloway había pedido el Tokay, de las bodegas del emperador, el Tokay imperial.

Lo llevaron a través la cocina. Lucy se dio la vuelta e informó de que la señorita Elizabeth estaba preciosa; no podía quitarle los ojos de encima; con su vestido rosa y el collar que le había regalado el señor Dalloway. Jenny debía acordarse del perro, el fox-terrier de la señorita Elizabeth, que, como mordía, habían tenido que dejar encerrado y Elizabeth temía que pudiera necesitar alguna cosa. Jenny debía acordarse del perro. Pero Jenny no iba a subir con toda esa gente por ahí. ¡Ya había un coche a la puerta! Llamaron al timbre... ¡y los caballeros aún seguían en el comedor, bebiendo Tokay!

Bueno, ya empezaban a subir; ese era el primero en llegar, y ahora llegarían cada vez más deprisa, de modo que la señora Parkinson (a quien contrataban para las fiestas) dejaría la puerta principal abierta y el vestíbulo se llenaría de caballeros esperando (esperaban de pie, atusándose el pelo) mientras las señoras se quitaban los abrigos en la habitación que había siguiendo el pasillo; donde las ayudaba la señora Barnet, la buena de Ellen Barnet, que llevaba cuarenta años con la familia e iba todos los veranos a ayudar a las señoras, y recordaba a las madres cuando eran niñas, y, aunque les daba la mano con modestia, y decía «milady» respetuosamente, miraba divertida a las jóvenes señoras, y ayudaba con mucho tacto a lady Lovejoy, que tenía un problema con su corpiño. Y tanto lady Lovejoy como la señorita Alice no podían sino pensar que en cuestión de peines y cepillos era todo un privilegio haber conocido a la señora Barnet, «Desde hace treinta años, milady», les decía la señora Barnet. Las señoritas no usaban colorete, decía lady Lovejoy, cuando se quedaban en Bourton en los viejos tiempos. Y la señorita Alice no lo necesitaba, respondía la señora Barnet, mirándola con cariño. Entonces la señora Barnet se sentaba en el guardarropa y cepillaba las pieles, alisaba los chales españoles, ordenaba la mesita del tocador, y sabía perfectamente, pese a las pieles y los bordados, cuáles eran verdaderas señoras y cuáles no. Qué encanto de mujer, dijo lady Lovejoy, subiendo las escaleras, era la anciana niñera de Clarissa.

Y luego lady Lovejoy se puso rígida.

—Lady Lovejoy y la señorita Lovejoy —le dijo al señor Wilkins (contratado para las fiestas). Era admirable su manera de inclinarse y erguirse, de inclinarse y erguirse y anunciar con absoluta imparcialidad: «Lady Lovejoy y la señorita Lovejoy... Sir John y lady Needham... La señorita Weld... El señor Walsh». Sus modales eran admirables; su vida familiar debía de ser irreprochable, aunque parecía imposible que un ser con los labios verdosos y las mejillas afeitadas pudiese haber cometido el error de tener hijos.

—¡Cuánto me alegro de verle! —decía Clarissa. Se lo decía a todo el mundo. ¡Qué alegría verte! Se le daba fatal: sonaba efusiva, falsa. Era un gran error haber ido. Debería haberse quedado en casa a leer su libro, pensó Peter Walsh; debería haber ido a un cabaret; debería haberse quedado en casa, porque no conocía a nadie.

Dios mío, iba a ser un fracaso; un completo fracaso, Clarissa lo notó en la médula de los huesos mientras el bueno del viejo lord Lexham se disculpaba por su mujer que había pescado un resfriado en la fiesta en los jardines del palacio de Buckingham. Veía a Peter con el rabillo del ojo, criticándola, allí, en aquel rincón. ¿Por qué, al fin y al cabo, hacía estas cosas? ¿Por qué intentaba llegar a la cumbre y acababa entre las llamas? ¡Ojalá la consumieran! ¡Que la redujesen a cenizas! ¡Cualquier cosa era mejor: era mejor coger la antorcha y lanzarla al suelo que ir consumiéndose poco a poco e ir menguando como una Ellie Henderson cualquiera! Era extraordinario cómo Peter la dejaba en ese estado solo con entrar y quedarse de pie en un rincón. Hacía que se viese a sí misma, que exagerase. Era una idiotez. Pero ¿para qué venía, entonces, solo para criticar? ¿Por qué tomar siempre y no dar nunca? ¿Por qué no arriesgar su pequeño punto de vista? Ahí estaba, alejándose, y tenía que hablar con él. Pero no encontraría la ocasión. La vida era eso... humillación, renuncia. Lo que estaba diciéndole lord Lexham era que su mujer no quiso ponerse las pieles en la fiesta en el jardín porque «amiga mía, ustedes las señoras son todas iguales», ¡y lady Lexham tenía al menos setenta y cinco años! Era muy agradable ver como se mimaban mutuamente esa pareja de ancianos. Le caía bien el anciano señor Lexham. Y creía que era importante, su fiesta, y se sentía mal al saber que todo iba mal, que estaba siendo insulsa. Cualquier cosa, cualquier espanto, cualquier horror era mejor que la gente vagando sin rumbo, quedándose en un grupo en un rincón como Ellie Henderson, sin ni siquiera tomarse la molestia de estar erguidos.

La cortina amarilla con las aves del paraíso se hinchó hacia fuera y fue como si se oyese un aleteo en la habitación, salió y luego el viento volvió a empujarla hacia dentro. (Pues las ventanas estaban abiertas.) ¿Habría corrientes de aire?, pensó Ellie Henderson. Era propensa a los resfriados. Pero le daba igual si al día siguiente se despertaba entre estornudos; era en las jóvenes con los hombros desnudos en las que pensaba, pues la había educado para pensar en los demás un anciano padre valetudinario, el difunto vicario de Bourton, pero ahora estaba muerto y los resfriados nunca le afectaban a los pulmones, nunca. Era en las jóvenes en quienes pensaba, en las jóvenes que llevaban los hombros desnudos; ella misma siempre había sido una criatura evanescente, con su pelo fino y su magra figura; aunque ahora, pasados los cincuenta, empezaba a brillar en ella un tenue rayo de luz, purificado por años y años de abnegación hasta convertirse en una cierta distinción, que volvía a oscurecerse, constantemente, por sus pretensiones de nobleza, por su pánico, motivado por sus trescientas libras de renta y sus inútiles posesiones (no podía ganar un penique) que la volvían asustadiza y cada año menos apta para relacionarse con gente bien vestida que iba a estas fiestas todas las noches de la temporada y se limitaba a decirle a sus doncellas: «Me pondré esto y aquello», mientras que Ellie Henderson había ido nerviosa a comprar unas flores rosas baratas, media docena, y luego se había puesto un chal sobre su viejo vestido negro. Pues la invitación a la fiesta de Clarissa había llegado en el último momento. No estaba muy contenta. Tenía la sensación de que Clarissa no había querido invitarla este año.

¿Y por qué iba a invitarla? En realidad, no había ningún motivo, salvo que se conocían desde siempre. De hecho, eran primas. Pero, como es natural, se habían ido distanciando ahora que Clarissa estaba tan solicitada. Para ella era todo un acontecimiento ir a una fiesta. Era un placer solo por ver los preciosos vestidos. ¿No era esa Elizabeth, tan crecida ya, con el pelo peinado a la moda, y el vestido rosa? Pero no debía de tener más de diecisiete años. Era muy muy guapa. Pero las jóvenes, cuando las presentaban en sociedad, ya no iban de blanco como antes. (Tenía que acordarse de contárselo a Edith.) Las jóvenes llevaban vestidos rectos, con la falda muy por encima de los tobillos. No era favorecedor, pensó.

Y así, con su mala vista, Ellie Henderson se inclinó hacia delante, y no fue tanto que le importase no tener con quien hablar (apenas conocía a nadie), pues tenía la impresión de que había muchas personas interesantes a las que observar; presumiblemente políticos, amigos de Richard Dalloway; fue el propio Richard quien no quiso dejar a la pobre mujer allí sola toda la noche.

—Bueno, Ellie, ¿qué tal te trata el mundo? —dijo

en tono cordial, y Ellie Henderson, poniéndose nerviosa, ruborizándose y pensando que era extraordinariamente amable por su parte al acercarse a hablar con ella, respondió que mucha gente era más sensible al calor que al frío.

—Cierto —dijo Richard Dalloway—. Sí.

Pero ¿qué más podía añadir?

—Hola, Richard —dijo alguien, cogiéndolo del codo, y, Dios mío, ahí estaba el bueno de Peter, el bueno de Peter Walsh. ¡Estaba encantado de verlo... encantadísimo de verlo! No había cambiado nada. Y los dos se fueron a través de la sala, dándose palmaditas en la espalda, como si no se hubiesen visto en mucho tiempo, pensó Ellie Henderson, mientras los veía marcharse, convencida de haber visto antes la cara de ese hombre. Un hombre alto, de mediana edad, ojos bonitos, negros, con gafas, con un aire a John Burrows. Edith lo sabría.

La cortina con la bandada de aves del paraíso volvió a moverse. Y Clarissa vio... vio a Ralph Lyon ponerla en su sitio y seguir hablando. ¡Así que al final no estaba siendo un fracaso! ¡Ahora su fiesta iría bien! Había empezado. Estaba en marcha. Pero aún no era del todo seguro. Tendría que quedarse allí de momento. La gente parecía llegar toda al mismo tiempo.

—El coronel y la señora Garrod... El señor Hugh Whitbread... El señor Bowley... La señora Hilbery... Lady Mary Maddox... El señor Quin... —entonaba Wilkins. Intercambiaba seis o siete palabras con cada uno y ellos seguían adelante, pasaban a los salones; a algún sitio, no a la nada, todo gracias a Ralph Lyon que había vuelto a poner la cortina en su sitio.

Y, no obstante, el esfuerzo era demasiado grande. No lo estaba disfrutando. Era como ser... cualquiera, estar allí; cualquiera podía hacerlo; pero ese cualquiera a quien admiraba, no podía evitar sentir que había conseguido, de algún modo, que esto ocurriera, que señalara un hito, este puesto en el que se había convertido, pues extrañamente había olvidado su aspecto, y se sentía como una estaca clavada en lo alto de sus escaleras. Cada vez que organizaba una fiesta tenía esta sensación de no ser ella misma, y de que todo el mundo era irreal en un sentido y mucho más real en otro. En parte, pensaba, era por la ropa, en parte por salirse de sus rutinas y en parte por el trasfondo; era posible decir cosas que no se podían decir de otro modo, cosas que requerían un esfuerzo, era posible llegar mucho más hondo. Pero no para ella; al menos todavía.

—¡Cuánto me alegro de verle! —dijo. ¡El bueno de sir Harry! Él conocería a todo el mundo.

Y lo más raro era la sensación que tenía a medida que subían uno tras otro por las escaleras, la señora Mount y Celia, Herbert Ainsty, la señora Dakers... ¡ah, y lady Bruton!

—¡Qué amable ha sido al venir! —dijo, y hablaba en serio... era rara la sensación que tenía allí de pie al verlos pasar y pasar, algunos ancianos, algunos...

¿Qué nombre había dicho? ¿Lady Rosseter? Pero ¿quién demonios era lady Rosseter?

—¡Clarissa!

¡Esa voz! ¡Era Sally Seton! ¡Sally Seton, después de tantos años! Apareció en medio de una neblina. Pues antes no tenía ese aspecto, cuando Clarissa sujetaba la bolsa de agua caliente en la mano. Pensar en ella bajo este techo, ¡bajo este mismo techo! ¡Así no!

Se abrazaron, avergonzadas, riéndose, habló a trompicones: estaba de paso por Londres; se había enterado por Clara Haydon; ¡qué oportunidad de verte! Así que me he colado... sin invitación.

Podía soltar con bastante compostura la bolsa de agua caliente. Sally había perdido su brillo. Pero era extraordinario volver a verla, mayor, más feliz, menos encantadora. Se besaron, primero esta mejilla, luego la otra, al lado de la puerta del salón, y Clarissa se volvió, con la mano de Sally en la suya, y vio sus salones llenos, oyó el estrépito de las voces, vio los candelabros, las cortinas al viento, y las rosas que le había llevado Richard.

—Tengo cinco hijos enormes —dijo Sally.

Su egotismo era muy simple: un deseo clarísimo de que la considerasen siempre la primera, y Clarissa la quería por seguir siendo así.

—¡No me lo puedo creer! —exclamó, iluminándose de placer al recordar el pasado.

Pero, ¡ay!, Wilkins: Wilkins la necesitaba, Wilkins en un tono de autoridad dominante, como si tuviese que amonestar a todos los invitados y arrancar de la frivolidad a la anfitriona, anunció un nombre.

—El primer ministro —dijo Peter Walsh.

¿El primer ministro? ¿De verdad? A Ellie Henderson la dejó maravillada. ¡Menuda cosa para contarle a Edith!

Era imposible burlarse de él. Tenía un aspecto tan normal. Podrías ponerlo detrás de un mostrador y comprarle galletas... pobre hombre, atadas con una cinta dorada. Y para ser justos, mientras deambulaba, primero con Clarissa y luego acompañado por Richard, lo hizo muy bien. Se esforzaba por demostrar prestancia. Era divertido verlo. Nadie le hizo el menor caso. Todos siguieron hablando; sin embargo, era evidente que todos lo conocían, que notaban en la médula de los huesos que pasaba esa majestad; ese símbolo de lo que ellos representaban, la sociedad inglesa. La anciana lady Bruton, y ella también parecía majestuosa, tan incondicional con su encaje, se le acercó y se retiraron a un cuartito que enseguida todo el mundo empezó a mirar de reojo y a vigilar, y una especie de rumor y de agitación recorrió el salón: ¡el primer ministro!

¡Señor, señor, el esnobismo de los ingleses!, pensó Peter Walsh, de pie en el rincón. ¡Cómo les gustaba vestirse de encaje dorado y rendir pleitesía! ¡Caramba! Ese tenía que ser... Dios, claro que sí, Hugh Whitbread, husmeando alrededor del recinto de los grandes, bastante más gordo, bastante más pálido, ¡el admirable Hugh!

Siempre daba la impresión de estar de servicio, pensó Peter, un ser privilegiado, pero misterioso, atesorando secretos por los que daría la vida, aunque no fuese más que la indiscreción de un lacayo de la corte que al día siguiente publicarían todos los periódicos. Esos eran los cotilleos, las baratijas, que le habían hecho empalidecer, al borde de la vejez, disfrutando del respeto y el afecto de todos los que tenían el privilegio de conocer a este tipo de hombre de colegio privado. Uno deducía inevitablemente todo esto de Hugh; ese era su estilo; el estilo de esas cartas admirables que Peter había leído a miles de kilómetros al otro lado del mar en *The Times*, y que le habían hecho dar gracias a Dios por estar lejos de esos perniciosos chismorreos, aunque a cambio tuviese que oír la cháchara de los babuinos y a los culis pegando a sus mujeres. Un joven cetrino de una de las universidades estaba muy obsequioso a su lado. Él lo adoptaría con paternalismo, lo iniciaría, le enseñaría cómo prosperar. Pues nada le gustaba más que hacer favores, hacer que el corazón de las ancianas palpitase con la alegría de que alguien pensara en ellas a su edad, en su aflicción, cuando ya se creían olvidadas, pero ahí estaba el bueno de Hugh, yendo a visitarlas y pasando una hora hablando del pasado, recordando naderías, alabando el pastel casero, aunque Hugh podía comer pasteles con una duquesa cuando quisiera, y, a juzgar por su aspecto, probablemente pasara una gran parte de su tiempo dedicado a tan agradable ocupación. Aquel que todo lo juzga y todo lo perdona podía justificarlo. Peter Walsh no tenía piedad. Debía haber villanos, ¡y Dios sabía que esos canallas a los que ahorcan por partirle la cabeza a una mujer en un tren hacen menos daño en conjunto que Hugh Whitbread con su bondad! Míralo ahora, de puntillas, adelantándose como si bailara, inclinándose y haciendo reverencias, al ver salir a lady Bruton y al primer ministro, dejando claro a todo el mundo que tenía el privilegio de decirle algo, algo íntimo, a lady Bruton a su paso. Ella se detuvo. Inclinó la anciana y delicada cabeza. Presumiblemente estaría agradeciéndole algún servilismo. Tenía sus lacayos, funcionarios de poca importancia en las oficinas ministeriales que hacían recados para ella, a cambio de los cuales los invitaba a comer. Pero lady Bruton era un producto del siglo XVIII. En su caso estaba bien.

Y luego Clarissa acompañó a su primer ministro por la sala, deslumbrante con la majestuosidad de sus canas. Llevaba pendientes y un vestido de sirena verde plateado. Parecía estar jugando con las olas y peinando sus trenzas, todavía conservaba ese don; ser; existir; resumirlo todo en el momento que pasaba; se volvió, el pañuelo se le enganchó en el vestido de otra señora, lo soltó, se río, todo con la más perfecta desenvoltura y el aire de una criatura que flota en su elemento. Pero los años no habían pasado en balde; igual que una sirena podría contemplar en su espejo la puesta de sol una tarde despejada sobre las olas. Tenía un aire de ternura: su severidad, su mojigatería, su rigidez se habían suavizado, y mientras despedía al hombre de las gruesas cintas doradas que se esforzaba, ojalá tenga suerte, en parecer importante, la rodeaba una dignidad inexpresable; una exquisita cordialidad; como si le deseara lo mejor a todo el mundo, y ahora, llegada al borde mismo de las cosas, tuviese que despedirse. Eso le pareció. (Pero no estaba enamorado.)

Desde luego, pensó Clarissa, el primer ministro había sido muy amable al presentarse. Y mientras recorría la sala con él, sabiendo que Sally y Peter estaban allí y con Richard tan contento, entre toda esa gente más bien proclive tal vez a sentir envidia, había sentido la embriaguez del momento, esa dilatación de los nervios del corazón mismo que parecía temblar y alzarse dentro del pecho; sí, pero después de todo eso era lo que sentían otros; pues, aunque le gustase y por más que sintiese el hormigueo, esas apariencias, esos triunfos (el bueno de Peter, por ejemplo, que la creía tan brillante), parecían vanos; lejanos, no de corazón; y tal vez fuese que se hacía mayor, pero ya no la complacían como antes; y de pronto, al ver al primer ministro bajando las escaleras, el borde dorado del cuadro de sir Joshua[35] de la niñita con la bufanda le recordó bruscamente a Kilman; Kilman su enemiga. Eso si era agradable; eso era

35. Un cuadro de sir Joshua Reynolds (1723-1792), uno de los más importantes retratistas ingleses del siglo XVIII.

real. ¡Ah, cuánto la odiaba —acalorada, hipócrita, co-
rrompida—; con todo su poder; había seducido a Elizabeth; se había colado en su casa para robar y profanar
(¡Qué tontería!, diría Richard). La odiaba: la amaba.
Lo que hacía falta eran enemigos, no amigos: no la señora Durrant y Clara, ni sir William y lady Bradshaw, ni
la señorita Truelock y Eleanor Gibson (a quien vio subir por las escaleras). Si la querían tendrían que encon-
trarla. ¡Ella se volvía a la fiesta!

Ahí estaba su viejo amigo sir Harry.

—¡Querido sir Harry! —dijo acercándose al elegante anciano que había pintado más cuadros malos
que ninguno de los otros dos académicos en todo Saint
John's Wood (siempre eran de ganado abrevando en
estanques iluminados por el sol, o intuyendo, pues tenía cierta gama de gestos, al levantar una pata y mover
los cuernos, «la aproximación del desconocido», todas
sus actividades, cenar fuera, las carreras, se basaban en
ese ganado que abrevaba en estanques iluminados por
el sol).

—¿De qué se ríe? —le preguntó. Pues Willie Titcomb y sir Harry y Herbert Ainsty se estaban riendo.
Pero no. Sir Harry no podía contarle a Clarissa Dalloway (a pesar de lo mucho que la apreciaba; y de su
figura, que decía que era perfecta y amenazaba con
pintarla) sus anécdotas de los cabarets. Charló con ella
de su fiesta. Echaba de menos su brandy. Estos círculos, dijo, le superaban. Pero a ella la apreciaba, la respetaba, a pesar de su condenable y difícil refinamiento de
clase alta, que hacía imposible pedirle a Clarissa Dalloway que se sentase en sus rodillas. Y luego subió ese
fuego fatuo errante, esa vaga fosforescencia, la anciana
señora Hilbery, extendiendo las manos hacia la llama-

rada de su risa (sobre el duque y la señora), que, cuando la oyó al otro lado de la sala, pareció tranquilizarla sobre algo que a veces la preocupaba cuando se despertaba temprano por la mañana y no quería llamar a su doncella para pedirle una taza de té: la certeza de la muerte.

—No quieren contarnos sus anécdotas —dijo Clarissa.

—¡Querida Clarissa! —exclamó la señora Hilbery. Esta noche, dijo, se parecía mucho a su madre, la primera vez que la vio paseando por un jardín con un sombrero gris.

Y la verdad es que a Clarissa se le llenaron los ojos de lágrimas. ¡Su madre paseando por un jardín! Pero, ¡ay!, tenía que marcharse.

Ahí estaba el profesor Brierly, que era experto en Milton, hablando con el pequeño Jim Hutton (que era incapaz, incluso para una fiesta como esta, de combinar la corbata y el chaleco o de peinarse como es debido), e incluso a esa distancia pudo ver que estaban discutiendo. El profesor Brierly era un tipo muy raro. A pesar de todos los títulos, honores, conferencias que lo separaban de los escritores de pacotilla, desconfiaba al instante de cualquier ambiente que no fuese favorable a su extraña composición; su prodigiosa erudición y timidez; su gélido encanto sin cordialidad; su inocencia mezclada con esnobismo; se estremecía si el pelo despeinado de una señora, o las botas de un joven, le hacían tomar conciencia de un submundo, muy respetable, sin duda, de rebeldes, de jóvenes ardorosos, de futuros genios, y subrayaba con un leve movimiento de cabeza, y un resoplido —¡bah!— el valor de la moderación; de familiarizarse con los clásicos para apreciar mejor a Milton. El profesor Brierly (Clarissa se dio cuenta) no coincidía con las opiniones del pequeño Jim Hutton (que llevaba calcetines rojos, porque los negros estaban en la lavandería) sobre Milton. Los interrumpió.

Dijo que adoraba a Bach. Hutton también. Era el vínculo entre ellos, y Hutton (que era muy mal poeta) siempre tenía la sensación de que la señora Dalloway era la mejor con diferencia de las grandes damas que se interesaban por el arte. Era extraño lo estricta que era. A propósito de la música era puramente impersonal. Era más bien mojigata. Pero ¡qué gusto daba verla! Hacía que su casa fuese tan agradable, si no fuese por sus profesores. Clarissa dudó si llevárselo y sentarlo al piano del cuarto de atrás. Pues tocaba divinamente.

—¡Pero este ruido! —dijo ella—. ¡Este ruido!

—Es la prueba de una fiesta exitosa. —Asintiendo educadamente con la cabeza, el profesor se marchó con mucha delicadeza.

—Lo sabe todo sobre Milton —dijo Clarissa.

—¿Ah, sí? —preguntó Hutton, que imitaría al profesor por todo Hampstead: el profesor disertando sobre Milton; el profesor disertando sobre la moderación; el profesor marchándose con mucha delicadeza.

Pero tenía que ir a hablar con esa pareja, dijo Clarissa, lord Gayton y Nancy Blow.

No era que ellos estuviesen contribuyendo mucho al ruido de la fiesta. No estaban hablando (perceptiblemente) allí de pie al lado de las cortinas amarillas. Pronto se irían a algún otro sitio, los dos; y nunca tenían mucho que decir en ninguna circunstancia. Se limitaban a observar. Con eso bastaba. Parecían tan pulcros, tan sensatos, ella con polvos y maquillaje de tono melocotón y él bien limpio y afeitado, con ojos de pájaro, gracias a los cuales no se le escapaba ninguna pelota ni le sorprendía ningún golpe. Bateaba y saltaba con precisión al instante. La boca de los caballos temblaba al extremo de sus riendas. Tenía sus honores, monumentos ancestrales, pendones que colgaban en la iglesia en su casa. Tenía sus obligaciones, sus arrendatarios, una madre y hermanas; se había pasado todo el día en Lord's, y de eso estaban hablando: de críquet, de sus primos, de las películas, cuando llegó la señora Dalloway. Lord Gayton la apreciaba mucho. Igual que la señorita Blow. Tenía modales tan encantadores.

—¡Son unos ángeles, es una delicia que hayan venido! —dijo ella. Adoraba a los lores, adoraba la juventud y Nancy, vestida con un enorme coste por los mejores modistos de París estaba ahí como si su cuerpo se hubiese cubierto de pronto, por voluntad propia, de volantes verdes.

—Yo quería que hubiese baile —dijo Clarissa.

Los jóvenes no sabían hablar. ¿Y por qué iban a hacerlo? Gritar, besarse, bailar, levantarse al amanecer, dar azúcar a los caballos, besar y acariciar el hocico de adorables chow chows; y luego estremecidos y atropellados lanzarse al agua y nadar. Pero los enormes recursos de la lengua inglesa, el poder que concede, al fin y al cabo, para comunicar sentimientos (a su edad, ella y Peter se habrían pasado la noche discutiendo), no eran para ellos. Madurarían jóvenes. Serían muy buenos con los trabajadores de sus fincas, pero solos, tal vez, fuesen un poco aburridos.

—¡Qué lástima! —dijo ella—. Tenía la esperanza de que hubiese baile.

¡Era tan amable por su parte haber ido! ¡Pero hablando de baile! Las habitaciones estaban abarrotadas.

Ahí estaba la vieja tía Helena con su chal. ¡Ay!, tenía que marcharse... lord Gayton y Nancy Blow. Ahí estaba la anciana señorita Parry, su tía.

Pues la señorita Helena Parry no había muerto: la señorita Parry vivía. Tenía más de ochenta años. Subió las escaleras despacio con un bastón. La instalaron en una silla (Richard se había encargado). Siempre le presentaban a la gente que había conocido Birmania en los años setenta. ¿Dónde se había metido Peter? Habían sido tan amigos. Pues al oír hablar de la India, o incluso de Ceilán, sus ojos (solo uno era de cristal) se oscurecían poco a poco, se volvían azules y contemplaban, no personas —no tenía bellos recuerdos, ni se hacía orgullosas ilusiones sobre virreyes, generales ni motines—, lo que veía eran orquídeas, y pasos de montaña, y a sí misma a hombros de culis en los años sesenta en picos solitarios; o descendiendo para arrancar orquídeas (flores sorprendentes, nunca vistas antes) que pintaba a la acuarela; una inglesa indomable, a quien irritaba, digamos, la guerra, que soltó una bomba ante su misma puerta, porque la distraía de su profunda meditación sobre las orquídeas y sobre su propia figura viajando en los sesenta por la India... pero ahí estaba Peter.

—Ven a hablar con la tía Helena sobre Birmania —le dijo Clarissa.

¡Y eso que no había cruzado una palabra con ella en toda la velada!

—Hablaremos después —dijo Clarissa, llevándolo con la tía Helena con su chal blanco y su bastón.

—Peter Walsh —dijo Clarissa.

Eso no le dijo nada.

La había invitado Clarissa. Era fatigoso; había mucho ruido; pero la había invitado Clarissa. Así que había ido. Era una pena que Richard y Clarissa vivieran en Londres. Habría sido mejor vivir en el campo, aunque solo fuese por la salud de Clarissa. Pero a Clarissa siempre le había gustado alternar en sociedad.

—Ha estado en Birmania —dijo Clarissa.

¡Ah! No pudo resistirse a recordar lo que había dicho Charles Darwin de su librito sobre las orquídeas de Birmania.

(Clarissa tenía que hablar con lady Bruton.)

Sin duda su libro sobre las orquídeas de Birmania ya debía de haber caído en el olvido, pero antes de 1870 se reeditó tres veces, le contó a Peter. Ahora se acordaba de él. Había estado en Bourton (y él la había dejado, recordó Peter Walsh, sin decir palabra en el salón la noche en que Clarissa lo invitó a dar un paseo en bote).

—Richard disfrutó mucho en el almuerzo —le dijo Clarissa a lady Bruton.

—Richard fue de una ayuda incalculable —respondió lady Bruton—. Me ayudó a escribir una carta. ¿Qué tal estás?

—¡Oh, perfectamente! —respondió Clarissa. (Lady Bruton detestaba la enfermedad en las mujeres de los políticos.)

—¡Y ahí está Peter Walsh! —exclamó lady Bruton (pues nunca se le ocurría qué decirle a Clarissa, aunque le caía bien. Tenía muchas buenas cualidades, pero Clarissa y ella no tenían nada en común. Tal vez habría sido mejor si Richard se hubiese casado con una mujer no tan encantadora, que le hubiese ayudado más en su trabajo. Había perdido su ocasión de entrar en el gobierno)—. Ahí está Peter Walsh —dijo, estrechándole la mano a ese agradable pecador, ese hombre tan capaz que debería haberse hecho un nombre y no lo había hecho (siempre con problemas con las mujeres), y, por supuesto, la anciana señora Parry. ¡Una anciana encantadora!

Lady Bruton se quedó al lado de la silla de la señorita Parry, como un granadero espectral, vestido de negro, e invitó a comer a Peter Walsh; era una mujer cordial, pero no tenía conversación, no recordaba nada de la flora o la fauna de la India. Había estado allí, claro; se había alojado en casa de tres virreyes; tenía a algunos funcionarios indios por personas muy capaces; pero ¡qué tragedia... el estado en que estaba la India! El primer ministro acababa de decírselo (a la anciana señorita Parry, envuelta en su chal, le traía sin cuidado lo que le hubiese dicho el primer ministro), y a lady Bruton le gustaría conocer la opinión de Peter Walsh, que acababa de llegar de allí, y le presentaría a sir Sampson, pues todo eso le quitaba el sueño por las noches, esa locura, esa atrocidad podría decirse, pues al fin y al cabo era hija de un soldado. Ahora era vieja, y ya no podía hacer mucho. Pero su casa, sus criados, su buena amiga Milly Brush —¿la recordaba?— estaban ahí si hacían falta, si podían ser de utilidad, en suma. Pues ella nunca hablaba de Inglaterra, pero esta isla de hombres, esta tierra tan querida, la llevaba en la sangre (sin leer a Shakespeare)[36] y si alguna vez una mujer hubiese podido ponerse el casco y disparar la flecha, si hubiese podido dirigir a las tropas en el combate, gobernar con indómita justicia a las hordas bárbaras y yacer deba-

36. Hay aquí cierta evocación de las palabras de Juan de Gante en *Ricardo II* de William Shakespeare:
This land of such dear souls, this dear dear land, / *Dear for her reputation through the world* (Esta tierra de almas queridas, esta tierra tan querida / por su reputación en el mundo entero).

jo de un escudo abollado en una iglesia, o en un montículo verde en una colina primitiva, esa mujer era Millicent Bruton. Privada por su sexo, y también por cierto desinterés por la facultad de la lógica (le resultaba imposible escribir una carta a *The Times*), siempre tenía a mano la idea del Imperio, y había adquirido de su asociación con esa diosa guerrera su porte erguido, la robustez de su ánimo, de modo que ni muerta era posible imaginarla separada de la tierra o recorriendo territorios en los que, de algún modo espiritual, hubiese dejado de ondear la Union Jack. No ser inglesa, incluso entre los muertos... ¡no, no! ¡Imposible!

Pero ¿era lady Bruton? (a quien conocía de hacía mucho tiempo). ¿Era Peter Walsh con el pelo canoso?, se preguntó lady Rosseter (que había sido Sally Seton). Sin duda era la anciana señorita Parry: la vieja tía que tanto se enfadaba cuando se alojaba en Bourton. ¡Nunca olvidaría la vez que corrió desnuda por el pasillo y la mandó llamar la señorita Parry! ¡Y Clarissa, oh, Clarissa! Sally la cogió del brazo.

Clarissa se detuvo a su lado.

—Ahora no puedo —dijo—. Vendré después. Esperad —dijo, mirando a Peter y a Sally. Quería decir que debían esperar hasta que toda esa gente se hubiese ido—. Vendré después —dijo mirando a sus viejos amigos, Sally y Peter, que estaban dándose la mano, y Sally, recordando el pasado, sin duda, se reía.

Pero su voz había perdido su antigua y maravillosa sonoridad; sus ojos no brillaban como antes, cuando fumaba puros, cuando corría por el pasillo a buscar su neceser sin nada encima, y Ellen Atkins preguntaba: «¿Y si se hubiese encontrado con uno de los caballeros?». Pero todos la perdonaban. Robó un pollo de la despensa porque le entró hambre por la noche; fumaba puros en su habitación; se dejó un libro valiosísimo olvidado en una batea. Pero todo el mundo la adoraba (excepto tal vez su padre). Era su calor; su vitalidad: pintaría, escribiría. Las ancianas del pueblo nunca olvidaban preguntarle por «su amiga la del abrigo rojo que parecía tan lista». Acusó a Hugh Whitbread, nada menos (y ahí estaba, su viejo amigo Hugh, hablando con el embajador de Portugal) que de besarla en la sala de fumadores para castigarla por haber reclamado el voto femenino. Los hombres vulgares votaban, dijo. Y Clarissa recordaba que tuvo que persuadirla para que no lo acusara cuando toda la familia estuviese rezando, de lo cual era capaz con su osadía, su imprudencia, su afición melodramática a ser el centro de todo y a hacer escenas, que por fuerza tenía que acabar, pensaba Clarissa, en una espantosa tragedia: su muerte, su martirio, en vez de lo cual se había casado, bastante inesperadamente, con un hombre calvo, con una insignia muy grande en el ojal que era dueño, según se decía, de unas fábricas de algodón en Manchester. ¡Y tenía cinco hijos!

Peter y ella se habían instalado aparte. Estaban hablando; parecía tan natural que estuviesen hablando. Charlarían del pasado. Ella compartía su pasado (aún más que con Richard) con ellos; el jardín; los árboles, el viejo Joseph Breitkopf cantando a Brahms sin voz; el empapelado de salón; el olor de las alfombras. Sally sería siempre una parte de eso; Peter también lo sería siempre. Pero ahora tenía que dejarlos. Ahí estaban los Bradshaw, que no le eran simpáticos.

Tenía que ir a saludar a lady Bradshaw (vestida de plata y gris, balanceándose como un león marino al borde de su piscina, pidiendo invitaciones a gritos, duquesas, la típica mujer de un hombre de éxito), tenía que ir a saludar a lady Bradshaw y decirle que...

Pero lady Bradshaw se le anticipó.

—Llegamos tardísimo, querida señora Dalloway; apenas nos atrevemos a entrar —dijo.

Y sir William, que tenía un aire muy distinguido, con su pelo gris y sus ojos azules, dijo que sí, que no habían podido resistir la tentación. Estaba hablando con Richard, probablemente de esa ley que querían presentar en el Parlamento. ¿Por qué se estremeció al verlo hablando con Richard? Parecía lo que era: un gran médico. Un hombre en la cumbre de su profesión, muy poderoso, bastante estropeado. Porque había que pensar en los casos que tenía: personas sumidas en la más profunda desdicha, gente al borde de la locura, maridos y mujeres. Tenía que decidir cosas de una dificultad apabullante. Y, aun así, lo que le inspiraba era la sensación de que a nadie le gustaría que sir William lo viera triste. No, ese hombre no.

—¿Qué tal le va a su hijo en Eton? —le preguntó a lady Bradshaw.

Lady Bradshaw respondió que no había podido jugar al críquet con su equipo por culpa de las paperas. Su padre se había disgustado más que él, creía ella, pues él mismo, dijo, «no era más que un niño grande».

Clarissa miró a sir William, que estaba hablando con Richard. No parecía un niño... todo menos un niño.

Una vez había ido con alguien a pedirle consejo. Había sido correctísimo; muy sensato. Pero, ¡cielos!, qué alivio sintió al volver a la calle. Recordó que había un pobre desdichado sollozando en la sala de espera. Sin embargo, no sabía con exactitud qué le desagradaba de sir William. Aunque Richard estaba de acuerdo;

«no aprobaba ni su gusto ni su olor». Pero era extraordinariamente competente. Estaban hablando sobre esa ley. Sir William había hecho alusión a un caso bajando la voz. Tenía que ver con lo que decía sobre los efectos a largo plazo de la neurosis de guerra. Habría que incluir una provisión en la ley.

Bajando la voz, arrastrando a la señora Dalloway al refugio de una feminidad y un orgullo compartido por las ilustres cualidades de los maridos y su desdichada tendencia a trabajar más de la cuenta, lady Bradshaw (pobre cacatúa, era imposible que te cayera mal) murmuró que «justo cuando íbamos a salir, llamaron a mi marido por teléfono, un caso muy triste. Un joven (eso es lo que sir William le está contando al señor Dalloway) se ha suicidado. Había estado en el ejército». Oh, pensó Clarissa, ya se ha presentado la muerte en mitad de mi fiesta.

Siguió hasta la salita donde el primer ministro había entrado con lady Bruton. Tal vez hubiese alguien allí. Pero no había nadie. Las sillas aún conservaban la huella del primer ministro y de lady Bruton, ella vuelta con deferencia y él sentado muy erguido con autoridad. Habían hablado de la India. No había nadie. El esplendor de la fiesta se desplomó al suelo. Era muy raro entrar allí sola con sus galas.

¿Por qué tenían los Bradshaw que hablar de la muerte en su fiesta? Un joven se había suicidado. Y hablaban de eso en su fiesta... los Bradshaw hablaban de la muerte. Se había suicidado... pero ¿cómo? Su cuerpo siempre reaccionaba igual cuando le hablaban inesperadamente de un accidente; su vestido se incendiaba en llamas, su cuerpo ardía. Se había arrojado por la ventana. El suelo había ascendido en un centelleo; la verja oxidada lo atravesó, hiriéndolo, golpeándolo. Se quedó allí con un pum, pum, pum en el cerebro, y luego la asfixia de la negrura. Así lo imaginó. Pero ¿por qué lo había hecho? ¡Y los Bradshaw hablaban de eso en su fiesta!

Una vez ella había arrojado un chelín al lago de Hyde Park, solo eso. Pero él se había arrojado al vacío. Ellos seguían viviendo (tenía que volver a la fiesta, los salones aún estaban abarrotados; la gente continuaba llegando). Ellos envejecerían (se había pasado el día pensando en Bourton, en Peter, en Sally). Una cosa había que importara; una cosa envuelta en palabrería, desfigurada, oscurecida en su propia vida, que cada día se sumía en la corrupción, las mentiras, los cotilleos. Él la había preservado. La muerte era un desafío. La muerte era un intento de comunicarse, las personas intuían la imposibilidad de alcanzar el centro que, místicamente, las eludía; la cercanía alejaba; el éxtasis se desvanecía; estabas sola. Había un abrazo en la muerte.

Pero este joven que se había suicidado: ¿había saltado abrazado a su tesoro? «Si fuese ahora el tiempo de morir, sería el colmo de la dicha», se había dicho una vez a sí misma al bajar las escaleras vestida de blanco.

También estaban los poetas y los pensadores. Y si él había tenido esa pasión y había ido a ver a sir William Bradshaw, un gran médico, aunque a ella le pareciese vagamente maléfico, sin sexo ni pasiones, extremadamente educado con las mujeres, pero capaz de algún ultraje indescriptible —de forzar tu alma—, si este joven había ido a verlo, y sir William lo había impresionado, así, con su poder, ¿no podría haberse dicho entonces (de hecho, lo sentía ahora): la vida se hace intolerable, los hombres así hacen la vida intolerable?

Luego (lo había sentido esa misma mañana) estaba el terror; la incapacidad abrumadora que los padres dejaban en nuestras manos, esta vida, que hay que vivir hasta el final, por la que hay que pasar con serenidad; en lo más profundo de su corazón había un temor espantoso. Incluso ahora, muy a menudo si Richard no hubiese estado ahí leyendo *The Times*, de modo que ella pudiera acurrucarse como un pájaro y revivir poco a poco, liberar el placer inconmensurable, frotando un palo contra otro, una cosa con otra, habría perecido. Ella había escapado. Pero ese joven se había suicidado.

En cierto modo, era su desastre: su deshonra. Era su castigo ver hundirse y desaparecer aquí un hombre, allí una mujer, en esta profunda oscuridad, y estar obligada a quedarse allí con su vestido de fiesta. Había planeado; había despilfarrado. Nunca había sido del todo admirable. Había querido triunfar, lady Bexborough y demás. Y una vez había caminado por el borde de la terraza de Bourton.

Era raro, increíble; nunca había sido tan feliz. Nada podía ser lo bastante lento; nada durar demasiado. Ningún placer podía igualarse, pensó, colocando las sillas, empujando un libro de la estantería, a haber terminado con los triunfos de la juventud y perderse en el proceso de vivir, encontrarlo con placer y sorpresa, cuando se alzaba el sol, cuando el día declinaba. Muchas veces había ido, en Bourton mientras todos charlaban, a contemplar el cielo; o lo había visto entre los hombros de la gente en la cena; lo había visto en Londres, cuando no podía conciliar el sueño. Fue hasta la ventana.

Por absurdo que pareciese, ese cielo campestre, este cielo sobre Westminster tenía algo suyo. Apartó las cortinas; se asomó. ¡Ay, qué sorprendente!, en el cuarto de enfrente la anciana señora la miró a los ojos. Se estaba yendo a la cama. Y el cielo. Será un cielo solemne, había pensado, será un cielo crepuscular, que apartará coquetamente la mejilla. Pero ahí estaba, lívido como la pared, recorrido por nubes ahusadas, grandes y veloces. Debía de haberse levantado viento. La anciana se estaba yendo a la cama, en el cuarto de enfrente. Era fascinante ver, yendo de aquí para allá, a esa anciana, cruzando la habitación, acercándose a la ventana. ¿Podía verla? Era fascinante, cuando aún había gente riendo y gritando en el salón, ver a esa anciana, yéndose a acostar silenciosa. Bajó la persiana. El reloj empezó a dar la hora. El joven se había suicidado, pero no lo compadecía; con el reloj dando las horas, una, dos, tres no lo compadecía, con la fiesta aún en marcha. ¡Ya! ¡La anciana había apagado la luz! La casa entera estaba a oscuras y la fiesta aún seguía en marcha, repitió, y recordó las palabras: «No temas ya el calor del sol». Debía volver con ellos. Pero ¡qué noche tan extraordinaria! En cierto modo se sentía muy parecida a él... al joven que se había suicidado. Se alegró de que lo hubiese hecho; de que hubiese renunciado a todo mientras ellos seguían viviendo. El reloj estaba dando la hora. Los círculos de plomo se disolvieron en el aire. Pero tenía que volver. Tenía que ir con la gente. Debía encontrar a Sally y a Peter. Y salió del cuartito.

—Pero ¿dónde está Clarissa? —preguntó Peter. Estaba sentado en el sofá con Sally. (Después de todos estos años, no podía llamarla «lady Rosseter»)—. ¿Dónde ha ido esa mujer? —preguntó—. ¿Dónde está Clarissa?

Sally supuso, y lo mismo Peter, que había personas

importantes, políticos, a los que nadie conocía como no fuese de vista en los periódicos, con los que Clarissa tenía que ser amable, con los que tenía que hablar. Estaba con ellos. Sin embargo, Richard Dalloway no formaba parte del gobierno. No había triunfado, pensó Sally. Por su parte, ella apenas leía los periódicos. A veces veía citar su nombre. Pero, claro, ella llevaba una vida muy solitaria, en el campo. Clarissa diría que entre grandes comerciantes, grandes fabricantes, hombres, al fin y al cabo, que hacían cosas. ¡Ella también había hecho lo suyo!

—¡Tengo cinco hijos! —le dijo.

¡Señor, señor, qué cambiada estaba! La suavidad de la maternidad; y también su egotismo. La última vez que se habían visto, recordó Peter, había sido entre las coliflores a la luz de la luna, las hojas como «áspero bronce» había dicho ella, con su vena literaria; y había arrancado una rosa. Lo había hecho ir de aquí para allá aquella noche espantosa, después de la escena al lado de la fuente; él tenía que coger el tren de medianoche. ¡Cielos, cuánto había llorado!

Ya estaba con su vieja costumbre, abrir una navaja, pensó Sally, siempre abría y cerraba una navaja cuando se ponía nervioso. Habían sido muy muy amigos, Peter Walsh y ella, cuando estaba enamorado de Clarissa y se produjo esa escena ridícula y espantosa a propósito de Richard Dalloway en la comida. Ella lo había llamado Richard «Wickham». ¿Qué había de malo en llamarlo Richard Wickham? ¡Clarissa se había indignado!, y de hecho las dos no habían vuelto a verse más de media docena de veces en los últimos diez años. Y Peter Walsh se había ido a la India, y ella había oído vagamente que se había casado y que el matrimonio no había ido bien, y no sabía si tenía hijos y no pudo preguntárselo porque había cambiado. Parecía un tanto mustio, pero más amable, pensó, y ella le tenía verdadero afecto, pues estaba ligado a su juventud y aún conservaba un pequeño ejemplar de Emily Brontë que él le había regalado, iba a ser escritor, ¿no? En aquellos tiempos quería ser escritor.

—¿Has escrito algo? —le preguntó, poniéndose la mano, la mano bella y firme, sobre la rodilla de un modo que él recordó.

—Ni una palabra —respondió Peter Walsh, y ella se rio.

Sally Seton seguía siendo atractiva, seguía siendo un personaje. Pero ¿quién era ese tal Rosseter? El día de su boda llevaba dos camelias en el ojal... era lo único que Peter sabía de él. «Tienen miles de criados, kilómetros de invernaderos», le escribió Clarissa; algo así. Sally lo admitió con una carcajada.

—Sí, tengo diez mil libras de renta al año. —No recordaba si antes o después de pagar los impuestos, pues su marido «a quien tienes que conocer», dijo, «que te caería bien», añadió, se encargaba de eso por ella.

Y Sally iba siempre harapienta y desaliñada. Había empeñado el anillo de su bisabuelo, que le había regalado María Antonieta, ¿era eso?, para ir a Bourton.

Oh, sí, Sally se acordaba; aún lo tenía, un anillo de rubíes que María Antonieta le había regalado a su bisabuelo. En aquellos tiempos no tenía ni un penique a su nombre, e ir a Bourton siempre suponía pasar espantosas estrecheces. Pero ir a Bourton había significado tanto para ella: era tan desdichada en casa que creía que la había mantenido cuerda. Pero eso ya formaba parte del pasado... ya se había terminado, dijo. Y el señor Parry había muerto; y la señorita Parry seguía viva. ¡En su vida se había llevado una sorpresa igual!, dijo Peter. Estaba seguro de que habría muerto. Y el matrimonio había sido, supuso Sally, un éxito. Y esa joven tan guapa y tan seria era Elizabeth, allí, al lado de las cortinas, con un vestido rosa.

(Era como un álamo, como un río, como un jacinto, estaba pensando Willie Titcomb. ¡Ay, cuánto le gustaría estar en el campo y hacer lo que le apeteciese! Le parecía oír aullar al pobre perro. Elizabeth estaba segura.) No se parecía en nada a Clarissa, dijo Peter Walsh.

—¡Ay, Clarissa! —dijo Sally.

Lo que sintió Sally fue solo esto. Le debía mucho a Clarissa. Habían sido amigas, no conocidas, amigas, y aún le parecía ver a Clarissa vestida de blanco por la casa con las manos llenas de flores, hasta ese día las plantas de tabaco le recordaban a Bourton. Pero... ¿lo entendía Peter?, le faltaba algo. Algo, ¿qué? Tenía encanto; tenía un encanto extraordinario. Pero para ser franca (y sintió que Peter era un viejo amigo, un verdadero amigo... ¿qué más daba la ausencia?, ¿qué más daba la distancia? A menudo había querido escribirle, pero rompía las cartas, y aun así tenía la sensación de que la entendía, porque la gente entiende las cosas sin tener que decir nada, como una comprende al envejecer, y ella era vieja, había ido esa tarde a ver a sus hijos a Eton, porque tenían paperas), para ser franca, pues, ¿cómo podía Clarissa haberse casado con Richard Dalloway?, un cazador, un hombre a quien solo le preocupaban sus perros. Literalmente, cuando entraba en la habitación olía a establo. ¿Y luego todo esto? Hizo un ademán.

Era Hugh Whitbread, el que pasaba con su chaleco

blanco, oscuro, gordo, ciego, sin preocuparse por nada salvo por su amor propio y su comodidad.

—A nosotros no nos reconocerá —dijo Sally, y la verdad es que no tuvo valor de... ¡conque ese era Hugh, el admirable Hugh!

—¿Y a qué se dedica? —le preguntó a Peter.

—A limpiarle las botas al rey o a contar botellas en Windsor —le dijo Peter. ¡Aún tenía la lengua afilada! Pero Sally tenía que ser franca, dijo Peter. Lo de aquel beso de Hugh...

En los labios, le aseguró ella, una noche en el salón de fumar. Fue furiosa a ver a Clarissa. ¡Hugh no hacía esas cosas!, dijo Clarissa, ¡el admirable Hugh! Los calcetines de Hugh eran sin excepción los más bonitos que había visto nunca... y su traje de etiqueta. ¡Perfecto! ¿Tenía hijos?

Todo el mundo en esta sala tiene seis hijos en Eton —le dijo Peter, menos él. Él gracias a Dios no tenía ninguno. Ni hijos, ni hijas, ni esposa. Bueno, no parecía importarle mucho, observó Sally. Parecía más joven, pensó, que todos los demás.

Pero había sido una tontería, en muchos sentidos, casarse así, dijo Peter: «era una auténtica gansa», dijo, aunque, añadió, «lo pasamos muy bien», pero ¿cómo era eso posible?, se extrañó Sally, ¿qué quería decir?, y qué raro era conocerlo y no saber nada de lo que le había pasado. ¿Y lo decía por orgullo? Muy probablemente, al fin y al cabo debe de ser mortificante para él (aunque era una rareza, una especie de elfo, no un hombre corriente), debía de sentirse solo a sus años sin un hogar ni un sitio donde ir. Pero tenía que quedarse con ellos semanas y semanas. Pues claro que sí; le encantaría estar con ellos, y así eran las cosas. En todos esos años los Dalloway no habían ido ni siquiera una vez a verlos. Los había invitado una y otra vez. Clarissa (pues era cosa de Clarissa, claro) no quería ir. Pues, dijo Sally, en el fondo Clarissa era una esnob, había que admitirlo, una esnob. Y ella estaba convencida de que eso era lo que ocurría entre ellas. Clarissa pensaba que se había casado con alguien inferior a ella, pues su marido era —ella estaba orgullosa de ello— hijo de un minero. Había ganado hasta el último penique que tenía. De niño (la voz le tembló) había acarreado sacos enormes.

(Y así habría seguido, tuvo la sensación Peter, horas y horas: el hijo del minero; la gente que pensaba que se había casado con alguien inferior a ella; sus cinco hijos; y luego lo otro: las plantas, hortensias, lilas, unos hibiscos muy raros que nunca crecen al norte del canal de Suez, pero ella con un jardinero en un barrio de las afueras de Manchester, tenía parterres enteros. Clarissa, con lo poco maternal que era, se había escapado de todo eso.)

¿Era una esnob? Sí, en muchos sentidos. ¿Dónde se había metido todo ese rato? Se estaba haciendo tarde.

—Sí —dijo Sally—, cuando me enteré de que Clarissa iba a dar una fiesta, pensé que no podía faltar... que tenía que volver a verla (me alojo, aquí mismo, en Victoria Street). Así que me presenté sin invitación. Pero —susurró—, dime, por favor. ¿Quién es esa mujer?

Era la señora Hilbery, que estaba buscando la salida. ¡Se había hecho muy tarde! Y a medida que se iba haciendo tarde y la gente se marchaba, te encontrabas a viejos amigos, murmuró, y lugares y rincones tranquilos; y vistas preciosas. ¿Sabían, preguntó, que fuera había un jardín encantado? Luces, árboles y lagos resplandecientes y el cielo. ¡Solo unas pocas lámparas mágicas, había dicho Clarissa Dalloway en el jardín trasero! ¡Pero era una hechicera! Era un parque... No sabía cómo se llamaban, pero sabía que eran amigos, amigos sin nombre, canciones sin palabras, siempre las mejores. Pero había tantas puertas, tantos lugares inesperados, que era incapaz de encontrar la salida.

—La vieja señora Hilbery —dijo Peter—; pero ¿quién era aquella otra?, esa señora que se había pasado toda la velada al lado de la cortina sin decir nada. Conocía su cara, tenía algo que ver con Bourton. ¿No era la que cortaba ropa interior en una mesa muy grande al lado de la ventana? ¿Se llamaba Davidson?

—¡Oh!, es Ellie Henderson —dijo Sally. Clarissa era muy dura con ella. Era una prima suya, muy pobre. Clarissa era muy dura con la gente.

Sí, bastante, dijo Peter. Y aun así, observó Sally, con la emotividad de costumbre, con aquel arrebato de entusiasmo por el que siempre la había apreciado Peter, aunque ahora temiese un poco lo efusiva que podía llegar a ser, ¡qué generosa era Clarissa con sus amigos!, y qué cualidad tan poco frecuente, a veces de noche o en Navidad, cuando pensaba en las cosas buenas que le había ofrecido la vida, ponía esa amistad en primer lugar. Eran jóvenes; eso era. Clarissa tenía el corazón puro; eso era. Peter diría que era sentimental. Y lo era. Hasta había llegado a pensar que lo único que valía la pena decir era lo que sentías. La inteligencia era una tontería. Había que decir solo lo que se sentía.

—Pero yo no sé —dijo Peter Walsh— lo que siento.

Pobre Peter —pensó Sally—. ¿Por qué no iba Clarissa a hablar con ellos? Eso era lo que él estaba deseando. Lo sabía. Todo ese tiempo estaba pensando solo en Clarissa y jugueteando con su navaja.

La vida no había sido fácil para él, dijo Peter. Sus relaciones con Clarissa no habían sido fáciles. Le había arruinado la vida, dijo. (Sally Seton y él habían sido tan íntimos que era absurdo no decirlo.) Era imposible enamorarse dos veces, dijo. ¿Y qué podía decir ella? Aun así, es mejor haber amado (aunque él pensaría que era una sentimental, siempre había sido muy mordaz). Debía ir a visitarlos en Manchester. Eso es cierto, dijo. Muy cierto. Le encantaría ir y quedarse con ellos, en cuanto terminara lo que había ido a hacer en Londres.

Y Clarissa lo había querido a él más de lo que nunca había querido a Richard, de eso Sally estaba segura.

—¡No, no, no! —dijo Peter (Sally no debería haber dicho eso: iba demasiado lejos). Era un buen tipo, ahí estaba al otro extremo de la sala, conversando, igual que siempre, el bueno de Richard. ¿Con quién estaba hablando?, preguntó Sally, ¿quién era ese hombre tan distinguido? Como vivía en el campo, tenía una insaciable curiosidad por saber quién era la gente. Pero Peter no lo sabía. No le gustaba su aspecto, dijo, probablemente sería un ministro del gobierno. De todos ellos, Richard le parecía el mejor, dijo, el más desinteresado.

Pero ¿qué ha hecho?, preguntó Sally. Trabajar para el público, supuso. ¿Y eran felices juntos?, preguntó Sally (ella era muy feliz); pues, admitió, no sabía nada de ellos, solo sacaba sus propias conclusiones, como hace todo el mundo, pues ¿qué podemos saber incluso de las personas con las que convivimos a diario?, preguntó. ¿No somos todos prisioneros? Había leído una obra de teatro maravillosa sobre un hombre que rascaba la pared de su celda, y había tenido la sensación de que esa era la verdad de la vida: que lo que hacíamos era rascar en la pared. Cuando la desesperaban las relaciones humanas (la gente era tan complicada), a menudo salía al jardín y encontraba una paz en sus flores que los hombres y las mujeres nunca le daban. Pero no, a él no le gustaban las coliflores, prefería a las personas, dijo Peter. De hecho, los jóvenes son hermosos, dijo Sally, al ver a Elizabeth cruzar la sala. ¡Qué distinta era de Clarissa a su edad! ¿Pudo sonsacarle algo? No abría la boca. No mucho, aún no, reconoció Peter. Era como un lirio, dijo Sally, un lirio al lado de un estanque. Pero Peter no estuvo de acuerdo en que no supiésemos nada. Lo sabemos todo, dijo; al menos él.

Pero estos dos, susurró Sally, estos que se marchan ahora (y ella misma tendría que irse si Clarissa no volvía pronto), este hombre tan distinguido y su mujer de aspecto más bien vulgar que habían estado hablando con Richard... ¿qué podía saberse de alguien así?

—Que son unos condenados farsantes —dijo Peter, mirándolos por encima. A Sally la hizo reír.

Pero sir William Bradshaw se detuvo en la puerta para contemplar un cuadro. Miró la esquina en busca del nombre del grabador. Su mujer también miró. A sir William Bradshaw le interesaba mucho el arte.

De joven, dijo Peter, le emocionaba mucho conocer gente. Ahora que era viejo, cincuenta y dos para ser exactos (Sally tenía cincuenta y cinco, de cuerpo, dijo, pero su espíritu era como el de una joven de veinte); pues ahora que había llegado a la madurez, dijo Peter, podía ver, podía entender, y conservaba la capacidad de sentir, dijo. No, eso era cierto, dijo Sally. Ella sentía más intensa, más apasionadamente con cada año que pasaba. Aumentaba, dijo él, ¡ay!, tal vez, pero había que alegrarse... eso iba con el aumento de la experiencia. Había alguien en la India. Quería hablarle a Sally de ella. Quería que Sally la conociese. Estaba casada, dijo. Tenía dos niños pequeños. Debían ir todos a Manchester, dijo Sally... tenía que prometérselo antes de marcharse.

—Mira a Elizabeth —dijo él—, no siente ni la mitad que nosotros, aún no.

—Pero —respondió Sally, observando a Elizabeth que se iba con su padre— se nota que se adoran.

Lo intuyó por el modo en que ella fue con su padre.

Pues su padre había estado mirándola mientras hablaba allí de pie con los Bradshaw, y había pensado para sus adentros, ¿quién es esa joven tan guapa? Y de pronto había caído en que era su Elizabeth y en que no la había reconocido, ¡estaba tan preciosa con su vestido rosa! Elizabeth había notado que la miraba mientras charlaba con Willie Titcomb. Así que fue con él y se quedaron juntos, ahora que la fiesta casi había terminado, viendo marcharse a la gente, y vaciarse las salas, con cosas desperdigadas por el suelo. Hasta Ellie Henderson iba a marcharse, casi la última, aunque nadie había hablado con ella, pero había querido verlo todo para contárselo a Edith. Y Richard y Elizabeth se alegraban de que hubiese terminado, pero Richard estaba orgulloso de su hija. Y no había pensado decírselo, pero no pudo evitarlo. La había mirado, dijo, y había pensado ¿quién es esa joven tan guapa?, y ¡era su hija! Eso la hizo feliz. Aunque su pobre perro estaba aullando.

—Richard ha mejorado. Tienes razón —dijo Sally—. Iré a hablar con él. Diré buenas noches. ¿Qué importa el cerebro —dijo lady Rosseter, levantándose— comparado con el corazón?

—Te acompañaré —dijo Peter, pero se quedó sentado un momento. ¿Qué es este terror?, ¿qué es este éxtasis?, pensó para sus adentros. ¿Qué es esto que me colma de una emoción extraordinaria?

Es Clarissa, dijo.

Y es que ahí estaba.

AUSTRAL SINGULAR reúne las obras más emblemáticas de la literatura universal en una edición única.

TÍTULOS DE LA COLECCIÓN: